龍神様と巫女花嫁の契り

涙鳴

STARTS
スターツ出版株式会社

演目（目次）

龍神様と巫女花嫁の契り

開幕　堕ちかけた龍神

「――翠《すい》よ、このまま人間への憎しみを募らせればどうなるか、おぬしとてわかっていよう」

天に浮かぶ、龍神の住まいである龍宮《りゅうぐう》。その馬鹿でかい謁見の間で、俺は龍神の長に頭《こうべ》を垂れていた。

自分の身体のことだ、わかってないはずがないだろ。神の務めは地上とそこに生きる人間を見守ること。神で在りながら、庇護《ひご》すべき人間を憎み嫌うは……禁忌。

「俺はいずれ、神堕《お》ち……するだろうな」

心の汚れが俺の中の神力《しんりき》を弱めているのがわかる。

だが、それでも別に構わねえ。あいつを犠牲にしておいて、のうのうと生きてる人間のために力を貸さなきゃならねえんなら、あやかしになったほうがマシだ。

「そう、神堕ち。お前は遠くない未来、魂が穢《けが》れ、あやかしになった神となる。それを自覚しながら、なにもしないのは……あやかしに堕ちてもいいと思っているからか。そこまで楊泉《ようせん》のことを大事に思っていたのだな」

楊泉の名を聞いて、俺は奥歯をギリッと噛《か》みしめる。

「長、話があったから俺を呼び出したんだろ。要件はなんです？」

「お前は、その穢れさえなければ私の後を継ぎ、龍神の長ともなれる力を持った神。私は、お前の神堕ちをみすみす許し、あやかしにさせる気はない」

「まわりくどいな、なにが言いたいんです？」

「龍宮神社《りゅうぐうじんじゃ》の現状は、お前も知っているな」

知ってるもなにも、この龍宮と龍宮神社には切っても切れない繋《つな》がりがある。

遥か昔、龍神の先祖が人間の女――それも巫女《みこ》と恋仲になり、夫婦の契りを交わしたところから始まる。それから代々、龍宮神社の奉《まつ》り神になる龍神は、そこの巫女と婚姻する習わしになっているのだ。

「知ってますよ。奉り神は人間に信仰されなければ消滅する。だから、わざわざ人間と契りたい神もいない。そもそも、神と婚姻できる力ある巫女も減ってる。それであの神社は、長らく奉り神がいないんでしょう？」

「そうだ。ゆえに地上にも神の恩恵が行き渡らず、あの神社の辺りではあやかし絡みの揉《も》め事が起こり始めている」

神は巫女の願いを聞き届け、その恩恵を与えるのが役目だ。そして龍宮神社の巫女の願いを受けるのは、主に龍宮にいる龍神の仕事。ここ数百年は巫女からの舞の奉納もなく、地上の願いを知る機会はなくなっていたが……そうか、あやかしどもが悪さをし始めたか。ま、俺には関係のない話だがな。

「そうですか」

俺は興味なく答える。

神は滅多に地上には降りない。天界からでも巫女の願いを叶《かな》えられるからだ。なのにわざわざ地上に赴いて、人間を見守ろうとする物好きはあいつくらいだろう。

忍び寄ってくる喪失感を無理やり頭から追い出そうとしたとき、長からとんでもない言葉が返ってくる。

「そこで翠、龍宮神社の奉り神になることを命じる」

「………………は？」

一瞬、なにを言われたのかが理解できなかった。人間嫌いのこの俺に、地上に降りて神社に縛られるだけでなく、人間のために力を貸せと？

「巫女と婚姻すれば、巫女の澄んだ神気《しんき》がお前の穢れを和らげ、力も多少なりとも戻ろう。そして、人間を助けていくうちに芽生える心もあると、私は願っている」

「俺は人間の道具になり下がる気はありませんよ」

「長の命令は絶対だ」

有無を言わさない一声に、俺は黙らざるを得なくなる。長の命は絶対、それは龍神の世界の掟《おきて》のひとつだ。逆らえば重罪を犯したとして、即消滅させられる可能性も無きにしも非《あら》ず。だからって、人間の女と婚姻だ？　どんな拷問だよ……。

「今の地上には、かの有名な白拍子《しらびょうし》の生まれ変わりもいるようだ」

長の言う白拍子とは、恐らく静御前《しずかごぜん》のことだろう。その舞で人間だけでなく神をも癒やしたとされる特別神気の強い舞い手。何度か天界から目にしたことはあったが、そうか……あれもついに死んだか。人間の一生ってのは、本当にあっという間だな。

「おかしいな、風のうわさじゃ静御前は霊になって地上を彷徨《さまよ》ってるって聞きましたが？　そうだとしたら、魂は地上にある状態だろ。生まれ変われるはずがねぇ」

「事情が複雑でな。実際に地上に行って、本人に確かめてくるといい」

「適当にもほどがあんだろ……」

「なに、永遠に奉り神になれと言っているわけではない。龍宮神社に神のご利益があると人間たちに実感させ、信仰を取り戻すことができたら、天界に戻ってもよい」

「それ、事実上の無期限じゃないですか」

「その点に関しては、お前の働きにかかっている」

くそっ……なら、とっとと解決してすぐにでも天界に戻ってやる。

「天界に戻るときには、巫女との婚姻も破棄させてもらいますよ」

「構わない。彼女は愛に生き、愛に死んだあの者の生まれ変わりだ。きっと、お前の心も溶かしてくれる」

「……？　俺の婚姻する龍宮神社の巫女って、まさか……」

俺の動揺をよそに、長はふっと意味深に笑う。

「さっそくだな。聞こえてこないか、翠。舞の雅楽が――」

一ノ舞　白拍子の誘い

一

ひゅううう……、とむせび泣くように響く笛の音。ポン……、ポン……と刻む太鼓の物悲しい節奏《せっそう》。舞殿《まいどの》に上がりたるは立烏帽子《たてえぼし》に白の水干《すいかん》、単《ひとえ》や紅長袴《くれないのながばかま》に身を包む男装の舞妓《まいこ》。錦包藤巻《にしきつつみとうまき》の太刀を佩《お》び、手に蝙蝠扇《かわほりおうぎ》を携《たずさ》え、決死の面持ちで正面に胡坐《あぐら》をかいて座る男を見据える。

頼朝《よりとも》……その目に刻みつけるがよい。私はお前のために舞うのではない。私自身のため、そしてあの方のためにこそ舞うのだ。

『──吉野山《よしのやま》～』

物悲しく響く歌声。その場にいる名だたる武将たちが息を呑《の》む。張りつめる空気の中、後ろで束ねた長い苧環《おだまき》色の髪を揺らし、私は凛《りん》と舞っていた。

『──峰《みね》の白雪《しらゆき》～、踏み分けて～、入りにし人の……跡ぞ恋しき～』

曇りなき眼《まなこ》が宿すは、宿敵の姿。憎しみの炎に身の内を焼きながら、神にではなく、ましてや自分を取り囲む人間のためにでもなく、ただ己の怒りとあの方への愛を知らしめるためだけに歌い踊る。

『──入りにし人の、跡ぞ恋しき～』

愛しさを表すように、扇を持つ手で自身を抱くようにする。それを見た頼朝は『謀《む》反人《ほんにん》を恋い慕う歌ではないか！』と激怒し、舞殿の周りにいる武将たちからも、『なんと罪深い』とざわめきが起こった。

だが自分を咎《とが》める声も風の音も、世界に溢《あふ》れる雑音のすべてが私の耳には入ってこない。ただただあの方に想いを馳《は》せるように遠くを見つめ、扇を優雅に泳がせ、赤い袖括《そでくくり》の緒《お》が施された水干の裾をはためかせながら回る。

『──しづやしづ〜、しづのをだまき〜、くりかへし〜』

桜吹雪すらも着物の一部かのごとく身に纏《まと》い、味方につけた。私を誹《そし》っていた者たちは、『見事じゃ……』と、次第に敵意が失せた様子で口々に漏らす。

『──昔を今に〜、なすよしもがな〜』

『静よ』『静よ』と繰り返し、私の名を呼んでくださったあの方の……。輝かしかったあの頃に、ああ……もう一度、戻りたい──。

＊＊＊

──変な夢を見た。知るはずのない舞を、見たこともない着物を着て、自分が躍っている夢を。それも大勢の猛々しい武将たちの前で披露していた。愛する人と過ごした幸せな日々に戻りたいとか、そんな未練たらたらな気持ちで……。こんなわけのわからない夢を見るなんて、私のメンタル相当参っているかも。

私は勤めているWEB制作会社に出勤してきてすぐ、自分のデスクでスマホを確認する。

既読無視の最高記録、着々と更新中……。

ここ最近、彼氏へ送ったメッセージに返信があるかどうか、数分おきにスマホを確認するのが日課になりつつある。

そう、私――原静紀《はらしずき》、二十五歳は、一年付き合っている五歳年上の彼氏と自然消滅しそうになっている。理由は明確にわかっている、彼氏の二股が露見《ろけん》したからだ。もうひとりの彼女に送るはずのメッセージを私に送るとか、阿呆にもほどがある。

【送る相手間違えてない？　事情を説明して】とメッセージを送りつければ、別れ話もなしに音信不通になった次第だ。

「文句のひとつくらい言わせてよ……」

スマホを握りしめ、胸の痛みから気を逸らすように恨み言をこぼす。それが強がりだって認めたくないのは、自分が惨めだからだ。

同じ会社の別部署にいる彼とは、会社の同僚に誘われた合コンで出会った。気さくで楽天的な性格をしていて、一緒にいて明るい気持ちになれる人だ。本気で好きだったのに、彼女をふたりも作っていたなんて、人は見かけによらない。そんな彼氏、さっさと忘れて新しい恋でもなんでもすればいいのに、心ってままならないものだ。今でも彼への気持ちを捨てきれなくて、自分のところに戻ってきてくれるかもって期待して、私は送ったメッセージへの答えを待ち続けている。未練がましいったらない。

返事を待つくらいなら会いに行けばいいのだろうが、本人から『別れる』とはっきり言われるのもダメージが大きそうでできないでいる。私はヘタレだ。

はあっとため息をこぼしたとき、部長から「みんな、ちょっと集まってくれ」と招集がかかった。部長の席に行くと、同じ部署の佐川《さがわ》さんが照れくさそうに俯《うつむ》いて部長の隣に立っている。彼女は見るからに可憐《かれん》そうで、控えめな性格ながらも気が利くところが男女問わず社員に人気だった。

「佐川くんから、みんなに報告があるんだそうだ」

部長に促されて、佐川さんはひとつ頷き顔を上げる。

「私事で申し訳ないのですが、このたび営業部の田部敦《たべあつし》さんと結婚することになりました」

……え？　営業部の田部敦って、私の彼氏なんですけど……。

グラグラと世界が揺れている。ショックで気を失いそうだった。

「結婚しても仕事はバリバリ続けていきますので、よろしくお願いします」

お辞儀をする佐川さんに、社員たちは「おめでとう、佐川さん!」「あ、もう田部さんって呼んだほうがいいかな?」と祝福ムードだ。

同僚の結婚相手が、まさかの自分の恋人とか、どんな仕打ち?

みんなの声が遠くなる。胸の奥が爪で引っかかれるみたいに痛む。

どうりで、連絡を待ってたって来ないわけだ。だって、結婚が決まってたんだから。

「バカみたい……」

口元に自嘲的な笑みが浮かぶ。

いつの間にか、彼にとって私は過去の女になっていたというわけだ。

私、敦とその婚約者がいるこの職場で、ずっと働き続けなきゃならないの?

表情では笑顔を作って、口では心にもない「おめでとう」を送る。

心は粉々に壊れそうだった。


「どうしよう、泣きそう」

帰路についた私は、我慢できずに弱音を吐く。幸いにも私が通勤に使っているこの道は大通りから外れているせいか、通行人はひとりもいないので、どれだけ独り言を呟《つぶや》いても怪しまれない。

「会社、死ぬほど居づらい」

佐川さんに、私と敦が付き合っていたことがバレたら？　待ってるのは修羅場、私はみんなの人気者、佐川さんの幸せを脅かす女として冷ややかな目で見られる。社会人としてどうかと思うけど、いろいろ明るみになる前に退職したほうがいいかも……。

「会社辞めたら、どうしようかな」

私の実家は地方にある。部屋の更新も迫ってるし、実家に帰還コースだろう。

でも、帰りづらいな。私は三姉妹の長女なのだが、妹ふたりはすでに結婚している。ただでさえ先を越されてるのに、いちばん年上の私が職も彼氏も失うとか……。

「知られたくない……。絶対、憐《あわれ》みの目で見られる……」

はあっと、今日で何回ついたかわからないため息をこぼす。途方に暮れながら駅までの道をとぼとぼ歩いていると、目の前を一枚の紅葉が横切った。

「え……」

私は足を止める。季節は秋。紅葉が降ってきたって、なんらおかしくはない。

けれど、その紅葉が淡く金色に光っているのだ。私は驚くより先に、ゆっくりと回転しながら、まるで舞うように落ちていく紅葉にしばらく見入っていた。

どこから、飛んできたんだろう。

私は紅葉を追って、曲がり角を曲がる。すると、そばに長い石段があり、仰ぎ見る。

「龍宮神社？」

そう階段横の石の看板に書かれていた。私はふらりと導かれるように、石段を上がっていく。

二股されたことよりも、自分が選ばれなかったことのほうがつらかった。

私と佐川さんのなにを天秤《てんびん》にかけて、敦は彼女を選んだんだろう。顔？　性格？　財力？　あとは……素直に甘えられないところかもしれない。

長女気質が抜けなくて、親や妹たちから当てにされることが多かった私は、人から頼られることはあっても、頼るのに慣れてなかった。たぶん敦は、そんな私よりも佐川さんみたいに守ってあげたくなるような女の子のほうが可愛く見えたんだろう。

「私、結婚できるのかなあ……」

踏んだり蹴ったりの毎日で、未来には不安しかない。神様に祈ったら、少しは私も幸せを掴《つか》めるだろうか。その一心で最後の段差を上がりきると——。

月明かりを浴びて、ひっそりと輝き佇《たたず》む白木造《しらきづく》りの神社が私を出迎えてくれた。

青白い月光が照らす広い境内や舞殿、そのどれもが美しかった。この光景を目にした瞬間から、疲れきった心が癒えていくのを感じる。

吸い寄せられるように、朱色《しゅいろ》の大鳥居を潜ったときだった。どこからか、ジャン、ジャン、ジャラランと雅な琴の音が聞こえてくる。顔を上げれば、境内の一角にある舞殿にひとりの女の人がいた。三十代くらいだろうか。金の扇を手に、右へ左へと回り、ストレートの髪を羽衣のごとくなびかせている。

苧環色の髪……。彼女の髪色を自然とそう表現していた。苧環なんて耳慣れない言葉を使った自分に驚き、思わず唇を指先で押さえる。

なに、今の？　その舞を見ていると、どこからか込み上げてくる寂しさと愛しさに胸が詰まりそうになった。

『――しづやしづ～、しづのをだまき～、くりかへし～』

頭の中に桜吹雪がちらつき、あの夢で聞いた歌が響いている。

そうだ、〝私は〟『静よ』『静よ』と繰り返し名前を呼んでくれたあの方と、共に過ごした輝かしい日々にもう一度戻りたいという想いを込めて歌い、舞を踊った……。

「私、は……？」

なんで、自分のことだと思ったんだろう、この感情は誰のもの？　自分の中に溢れてくる、私じゃない私の想いと記憶に心臓が早鐘を打っている。

なんでか、女の人の舞から目を離せない。あれって巫女舞かな？

私は食い入るように女の人を見る。あの人が動くたび、空気が澄んでいくみたい。

神秘的で、時間も忘れて心を奪われていると、やがてなにかをその身に降ろすかのように両手を天へ上げた。真ん中で分けられた前髪、その下から覗《のぞ》く金色の瞳が流れるようにゆっくりと、私に向く。視線が交われば、女の人はふっと笑みをこぼした。

「やっと来たか、待ちくたびれたぞ、静紀」

「……え、なんで私の名前を知ってるの？」

巫女って、透視もできるとか？

私がぎょっとしている間にも、女の人は近づいてくる。

白く透き通った肌に長いまつ毛、ふっくらとした唇。舞殿の縁に手を置き、こちらを見下ろしてきた彼女の面立ちは、この世の者とは思えないほど美しい。

「あっ……と、神社の巫女さんですか？　すみません、こんな夜に参拝になんか来てしまって……」

何事もなく会話をしながら、女の人を観察する。

着ている服がなんだか巫女さんっぽくない。着物の合わせ目がなく、首元まで襟があり、平安時代の人が着ていそうな……狩衣《かりぎぬ》衣装《いしょう》にそっくりだ。……って、なんで私、狩衣衣装なんて言葉、知ってるんだろう。

「私が巫女？　私をあのような典型的な型でしか舞えぬ輩《やから》と同じにするな」

美女に凄《すご》まれると、迫力が二割増しだ。

「すみません」

あれ、なんで私、見知らぬ美女に謝ってるんだろう。

「私は白拍子だ。神や人間、そしてあやかし……求められれば誰のためでも舞い、その心を楽しませ、癒やす舞妓。まあ、その仕事のほとんどは、人の願いに応じて神に助力を乞い、雨を降らせたり災厄を収めたりすることだが」

「神やあやかし？　私、そういうオカルトチックな話は、ちょっと……」

なんだろう、この流れ。まさか怪しい宗教に勧誘してくるつもりなんじゃ……。

警戒しつつ後ずされば、女の人は「こちらへ来い」と言い、持っていた扇を手招きするようにひらひらと動かす。行きたくないけど、『あなたが胡散臭《うさんくさ》いんで嫌です』と断るわけにもいかず、私は気が進まないまま彼女に近づいた。

「おかると……なんとやらは、よくわからんが。なにはともあれ、お前は神やあやかしを信じておらんようだな」

さっきからなんで、ちょっと古めかしい口調？　ますます怪しい。

「生まれてこの方、そういうのは見たことがないので」

別に欲しいとも思ったことはないけれど、私に霊感はない。幽霊を見たこともないし、子供の頃はいたずら半分にコックリさんをしたり、花子さん目当てに三番目のトイレをノックしたりもしたが、怪奇現象に遭遇した経験は皆無だ。それなのに、どうやって目視できないものを信じろと？

「それならよかったな。今日、初めて霊を見られたではないか」

「……は？」

今の私は、相当な間抜け面をしていることだろう。その間にも、女は扇で自分の口元を覆い、妖艶《ようえん》な流し目を私に向けてくる。

「私は静御前。かつて日本一の白拍子として私を邸《やしき》に招き、舞を所望《しょもう》する貴族《きぞく》は星の数ほどおった。初めて見る霊が私であったこと、光栄に思うがいい」

「しずか、ごぜん……」

ドクンッと鼓動が跳ねる。全身の細胞がざわざわっと動き出すような、そんな経験したことのない感覚が私を襲った。

私、その名前を知ってる。でも、なんで？　さっきの苧環のこと、狩衣衣装のこともそう、どうしてか耳馴染みがある。

「静紀、お前はなぜここに来た？」

「え……それは、幸せに……なりたくて」

「お前の考える幸せとはなんだ？」

「……ありのまま……ありのままの私を好きになってくれる人と出会いたい、とかですかね。幸せな結婚ができたらいいな、と……」

失恋したばかりだからこそ、そんな願いを抱いてしまうのかもしれない。ありきたりだと笑われるだろうか。そう思って静御前さんの様子を窺《うかが》うと、遠い目で夜空を見上げている。

「そうだな、愛する人と結ばれるのはどんな世でも女の幸せ。私も、お前にそんな未来を手に入れてほしいと思っている」

「え……どうして、そこまで私のことを……？」

「静紀、幸せになりたいのなら、ここでひとつ舞ってみよ」

私の疑問には答えずに、静御前さんが扇を差し出してくる。金箔《きんぱく》が張られ、桜の花びらが散っているそれは、底光りする絢爛《けんらん》さがあった。

「はよ、受け取れ」

「静御前さん、無茶言わないでくださいよ。私、舞どころかダンスもやったことないんですよ？」

「〝さん〟はいらん、静御前でいい。嗜《たしな》んだことがないのなら、まずは私の動きを真似るだけで構わん。ほれ、扇を持たんか」

静御前さ——静御前に促されるまま、私は舞殿に上がって扇を受け取る。その瞬間、扇は金の光を帯びた気がした。

「え……」

気のせいだろうか、心なしか扇が温かい。触れた指先からぬくもりが入り込んでくるみたいに、身体がポカポカする。それになぜか——懐かしい。

この扇の骨の硬さ、扇面《せんめん》の張り、持ち手の要《かなめ》がしっくりと手のひらに収まる感触。

そのすべてに、記憶の奥底にあるなにかが揺さぶられている。

ふと、風が葉を揺らす音や虫の鳴き声が大きくなった気がした。

そして、自然の音がジャン、ジャン、ジャラランと雅な琴の音に変わる。

すると静御前が懐から扇をもうひとつ取り出し、舞い始めた。回っては回り返す動作を繰り返しながら、閉じられている扇で空をなぞったあと、今度は扇を開いて、天の恵みを乞うように両手を上げる。

さっきまで、舞う気なんてなかったはずだった。けれど……。

――懐かしい、踊りたい。

そんな感情が込み上げてきて、自然と私も静御前の動きをなぞるように身体を動かしていた。

金の扇を夜空に翳《かざ》すように泳がせれば、宵闇の中で光る月のようにこの目に映る。

いつの間にか、私は静御前の動きとシンクロするように舞っていた。生まれてこの方、舞なんて踊ったこともないのに、身体が次の動きを覚えているなんておかしい。

やがて神社の木々から剥がれ落ちるようにして紅葉が宙を旋回し、金色の光となって天へと昇っていく。

「うわあ……綺麗……」

金色の紅葉が一気に空へと舞い上がる様に、目を奪われていると――。

生暖かい風が肌を撫《な》でた。たちまち空が曇り、ポタッと頬に雫《しずく》が落ちてくる。それは次から次へと地上を濡《ぬ》らし、すぐに勢いのある雨になった。

「う、嘘！　あんなに晴れてたのに……」

「今のは雨乞いの舞だ。舞ったことがないと言ってはいたが、お前の魂が神に届く舞をいかにして踊るのか、覚えていたようだな」

「魂が……」

そんな非現実的なことがあるわけない。そう思うけれど、妙に納得している自分もいた。踊れるはずがない舞を踊れたことがなによりの証拠だ。

「これで、眠っていたお前の力も目覚めた」

「それって、どういう……」

どういうことですか?と静御前に尋ねようとしたときだった。

――ゴロゴロッ、ガッシャーン！

突然、闇をふたつに裂くような雷が境内に落ちた。

「きゃあああっ」

耳を押さえてその場にしゃがみ込み、私は灰色の空を見上げる。細い雲が生き物のように空をうねうねと動いていた。しかも、雲間から信じられないものが顔を出す。

「なに、なんなの……あれ……」

天から下りてくるのは、深紅のぎらついた瞳と赤い鱗《うろこ》で覆われた身体から成る巨大な龍。私は完全に腰が抜けて、舞殿に尻餅をついた。

「てめえが俺の嫁か」

目の前に現れた龍が、鋭くて太い牙のある口を開けて話しかけてくる。

「なにあれ……」

これは夢……？　わ、私、失恋のショックで頭がおかしくなってるんだ。だっておかしい。聞き間違いじゃなければ、あの龍、私に向かって俺の嫁か？って……。

「来たか……。お待ちしておりました、龍神様」

こうなることを知っていたのか、静御前は少しも驚いていない。私の隣に立つと、淡い光を放ってみるみる縮んでいく。そして信じられないことに、二歳児くらいの幼女に変貌《へんぼう》した。

「静御前!?　その身体はどうしたんですかっ」

「霊体《れいたい》で元の姿を維持するのは、体力を使うのだ。だから普段はこうして童《わらべ》の姿をしている。そのほうが、力の消耗を抑えられるからな」

霊体って、文字通り肉体のない生き物って解釈であっているのだろうか。ダメだ、ついていけなさすぎて、こめかみのあたりが痛くなってきた。

「これしきのことで、いちいち動揺していたら立派な白拍子になれぬぞ」

幼女版の静御前は声が高く、話し方まで舌っ足らず。可愛いけど、口調が偉そうだからかな、なぜかマセガキっぽい。

「私、白拍子になる気ないですからね？」

「てめえら、俺を無視するたあ、いい度胸じゃねえか」

静御前に念を押していると、龍神様が話に割り込んでくる。

「決して無視していたわけでは！」

――ミニチュア静御前に気を取られて、存在を忘れてはいたけれど。

「この俺を雑に扱うとはな。人間は随分と偉くなりやがったみてえだ」

天に浮く龍神様の身体がぶくぶくと水泡に包まれていき、やがて小さくなっていく。

水泡の集まりは滝のごとくザバーンッと地面に降り立つや否や、パチンッと弾けた。

そこから燃えるような赤髪と頭に二本の角を持つ男が現れる。

う、わ……。一瞬にして、視線を奪われた。目も覚めるような美しい男だった。

歳は二十代後半くらいで、私とそう変わらなそうだ。前髪は左右に分かれており、深紅の双眼は切れ長で鋭い。腰に携えている刀と相まって、威圧感が凄《すさ》まじかった。

はだけた黒い着物の胸元に腕を突っ込み、髪色と同じ羽織をはためかせながらこちらにやってきた龍神様。人の背よりも高い位置にある舞殿に、軽く地面を蹴っただけで飛び乗った彼は、私を高圧的に見下ろしてくる。

「俺はすこぶる機嫌が悪い。だから返事は『はい』以外、受けつけねえ」

「……は？」

「てめえは龍宮神社の巫女になれ」

「……え、無理です」

巫女ってなにをすればいいかわからないし、神社のことも詳しくないし、私には務まらない……というか、そもそもまだ仕事辞めてないし。

「あ？」

私の回答がお気に召さなかったのか、龍神様の額にぴきりと青筋が入る。ひいっと小さく悲鳴をあげると、龍神様は私の顎を乱暴に掴んで詰め寄ってきた。

「俺はすぐにでも天界に帰りてえんだよ、断るんじゃねえ」

「す、すみません！　けど、帰りたいなら、好きなときに帰ったらいいんじゃゃ……」

「それができねえから、こうして頼んでんだろうが」

いや、頼んでないですよね？　脅してますよね？　もう、この方神様なんだよね？　それなのにメンチ切ってくるし、ドS鬼畜不良神様って呼んでやる。

「おおっ、おおっ、ようやく来てくださいましたか！」

突然、砂利を踏む音と共に、境内にひとりの老人が現れた。長い白髪を後ろでひとつに束ね、光沢のある白い龍の文様《もんよう》入り白袴《しろばかま》を身につけている。

「ああっ、ついに龍神様がこの神社に……っ。そして神様に願いを届けることができる、真の舞い手も！　龍神の長様のお話は誠だった！　うれしくて、もう今死んでも悔いはないわいっ」

瞳をうるうるさせながら、私と龍神様を見つめているおじいさん。なんだか感動されているみたいだ。

「お、おじいさんはこの神社の方ですか？　いえ、まず生きてますか⁉」

光の加減のせいか、おじいさんの目の下には影ができ、肌も青白い。幽霊に神様、とにかく人間じゃない存在が連続で登場してきたせいか、おじいさんまで幽霊に見えてきてしまう。

静御前みたいに、死人だったらどうしよう。人間が私しかいないとか……夢ならもう覚めて。

「わしは宮光吉綱《みやみつよしつな》、この神社の神主じゃよ。わしはずっと待ってたんじゃ、神をも癒やしたとされる特別神気の強い舞い手の生まれ変わりを」

「生まれ変わり……？」

眉間にしわを寄せると、静御前はくるりと背を向けた。

「先ほどの舞は、舞と呼べるほどの出来ではなかったが、初めて舞ったにしては上出来。お前は私の生まれ変わりなのだから、舞もすぐに習得できよう」

「えっ……私が、静御前の……？」

でも、だからなの？　知らないはずの言葉を知っていたのも、知らないはずの舞を踊れたのも、今朝あんな夢を見たのも——。

「私は転生するはずだったんだが、魂の一部……欠片が地上に残ってしまってな」

静御前はとんっと指先で私の胸を叩《たた》いた。

「理由はなんとなく察してはいるが……いや、この話はいい。言っていて情けなくなるからな。とにもかくにも、私はずっと、自分の未来を……お前を待っていた」

向けられたのは、愛しいものを眺める眼差しだった。見守られてる、そんなふうに感じて、私は返す言葉が見つからない。

「私のお膳立てはここまでだ、あとはうまくやるのだぞ、静紀」

それだけ言い残して歩き出した静御前は、すうっと空気に解けるように姿を消してしまった。

「静御前⁉」

どこに行ったのかと私がキョロキョロしていると、ガシッと龍神様に腕を掴まれた。

いや、捕獲された？

「じじい、準備はできてんだろうな？」

「ええ、それはもう」

なんの準備？　私をそっちのけで話しているふたりを見て、これからなにが起こるのだろうと恐怖していると、吉綱さんが私に向き直り、その場に土下座する。

「どうかこの通りじゃ！」

「吉綱さん!?」

「古代から巫女は舞――神楽によって神様に人々の願いを届け、その恩恵を地上にもたらしてきたんじゃが……。時が経つと共に、神様の存在を信じる者も減り、霊力のある巫女がいなくなってしまったんじゃ。今では神様のご利益がある神社はないに等しい。参拝客も来なくなっていってしまって、もう、もうっ……、死活問題なんじゃ！」

およよ、と泣き出した吉綱さんは、縋《すが》るような目で私を見上げてくる。

「でも、あなたが現れた！　舞で雨を降らせた特別な舞い手が！　わしも六十になる。高血圧に腰痛持ち、身体もボロボロの老いぼれじいさんじゃ。だから、わしを助けてくれんかのう？　この神社の巫女になってほしいんじゃ！」

鬼気《きき》迫る表情で訴えてくる吉綱さん。あまりの剣幕に相づちすら打てないでいた私は、はっとして龍神様の手を振り払い、舞殿の端に放り置かれていた鞄を肩にかける。

「本当に申し訳ないんですけど、私は巫女にはなれません。他をあたってください」

雨が降ったのだって、どうせまぐれだ。好きな人の特別にすらなれなかった私に、そんなアニメや漫画のヒロインみたいな力があるなんて誰が信じるっていうんだろう。

さっさと立ち去ろうとしたら、「逃げんじゃねえ」と龍神様の肩に担がれた。

「ちょっ、なにするんですかっ……」

「てめえに拒否権はねえ。つべこべ言わず、巫女になりやがれ」

「横暴だっ、このドS鬼畜不良神様！」

有無を言わさず、私を神社の建物のほうへ荷物のように運んでいく龍神様。

「口答えすんな。さもなけりゃ――」

龍神様は腰の刀に手を伸ばし、カチンッと親指で鍔を押し上げ、鈍く光る銀の刀身を見せつけてくる。

こんなの脅しだ！　仕事を辞めたいとは思ったけど、会社に迷惑かけるし、すぐにはできない。でも……断れば斬られる。選択肢なんて、あってないようなものだ。

「わ……わかりました。巫女になる件、お受けします」

殺されてしまうかもしれないなら、巫女を引き受けるしかないじゃない。

ため息をこぼしながらも、いいタイミングだったのかもと思う自分もいた。

居づらい会社、二股した恋人、行き遅れた娘を憐みの目で見る家族。私の帰る場所なんて、どこにもない。なら、新しい職場が見つかっただけでもありがたいのかもしれない。そう自分に言い聞かせていると、吉綱さんがうれしそうにあとをついてくる。

「ありがとうございますっ、それではさっそく巫女になる儀式を始めましょう！」

「巫女になる儀式？」

なにそれ、そんなすぐに準備できるものなの？　そういえばさっき、吉綱さんと龍神様が準備がどうのこうのって話してたような……というか私、まだ辞表も出してないんですけど。

「さ、参りましょう！」

ノリノリの吉綱さんに一抹の不安が残るも、私はあれよあれよといううちに建物の中に連れていかれ……。

二

——白無垢《しろむく》を着させられた。

『本来これは巫女の仕事なんじゃが、うちは巫女がいないからのう。支度を手伝うのがこんなじじいで悪いのう』

吉綱さんがそう言って着つけてくれたのだけれど、なぜに白無垢？　巫女になるための儀式なんだから、ここは普通巫女服ではないだろうか。

わきあがる疑問を胸に秘めつつ、吉綱さんの先導で神社の本殿なる場所に向かう。

どこからか雅びな音楽が鳴っているのだが、誰かが演奏している姿は見えない。きっと、音楽プレイヤーで流しているんだろう。

本殿に入ると、神前に果物やお酒、野菜が並んでいた。明らかに、私が着替えている間に準備できるセットじゃない。

「――高天原《たかあまはら》に神留《かむづ》まり坐《ま》す　皇《すめらがむつ》親　神漏岐《かむろぎ》神漏美《かむろみ》の命《みこともち》以て　八百万神等《やほよろづのかみたち》を神集《かむつど》へに集《つど》へ給《たま》ひ――」

吉綱さんの祝詞《のりと》を聞きながら、私はダラダラと変な汗をかいていた。

なにかがおかしい。動揺を隠せずに視線を彷徨わせていると、祝詞が終わった。私は柄の悪い龍神様と並んで座らせられる。

「それでは、三度お神酒《みき》を酌み交わし、過去、現在、未来を結び、今後生涯を共にする誓いを立ててくだされ」

吉綱さんが朱色の盃《さかずき》を手渡してきたので、私は耐えきれず――。

「あの、生涯を共にするとは？　というかこれ、神前式《しんぜんしき》ですよね？」

そう聞き返せば、満面の笑みが返ってくる。

「なあに、それくらいの気概で神様に仕えろという意味じゃよ」

そういうものなの……？

もやもやしながら盃に口をつければ、今度は龍神様と向き合うように立たされる。

「それでは、龍神様の角に口づけを」

「えっ……そんなことまでしなくちゃならないんですか？」

さすがに見ず知らずの男の人……じゃなくて神様に、角とはいえ口づけろとか、難易度が高すぎる。

私がいつまで経っても動こうとしなかったからだろう。龍神様はチッと舌打ちをして、私の腕を引っ張った。

「うわっ」

前のめりになる私の腰を抱き寄せ、龍神様は逃げられないように拘束する。

「別に減るもんじゃねえだろ、とっととやれ」

有無を言わさない視線が、私を射抜いた。

これ、本当に巫女の儀式なんだよね？　でも、ここでやっぱり辞退しますとか、言える雰囲気じゃない。というか、目の前の龍神様がそれを許すとは思えない。

えいっ、もうどうにでもなれ……！

腹をくって背伸びをすると、龍神様の肩に手を載せて軽くその頭を引き寄せる。

そして私は、「んっ」とその角に口づけた。その瞬間、ドクンッと心臓が鳴り、ふらりとよろめく。

「もう後戻りできねえぞ、てめえも俺も」

龍神様は私を抱き留め、忌々しそうにそう言い放った。

「なに、これ……」

発熱してるみたいに身体が熱い、血液がものすごい速さで全身を駆け巡ってる。自分の足で立てないでいると、吉綱さんが拍手をし始めた。

「めでたいのう、めでたいのう！　かれこれ数百年も奉り神が不在だったこの神社に、ついに龍神様が……っ。それも、先代から伝え聞いていた龍神婚姻の儀を任されることになるとはっ、なんたる幸せ！」

「……は、婚姻の儀……？」

力の入らない身体に鞭《むち》を打ち、顔を上げると、頭上からため息が降ってきた。

「龍神の角に口づける行為は、龍神の世界では婚姻と同義《どうぎ》。たった今、俺とてめえは夫婦になったってわけだ」

「ふ、夫婦!?　で、でも、龍神の世界ではってだけで、ここは人間の世界なわけですし、無効だと思います！」

「屁理屈言ってんなよ。この夫婦の契《ちぎ》りは龍神の長にしか解けねえ。もしくは俺たちのどっちかが死んだときだ」

「誰か、夢だと言って……」

頭痛がして、私は両手で頭を抱える。

「騙《だま》すような形になって、申し訳ないのう。実は……」

そう言って吉綱さんが話し出したのは、私の知らないところで仕組まれていた婚姻の裏事情。なんでも遥か昔、龍神の先祖が巫女と恋仲になって夫婦の契りを交わしたことから、代々龍宮神社の奉り神になる龍神は、そこの巫女と婚姻する習わしになっているのだとか。でも、龍宮神社には力のある巫女がなかなか現れなくて、長らく奉り神が不在。この神社の辺りでは、神様の恩恵が行き渡らないばっかりに、あやかし絡みの揉め事が起こり始めていた。

「一刻も早く、奉り神を迎える必要があったんじゃ。そんなときに龍神の長様がわしの夢に現れてのう。今日巫女と龍神様が神社を訪れるから、婚姻の儀の準備をしておくようにと」

つまり私は、龍神の長様を始め吉綱さんにもはめられたらしい。たぶん、私に舞を舞わせた静御前もグルなんだろう。

「……事情はわかりました。けど、なにも言わずに婚姻させるのは不公平です！」

「もしてめえに事情を懇切丁寧に説明したとして、てめえはすんなり『はいそうですか』って首を縦に振ったか？」

龍神様の物言いには呆《あき》れが滲《にじ》んでいる。

「それは……」

間違いなく巫女になる話は辞退していただろう。だって婚姻とか……無理でしょう。

「ほれみろ、納得できねえだろ。俺は早く天界に帰りてえ、そのためには龍宮神社に神のご利益があると人間たちに実感させ、信仰を取り戻さねえとならねえ」

「じゃ、じゃあ期間限定ってことですか？」

「当たり前だろうが。でなきゃ、誰が好き好んで人間の女なんかを妻にするか」

……棘《とげ》のある言い方だな。こっちだって、神様なんて恋愛対象外だし！

「いいか？ 俺はいろいろあって神力が弱まってる。てめえとの婚姻で多少は戻ったが、それでもまだ足らねえ」

「しんりき？」

「神の力のことをそう呼ぶんだよ。つーことで、てめえはその舞で俺の力を高め、俺が天界に戻れるように、馬車馬のように働くんだな」

ふんっと鼻で笑う、鬼畜なドS神様。

「なっ……」

——拝啓お父さん、お母さん、静紀は予想だにしていない形で、このたび嫁に行くこととなりました。敬具。

三

数日後、私は龍宮神社に引っ越してきた。

吉綱さんなりのお詫《わ》びらしく、三食付きで神社の母屋に家賃タダで住まわせてもらえることになったのだ。至れり尽くせり……なのが逆に怖い。

そんなこんなで、ちょうど更新月《こうしんづき》が近かったこともあり、借りていたマンションの部屋を急いで引き払ったのでバタバタだ。

「ありがとうございました〜」

私は引っ越しトラックを見送る。

婚姻の儀をした次の日、私は体調不良を理由に仕事を辞めた。周りからは白い目で見られたけれど、巫女にならなかったら、あの横暴神様に刀でさばかれていただろう。社会人としてどうかと思うが、命がかかっていたのだから仕方ない。それに、私と敦の関係が佐川さんや他の社員に知られたら、お互いに立つ瀬がない。だから敦も、私とのことなんて初めからなかったみたいに、一切の連絡を絶ったわけだし。

でもまさか、失恋してすぐ自分が結婚することになるなんて……。しかも、仕組まれて神様と。

喜んでいいものかと母屋に戻ると、玄関には台所に運ぶダンボールがひとつ。一応これからお世話になるわけなので、お惣菜《そうざい》パックやらお醬油《しょうゆ》やら、お饅頭《まんじゅう》やらを買ってきたんだけど、喜んでもらえるかな……って、私なんでこの状況をちゃっかり受け入れてるんだろう。

「よいしょっ」

私はダンボールを抱えて、台所に向かう。

しいていうなら、恋人に捨てられてすぐにひとりにならずに済んだからかも。

今日から始まる居候生活にわくわくしている理由を探していると、廊下の途中にある縁側で龍神様が寝そべっていた。しかも、昼間っからお酒を食らっている。

「あのう、龍神様？　私、今日からここに住むことになりました。どうぞ、よろしくお願いします」

ダンボールを持ったまま、私は縁側にいる龍神様の隣に立つ。龍神様は私には目もくれず、庭をハラハラと舞う紅葉を眺めていた。

「その、お饅頭買ってきたので、あとで一緒に食べませんか？」

期間限定のかりそめ夫婦とはいえ、龍神様が天界に帰るまでは協力して神社を再建しなきゃいけない。なら、できるだけ仲良くしておいたほうがいいと思って歩み寄ったつもりだった。だが、先ほどから返答がない。ピヨピヨと鳥の鳴き声だけが私たちの間を通り過ぎていく。

「龍神様、聞こえてますよね？　無視なんてひどいじゃないですか！　お引っ越し同期みたいなものなのに……」

根気強く話しかけるけれど、会話のキャッチボールが成り立たない。

どうしたものかと縁側に腰かければ、龍神様はちらりと私に視線を向けた。そう、まるで汚物を見るような目で。

「騒がしい、黙れ。てめえは喋《しゃべ》ってねえと死ぬ病気なのか？」

出会ったときから、龍神様は辛辣《しんらつ》だ。彼のセリフを借りるとすれば、『龍神様は人を罵《ののし》ってないと死ぬ病気なんですか？』と尋ね返したい。

「どうしてそんなに邪険にするんですか？」

なにもしてないのに、むしろ勝手に嫁にされて怒りたいのはこっちだ。冷たくされるのは納得がいかない。というか、そこまで拒絶されるとさすがにへこむ。

「てめえが人間だからに決まってんだろうが」

「それだけで⁉」

「それだけ、だと？」

ぴくぴくと龍神様の眉が震えている。あ、これやばいやつ。

「困ったらすぐ神頼み、他力本願で神の恩恵っつう甘い汁を啜《すす》って生きてるてめえら地上のうじ虫どものどこを好きになれと？」

「う――うじ虫なんて、あんまりです！　女性に対して失礼にもほどがあります！」

「女性？　はっ」

龍神様は鼻で笑った。すごくバカにされている気がする。

「てめえは、うじ虫に欲情するか？」

「…………」

「てめえを女として見ることは一生ねえ」

——私は悟った、この性悪神様とは一生わかり合えない。

「百歩譲って、女として見れなくてもいいです。けど、うじ虫だけはやめてくれませんか？　私は静紀です、原静紀。ちゃんと名前で呼んでください」

そうお願いしたところで聞いてくれる神様でないことは、この短いやりとりでも嫌というほど思い知った。これはダメ元だ、ダメ元。

「その名前は、てめえにはもったいねえ。うじ虫で十分だろ」

ほら、やっぱり。そっちがその気ならと、私は段ボールを開封して、中からお饅頭の入った箱を取り出す。

「次、私をうじ虫って呼んだら、こうしてやります」

私は龍神様の口にお饅頭を突っ込む。

「ふぐっ」

鳩が豆鉄砲を食ったような顔。もぐもぐと口を動かした龍神様の頬が徐々に緩んでいき、心なしか瞳もキラキラしているような……。

「もしかして、お饅頭が気に入ったとか」

「……んぐっ、んなわけねえ。人間が作ったもんなんか、食えるか」

ごくんっとお饅頭を飲み込んだ龍神様は、そう言いつつもじっと私の手にあるお饅頭の箱をちらちら見ていた。

「そうですか、じゃあ他のみんなで分けますね」

龍神様が食べたそうにしているのに気づいていたが、私は段ボールを手にすくっと立ち上がる。すると、龍神様も腰を上げた。しかも私の段ボールから、お饅頭が入った箱だけを横取りしようとする。

「あっ、ダメですよ」

ひらりとその手をかわせば、ギロリとあのいかつい眼差し。

お饅頭、よっぽど気に入ったんだな。

そう思うと、龍神様の怖さが半減する。私はお饅頭の箱をちらつかせつつ、交換条件を持ちかけることにした。

「私のこと、静紀って呼んでください。あと、龍神様の名前も知りたいです」

龍神の長がいるってことは、龍神は他にもいるってことだ。聞いちゃったあとでなんだけど、人間みたいに名前とかあるのかな？

答えてくれるか怪しかったが、龍神様は苦虫を嚙み潰したような表情を浮かべている。取引材料がお饅頭でどうなんだとも思ったけれど、効果はてきめんだったようだ。

「……翠」

「すい……それが龍神様の名前……。綺麗な音ですね、どういう字を書くんですか？ちなみに、私はこう書きます」

縁側にあった草履を借りて地面に下りた私は、手近にあった木の枝で土の上に【静紀】と書いて見せた。次は龍神様の番ですよ！と期待しながら見上げれば、「面倒くせえ」とそっぽを向いてしまう。

「お饅頭」

和菓子でそそのかせば、翠の肩がぴくりと跳ねた。本当に渋々といった様子で、私の隣にしゃがみ、端正な顔に似合う美しい字で【翠】と書く。

「翠って……みどりとも読みますよね。翠の髪、真っ赤なのに変なの」

ふふっと笑えば、翠がわずかに目を見張った。私は記憶に刻むようにもう一度、その名を口にする。

「翠」

「気安く呼ぶんじゃねえ、うじ虫が」

「またうじ虫って言った……名前を呼んでくれるまで、翠、翠って連呼しますよ」

にんまりしながらそう言えば、翠は首に手を当ててため息をつき、唇を動かした。

「静紀」

低く耳心地のいい声が私の名を奏でた。不覚にも鼓動が跳ね、一瞬ぼうっとしてしまった私は、すぐに頭《かぶり》を振る。なにをときめいてるんだ、私は。

とにもかくにも、これからは名前で呼んでもらえそう。そんな淡い期待は翠のひとことで早々に打ち消される。

「これで満足だろ、うじ虫。これは俺が処分する」

お饅頭の箱を奪い、翠は縁側に胡坐をかく。

「あっ、ちょっと！　また、うじ虫呼びに戻ってるし……」

吉綱さんと静御前にもあげるはずだったんだけどな。

諦めて段ボールを手に縁側を離れる。ふと振り返ると、翠はお饅頭の箱をしっかり膝に載せ、お酒とお饅頭を交互に口にしていた。

「……あの組み合わせってどうなの？　というか翠って、実は甘党？」

今度は違うお菓子を差し入れてみよう。そんな考えを巡らせながら、台所を目指して廊下を歩いているときだった。背後からカチカチカチ、と音がして立ち止まる。

……なんの音？

首を捻りつつ足を進めると、やっぱりカチカチカチカチと聞こえてくる。意を決して、バッと振り向くと、そこには――。

「ニャッ」

びくっと飛び跳ねる黒猫がいた。さっきの音は、爪の音だったみたいだ。

黒猫は宝石のような金と青のオッドアイだった。ただ、尻尾が四本に分かれており、その先には青い炎がメラメラと燃えている。

「ば、ば……化け猫……」

ガクガクと足が震え、その場にへたり込む。

この間は神様と幽霊、今日は化け猫……。私の心臓、いつ止まってもおかしくない。

無言で化け猫と見つめ合っていると、その視線が私の持つ段ボールにチラチラ向けられているのに気づき、中身を確認する。

なんだろう、なにか気になるものでも……あ。箱のいちばん上に【にぼしチップス】の袋が。もしや、これにつられて？　普通の猫じゃなくても、やっぱり魚が好きなのかな？

私はスナック菓子の袋を開けて、にぼしチップスをひとつ手に取ると、恐る恐る化け猫に近づけてみる。

「……た、食べる？　あ、でも猫ってスナック菓子ダメだよね？　いや、普通の猫じゃなさそうだし、大丈夫なのかな？」

あれこれ悩んでいたら、化け猫が「シャーッ」と毛を逆立ててきた。

「ひあああっ、威嚇しないで！」

私が大きな声を出したからか、化け猫は「うにゃっ」とすっ転んだ。怖がっていたこともすっかり忘れて、慌ててその身体を助け起こそうとすると――。

ぼわっと青白い炎がその身体を包み込み、慌てた私は足を滑らせる。

「きゃっ」

燃える！と目を瞑《つぶ》るも、熱くない。それどころかひんやりとしていた。やがて炎が薄れていき、妙に地面が柔らかいことに気づく。

「え……」

完全に炎が消えると、私は学ランを着た中学生くらいの男の子を下敷きにしていた。目にかかるほど長い前髪の下には、あのオッドアイの瞳。その頭には、ぴょこんと猫耳があり、お尻にも四本の尻尾がある。

「ね、猫耳……少年？」

「……重い」

抑揚のない声で、少年はじとりと見上げてくる。猫っ毛なのか、柔らかそうなその黒髪はあちこち跳ねていた。

「……退いてって、言ってる」

「す、すみません」

慌てて退こうとしたのだけれど、どうも視界を掠《かす》める猫耳が気になる。ゆらゆら揺れている尻尾も気になる。

不愉快そうに睨《にら》んでくるこの少年は、目の色からするにあの化け猫で間違いなさそう。怖かったはずなのに、こう人間っぽい姿になると、むしろ……可愛い。

「ほんと、すみません」

たまらず、その猫耳を両手でふにふにした。

「……な、なにするんだっ」

「ほんとすみませんっ、どうしてもさわらずにはいられなくて。あ、これあげるので、許してください！」

いたいけな少年を撫で繰り回した私は、癒やしてもらった報酬ににぼしチップスが入った袋を献上した。彼はそれをぶん取り、大きく後ろに飛び退くと、ピンッと尻尾を立てながら体勢を低くする。

――警戒されてる……ものすごく。にぼしチップスでは埋められない壁を感じる。

先日は神様、今日は猫耳少年に変身する化け猫。驚きも通り越して、今ならどんなことにでも順応できそうだ。

猫耳少年を前に、さてどうするかとため息をつきそうになったとき、背後から足音が近づいてくる。

「静紀さん、引っ越しで疲れたじゃろう。昼食を作ったんじゃが……ん？」

吉綱さんの視線が猫耳少年に注がれる。

「よ、吉綱さんにも見えてます？　さっき廊下で会って……というか彼は人間？　化け猫？　一体なんなんでしょうか！」

「落ち着くんじゃ、この子はミャオじゃよ。静紀さんはあやかしを見るのは初めてかのう？」

「あ、あやかし？」

そういえば前にも、そのワードを聞いたような……。

「そうか、そうか。突然〝見る力〟が覚醒したんじゃな？　だとしたら静御前様と静紀さん、分かれていたふたつの魂がまた出会ったのが原因じゃろう。それで、もともとあった力を取り戻せたのやも。ミャオが見えるのが、その証じゃ」

「えっと……私、霊感を手に入れちゃったってことですか？　というか、あやかしって霊とは違うんですか？　もう、なにがなんだか……」

私の反応でいろいろ悟ったのか、吉綱さんは「わかったわかった」と二度頷《うなず》いた。

「いちから説明するでのう。あやかしというのは、もとは神様や人間、動物の霊なんじゃ。それらが憎しみを持つと、霊はあやかし堕ち、神様は神堕ちといって魂が穢れ、あやかしになる。生前の姿を保っていないものはあやかし、と見分けるといい」

「じゃあ、あの子はあやかしなんだ」

ミャオを見れば、キッと睨まれてしまった。

「あ……さっきは怖がったりして、ごめんなさい」

肩を竦《すく》ませながら謝るも、ミャオはふいっと顔を背けて去っていってしまう。

気まずい空気が漂い、見かねた吉綱さんが「ミャオは人見知りなんじゃよ」と間を取り持ってくれた。

「あやかしは気性が荒く冷酷じゃが、彼らにも意思があるからのう。基本は常世《とこよ》であやかし同士社会を築き、生活しておる。まれに現世《げんせ》への未練ゆえ、この世に留まる者や常世から現世に来て悪さを働く者もおるがのう」

「とこよ……げんせって、なんですか？」

「ああ、常世は行き場のないあやかしのために神様が用意した世界のことで、現世はわしらがいるこの人間の世界のことをいうんじゃよ」

私のいる世界の他に、別の世界が……。

吉綱さんの話からすれば、静御前やミャオもなにか未練があって現世に留まってるってことだよね。ふたりはどんな未練があって、ここにいるんだろう。

「私のことが気になるか、静紀」

「うわっ」

急に耳元で囁《ささや》かれ、肩をびくつかせる。勢いよく振り向けば、幼児姿の静御前が腰に手を当てて立っており、ふんっと笑った。

「今までどこに行ってたんですか！」

「ずっとお前の中にいたぞ。これまでは地上を放浪しておったが、こうして自分の魂に出会えたのだ。用がないときはお前の中におることにした」

どうりで、婚姻の儀をした日から姿を見ないと思った。

「……それはそうと、静御前。婚姻の儀のこと知ってましたよね？」

ぴたりと静御前の動きが止まり、懐から取り出した扇で口元を隠す。

「お前が言ったのだろう、幸せな結婚がしたいと」

「言いましたけど、かりそめの婚姻で幸せになれるはずがないじゃないですか……」

「幸せは己で手に入れるもの。この婚姻が幸と不幸、どちらに転ぶかはお前次第。龍神の長と名乗る神が私の前に現れたときは何事かと思ったが、お前にとって転機になればいいと思ったままで。だから私は、その力を目覚めさせ、龍神様と引き合わせた」

静御前はあくまで私のために龍神の長様に加担したと？　でも、なんで……。

「八百年近く、この世に留まった甲斐があったな」

「は、八百!?　どうして、そんなに現世に……」

「霊が成仏せずにこの世に留まる理由など、後悔や恨み、悲しみ……大なり小なりいいものではない。知らぬほうがよいこともあるということだ。余計な詮索はせず、お前はさっさと翠様と愛し合い、子宝に恵まれた姿を私に見せろ」

早々に話を切り上げる静御前。深く聞かれたくなさそうだったので、それ以上は触れられなかった。にしても子宝って……人間の私が神様の子供なんて産めるの？

「静御前様が生きた平安時代末期から鎌倉時代初期は、まだ白拍子や巫女が多く存在し、その舞に応えて神様も地上に多く降り立っていたとか」

吉綱さんは羨むような目で静御前を見上げる。

「今よりは遥かに神もあやかしも身近に存在しておったな。〝見える者〟もたくさんいたが、時が経つにつれ、減ってしまった」

その顔に憂いを滲ませたのは、静御前だけではない。

「神様と繋がることができた舞い手がいなくなり、ご利益を実感できなくなった人間は神社を訪れなくなる。信仰されることで存在できる神社の奉り神たちは弱り、消えるか天へと帰っていくかのどちらかだったそうじゃ。神様方は多くのお仲間を失い、さぞ胸を痛めたことだろうの」

嘆きを含んだ物言いでそう告げると、吉綱さんは深いため息をついた。

翠や神様たちの思いを考えると、申し訳なくなる。今日こそいいことがありますように、幸せになれますように。これまでそうやって軽い気持ちで神社にお参りに行っていた自分が恥ずかしい。

「神様たちは、助けたはずの人間に裏切られたような気持ちですよね。翠の人間嫌いも、それが原因なのかも……」

「そうか、そうして神様の立場に立って考えられる静紀さんなら……」

意味深に見つめてくる吉綱さんに、「え？」と目を瞬かせる。

「ああ、いや、こっちの話じゃ。翠様は……そうさのう、この現状のいちばんの被害者かもしれんのう」

吉綱さんは翠のなにを知っているのだろう。でも、それを吉綱さんから聞くのは違う気がした。本人が話したがらないことを、他人から聞き出すなんて、余計関係が拗《こじ》れてしまうだろうから。

「かくかくしかじか、特にこの神社は巫女と婚姻した神様が奉り神となるからのう、巫女不足も相まって、先代の頃からすでに奉り神がおらんかったんじゃ」

「奉り神がいないと、具体的にどう困るんです？」

「この界隈の神気が薄れ、あやかしや霊が住みやすい土地になってしまうんじゃ。当然、あやかし関係の問題事もたくさん起こってくる。だが、わしも歳だからのう」

腰をさすりながら、吉綱さんがとほほと俯く。

「この龍宮神社は霊やあやかし、神様や人間。それらが共存できるよう、仲を取り持つ神社じゃ。神主にもその役目があるんじゃが、それもしんどくなってきてのう」

「吉綱さん、後継者とかいないんですか？」

まずいことを聞いてしまっただろうか。吉綱さんが「うっ」と苦い顔をする。

「息子がおるんじゃが、三年前の妻の葬式以来会っておらんな。息子も〝見える〟人間だからのう、人ならざる者が集まる神社は気味が悪いと言って、成人してすぐに家を出てしまったわい。だからのう、もう静紀さんと翠様だけが頼りなんじゃ！」

吉綱さんが私の肩を掴み、血走った目で穴が開くほど凝視してくる。ちょっと怖い、夢に出てきそうだ。

「静紀さんにはこれからバンバン神楽を舞ってもらって、ご近所さんたちに龍宮神社で参拝すれば、ご利益があると証明してもらいたいんじゃ！」

「バンバン舞ってって……」

なんか、ありがたいはずの舞が急に安っぽく聞こえてくる……。

「期待に添えるかわかりませんが、舞もこれから覚えられるように頑張ってみます。静御前もいてくれてますし……ってあれ？」

振り返ると、もう静御前の姿がない。ほんと神出鬼没だな。

まさかの形で失恋したその日の内に、騙されて龍神様と婚姻。おまけに自分が静御前の生まれ変わりだと告げられて、やったこともない舞を奉納する巫女に転職。

しかも、これから神様とあやかしの化け猫、そして幽霊と同居なんて……。
この先、不安以外のなにもないけれど、もう私には行く場所がない。
ここで、やれることをしなくちゃ――。

二ノ舞　忘れな草の恋にさよならを

一

翌朝、私はさっそく神社の練習場で静御前に扱《しご》かれていた。

「そこっ、扇の位置が高いっ、水平だって言っただろう！」

「す、すみません」

「鈴も鳴らしすぎだ！」

「いたっ、すみません……師匠」

いい大人が幼女に扇でお尻を叩かれる……なんとも、シュールな光景である。

慣れないことばかりで。心が折れそうだ。舞の指導となると、静御前は容赦ない。

だからか、つい『師匠』と呼んでしまう。

「動きを覚えるのは得意のようだが、その程度なら『待て』と『お手』ができる犬と同じだぞ」

「犬……」

「動きをただ暗記しただけの舞ほど、美しくないものなどない。お前はまず、舞に込められた意味から知る必要があるな」

やれやれと言わんばかりに、静御前は両掌《りょうしょう》を天井に向けて首を横に振る。

「まず、今練習している『浦安《うらやす》の舞』だが、これは平和を願う巫女舞でな、浦安の『浦』は『こころ』、『安』は『安らぎ』を意味する」

「平和、ですか……ああっ、壮大すぎてぴんとこないっ」

わからないストレスで、私は神楽鈴をぶんぶんっと振ってしまう。すると静御前はまた、扇でスパンッと私の頭を叩く。

「いいか、鈴にはその音色で魔《ま》を追い払い、神様を呼ぶ力があるのだぞ。ありがたい鈴をむやみやたらに鳴らすな！」

「すみません、つい手近にあった鈴で気持ちを落ち着かせようと……」

鈴を持つ手を軽く上げると、静御前は盛大にため息をついた。そして扇の先で、私の眉間をぐりぐりと押す。

「舞いは心で舞う。お前なりの舞う意味を見つけるのだな」

「師匠、扇でぐりぐりはやめてください。いつか額に穴が開いちゃいますから」

やんわり静御前の扇を手で押し退ける。心で舞う……舞とは無縁の生活をしてきた私には、それがいちばん難しいんだってと途方に暮れた。

舞の練習を終えたあと、私はくたくたになりながら廊下を歩いていた。

独り立ちを急げるほど、私には舞の経験も実力もない。なのに、なにをいっちょ前に悩んでるんだと怒られてしまうかもしれないけれど……。吉綱さんに住む場所も食事もお世話になりっぱなしなのに、いざ始めてみれば舞はズタボロ。あのあとも静御前から舞の手ほどきを受けたのだが、ダメ出しばっかりで……。

「さすがにへこむ」

私、本当に静御前の生まれ変わりなの？

舞は膝立ちになったり、ひとつひとつの動作が緩慢《かんまん》なので、普段使わない筋肉が悲鳴をあげている。

とぼとぼと居間に向かっていると、廊下の途中にある縁側で翠がまた横になりながら酒を飲んでいた。かりそめとはいえ、自分の夫が飲んだくれなのは内心複雑だ。

「翠、お酒はほどほどにしたほうが……え」

なんとなく素通りできなくて翠のところへ行くと、徳利の隣にある皿にはお饅頭が詰まれていた。

お酒のつまみにするもの、間違えてない？『人間が作ったもんなんか食えるか』なんて言ってたけど、やっぱり昨日のお饅頭気に入ったんだな。突っ込んだら睨まれそうだから、言わないけど。

隣に立っても翠は私をそっちのけで、おちょこを口に運ぼうとしている。

「朝食までですよね？　ご飯を食べましょう、ご飯を」

翠の手から、おちょこを奪い取ると、それはもう殺意のこもった視線が飛んできた。

「なにしやがる」

「私たちは心から結ばれた夫婦ではないですけど、縁あって出会ったわけですし、健康くらい気にさせてください」

昨日、吉綱さんから、神様が人間の信仰を失って消えていっている現状を聞かされたからかもしれない。お節介にも翠を気にかけてしまうのは。

「俺は人間――うじ虫どもと違って、病気なんぞにはかからねえ」

「そこ、言い直さなくていいんですよ。合ってますよ、人間で。〝人間〟で」

「二度も言うな、うっとうしい」

翠は上半身を起こすと、片膝を立てて座り直した。そして、私の手からおちょこを取り返し、失礼にも指を差してくる。

「地上にいるってだけでも苦痛なんだよ。酒くらい浴びるほど飲ませろ」

ご覧の通り、私と翠の間には夫婦の【ふ】の字もない。翠にとって仲間を消滅させた憎らしい人間と、神社の再建のためとはいえ夫婦になるなんて耐えがたい状況なんだろう。だから冷たくされるのは致し方ない。そう頭では理解していても、傷つくものは傷つくので、それを悟られないようにあえて強気に接する。

「もう、浴びるどころか、溺れますよ、その調子だ……とっ」

隣に座ろうとしたら、ピキッと腰が鳴ってはいけない音を立てた。普段、全然運動なんてしないのに、急に舞の練習をしたせいだ。「いっ――」と情けない悲鳴をあげ、その場に崩れ落ちる私を翠はまるで虫けらを見るような目で見下ろしてくる。

「ここはかっこよく受け止めてくれる、みたいなイケメンシチュエーションがあってもいいと思うんです……」

「なんで俺が、てめぇを助けなきゃならねぇ」

「ですよね。わかってましたとも……ああ、腰が痛い。今までデスクワークだったから、舞の練習で身体がボロボロ……」

腰をさすっていると、翠が鼻で笑う。

「あんな貧相な舞、盆踊りの間違いだろ」

「見てたんですか!? 私の舞の練習……いつの間に？ でも、初めてで盆踊りに見えるだけマシだと思います」

盆踊り、むしろ褒め言葉だと思っていると、翠は一瞬目を丸くして――。

「てめぇは……くっ、くく、そこで前向きになれるあたりが、奇天烈《きてれつ》な女だ」

……あ、笑った。褒められてる気はしないけど、翠がおかしそうに肩を震わせている姿は新鮮だ。怒るのも忘れて見入っていると、翠がおちょこを手に青空を仰いだ。

「静御前の生まれ変わりだろうが、てめぇは舞の初心者だ。初日で成果をあげられる

「わけがねえ」

「うっ……実は静御前に、動きを覚えるだけなら『待て』と『お手』ができる犬と同じだぞって言われちゃいました。舞には心が必要だって」

不思議、敦には仕事で嫌なことがあっても相談なんてできなかったのにな……。

別に敦が頼りないとかではなく、単に私が長女気質のせいで人に頼れないだけなのだが、誰にも悩みを吐き出せないのは、なかなか苦痛だった。

でも翠は私のダメなところをズケズケ言うから、しっかりしなくてもいいやって思える。意外と楽かも、翠と一緒にいるの。

「翠、参考までにどんな気持ちで舞ったらいいと思います？」

「あ？　んなもん、俺に聞くんじゃねえ」

そう言って翠は、いつぞやのお返しとばかりに、私の口にお饅頭を突っ込んだ。

「ふぐっ……んぐっ、ごくんっ。な、なにするんですか！　あやうく窒息するところだったじゃないですかっ」

「どんな気持ちで舞うかなんて、他人に聞いても答えなんざ出ねえに決まってんだろ。それに、舞に込める心が急に芽生えるもんとも思えねえ。そんなもん、やってくうちに育つもんだ」

「やってくうちに……」

静御前も、お前なりの舞う意味を見つけろって言ってたな。

「そっか、焦らなくていいんだ」

これから、心も一緒に成長していけばいい。翠は、そう言ってくれているのかも。

「ありがとうございます。なんか、元気出てきちゃいました」

「元気づけたつもりはねえ。てめえがただ、能天気なだけだろ」

「翠の気持ちがどうであれ、私は励まされたので。今度お礼に、お饅頭以外の甘いものも買ってきます」

ふふっと笑えば、翠はじっと私を見つめてきた。

「……？　なんか顔についてます？」

さっき食べたお饅頭のカスかも、と口周りを手で払っていたら。

「てめえは、おかしな女だ」

翠はすっと目を背け、眉を寄せながらおちょこの中身に視線を落とした。その眼差しが憂いを帯びている理由を尋ねたい。そんな衝動に駆られるけれど、その心に急に踏み込んだりしたら、もう二度と私を受け入れてくれることはなくなる。なぜかそんな気がして、ぐっと言葉を呑み込んだ。

「神社の再建の目途は立ってねえ。人間の信仰心を取り戻せる日なんざ、下手すりゃ永遠に来ないかもしれねえ。そうなったら、てめえとずっと一緒なわけか」

――ずっと一緒。翠の口からそんな言葉が出てくるとは思っていなかったので、鼓動がとくんっと跳ねる。

でも、翠のことだ。遠回しに嫌だと言っているに違いない。なのにときめく私って、どんだけ愛に飢えてるんだか……。

「人間の命はせいぜいもって百年くらいだったな。てめえと夫婦っつーのは納得いかねえが、暇つぶし程度には楽しめそうだ」

「百年ですよ!? 暇つぶしどころか、人生終わっちゃうじゃないですか」

「たかが百年だろ。神は寿命なんて軟弱な呪縛《じゅばく》には囚われねえ」

せいぜいもって百年、たかが百年。神様からしたら人間の寿命なんて、瞬きと同じくらい一瞬なのかもしれない。

「神様にとっては、ほんの短い間かもしれないけど、私にとっては一生ですから。なにがなんでも婚姻を破棄する方法を探します」

「なんだ、俺が夫じゃ不満か？　贅沢なやつだな」

翠は凄んでくるけれど、私も負けじと睨み返す。

「うじ虫が妻で不満なのは、翠のほうでしょう？」

「よくわかってるじゃねえか」

そこはもう少し体裁を大事にして、『そんなことないよ』と言ってほしかった。失恋の傷がさらに抉《えぐ》られた気分だ。

「私は、次こそ幸せになりたいんです！　今度こそ、私を心から……心から、好きになってくれる人に……」

――愛してほしいんです。それが口にできずに唇を噛むと、翠が「今度は？」と怪《け》訝《げん》そうに聞き返してくる。

私、なにムキになって言い返してるんだろう。こんなの八つ当たりだってわかってるけど、暇つぶしの結婚とか恋愛とか、もう男の人に軽く見られるのはたくさんだ。

じわっと涙が目に滲んで、私は立ち上がる。捨てられた女の情けない顔なんて晒《さら》したくなくて、そのまま翠に背を向けた。

「なので、私も鬼畜でドSな男性は好みではありません。論外です」

強がってないと、心が折れちゃいそう。さっきは翠のそばで自然体でいられたはずなのに、今はその口から放たれる剥き出しの本音が怖くてたまらない。

そそくさと踵《きびす》を返す。「おいっ」と翠の呼び止める声がしたが、私は足を止めることも、振り返りもしなかった。

決めた。早く神社を再建して、この夫婦の関係を解消する。絶対に脱《だつ》妻《つま》するんだ。

朝食のあと、神社をひとりの男性が訪ねてきた。蘇《そ》我《が》孝《たか》也《や》さん、二十六歳。三日前に同い年の女性と結婚式を挙げたばかりらしい。新婚ほやほやで幸せかと思いきや、結婚式を挙げた日から奥さんや一緒に暮らしているご両親の身体に水色の花のような形をした痣《あざ》が浮かび上がるようになったのだとか。痣は徐々に数が増えていき、肌を覆い尽くせば覆い尽くすほど、寝込むようになっていったのだそう。これは祟《たた》りではないかと思い、神社に相談に来たようだ。

『あやかし絡みの問題事を解決するのは、神社の仕事じゃ。それが人々の信仰心を取り戻すことに繋がるじゃろう』

翠は嫌そうな顔をしていたけれど、吉綱さんにそう説得されてぐうの音も出なかったんだろう。私たち龍宮神社の面々は、蘇我さん宅に様子を見に行くことになった。

「おふたりとも、こちらです」

家の中に入れてくれた蘇我さんは、翠とミャオが見えていないようで、さっきから私と吉綱さんにしか話しかけない。改めて、ふたりが人間じゃないのだと思い知った。

静御前は舞の練習のあとから姿が見えないので、私の中にいるんだろう。

寝室にお邪魔すると、蘇我さんのご家族が血色の悪い顔で横になっており、私は戸惑いながら蘇我さんに尋ねる。

「これは……っ、病院には行かれたんですか？」

「はい、でも医者からは原因がわからないと言われました。それどころか、この痣も見えていないみたいでして……」

蘇我さんが奥さんの腕の服をまくると、そこには青い小花が寄り集まって咲いているような痣がある。びっしりと身体を埋め尽くしているのか、もうじき顔のほうにも侵食してしまいそうだ。

「ひどい……っ。でも、これって……忘れな草じゃないですか？」

隣にいた吉綱さんも気づいていたのか、静かに頷く。

「忘れな草に、なにか思い当たることはありますかな？　蘇我さんだけ無事なのも、理由があるはずじゃ」

「さ、さあ……」

蘇我さんは目線を泳がせ、唇を引き結ぶ。こんな状況に陥って、動揺しているのだろう。依頼主から話を聞けないとなると、私たちで忘れな草と蘇我さん一家の繋がりを調べるしかなさそうだ。

痣の確認ができたので、私たちは奥さんたちが休めるように場所を居間に移した。

「蘇我さんは、昔からこの家に住んでいるんですか？」

吉綱さんがなんでそんなことを聞くのかわからず首を捻《ひね》っていたら、ミャオが呆れ気味につんと顎を上げる。

「……家に昔からある井戸、事故物件。住んでる場所が怪奇現象の原因になってる可能性があるからだよ。龍宮神社の巫女になるなら、それくらい覚えておくべき」

「無知ですみません。教えてくれて、ありがとうございます！」

小声でお礼を告げると、ミャオは目をパチパチさせて、ふいっと顔を背けてしまう。

機嫌を損ねた……？　うーん、距離の縮め方が難しいな。

ミャオを眺めつつ苦笑いしていると、蘇我さんが「ええ」と部屋の中を見回した。

「もともと祖父母の家でして、生まれたときからここで育ちました。この町からも出たことはありませんね。大学もこの近辺でしたし、職場も徒歩圏内《けんない》です」

そこへ「この子、よくモテたのよ～」と年配のふくよかな女性がお茶を運んでくる。

「やめてくれよ、叔母《おば》さん。ほんとお喋りなんだから」

「いいじゃない、昔の話なんだし。あ、私はこの子の母親の妹でして、孝也くんのことは赤ん坊の頃から知ってるのよ。姉夫婦とお嫁さんまで体調を崩してるって聞いて、男ひとりで看病なんて心配じゃない？　だから私が、この家に通っているの」

一瞬、叔母さんは静かな家の中に視線を巡らせたが、すぐに憂いを隠すように笑う。

「そうそう、孝也くんの話の途中だったわね。今の奥さんとは大学生のときに出会ったのよね。そういえば……その前にも高校時代から付き合ってた彼女がいなかったかしら？」

叔母さんがそう言った途端、蘇我さんの顔色が変わった。

「――やめてくれ、気持ち悪い。あいつのことは思い出したくない」

「そんな言い方……」

身内の叔母さんですら驚いていた。気まずい空気が流れ、ピリピリしている蘇我さんと、これ以上話をするのは難しいだろうなと思う。

「……そうさな、わしらはこれから家を調べるのと、ご近所さんに同じ症状のある人がいないか、聞き込みをすることにいたしましょう」

葬式のように重くなった雰囲気を吉綱さんが変えてくれた。

こうして私は、吉綱さんに用心棒代わりに連れていくようにと言われ、翠とミャオと一緒に近所の人に聞き込みに行くことになった。吉綱さんはというと、蘇我さん宅に残って家の中を調べてくれている。

「私、キジとかサルとかイヌとは比べ物にならない珍獣《ちんじゅう》を連れて旅をする桃太郎になった気分です」

土手沿いを歩く私の両隣にいるのは龍神の翠と化け猫のミャオ。とはいえ霊感のない人には目視できないので、傍《はた》から見れば私ひとりの姿しか映らない。

「他の人に見えないって、本当に不便ですね」

しみじみとこぼす私とは対照的に、ふたりは『別に』と言いたげな顔をしている。

「……なにも困らない。むしろ視界に入りたくない」

「まったくだ、うじ虫の相手はてめえでやれ」

人間嫌いコンビめ。協調性という言葉を彼らに辞典で引かせたい、などと小さな反抗心を燃やしつつ。私は早足でふたりを追い抜き、前に立ち塞がる。

「私が困るんです！」

「わめくな、うっとうしい」

眉間にそれはもう深いしわを刻む翠だが、怯みはしない。少しくらい、ひとりで喋ってる人間がどれだけ好奇《こうき》の目で見られるのかを理解してくれてもいいと思うのだ。

「さっき聞き込みをしたときも、私にはふたりの姿が普通に見えてるから、近所のおばさんの前でふたりに話しかけちゃったりして、変人に思われましたし。それで最後のほうは、〝やばいやつと遭遇しちゃったわ〟みたいな顔で逃げ去っていったのは、これで何件目ですか！」

「……それ、自業自得」

ゆらりと尻尾を揺らめかせ、ミャオは素っ気なく言う。

「こう、霊能力的ななにかで、人間にも見えるようにならないんでしょうか？」

言ったあとで、さすがに無茶かと思った。無理に決まってんだろ、と突っぱねられるのを覚悟していたが、ふたりはだんまりで……。私の女の勘がピンッと鋭く働く。

「ふたりとも、もしかして……人間に見えるようにできるんですか？」

問い詰めると、ミャオは私から視線を逸らし、翠はだったらなんだ?とばかりに目を据わらせる。

「ひどい! 人間になれるのに、私ひとりに聞き込みをさせてたなんて!」

「それより依頼主の男の反応、なんか知ってやがるな」

「話を逸らさないでくださいよ……。でも、私も気になってました。大学生のときの彼女の話を持ち出されたくらいで、あんなに怒らないですよね。しかも気持ち悪いって……」

無視されてるのに、未練がましく【事情を説明して】なんてメッセージを送る私を、敦も同じように思っていたのだろうか。

心がちくりと痛み、服の胸のあたりを握りしめていると——。

「呆《ほう》けてんじゃねえ」

ガシッと肩を掴まれて我に返る。翠は私の顔を見て「おい……」と目を見張った。

「翠? どうしたんですか?」

その問いに答えたのは翠じゃなくて、同じく戸惑った表情を浮かべるミャオだった。

「……気づいてないの? ……泣いてる」

「え——」

頬に触れると、生温かい湿った感触がした。

「あ……はは、すみません。おかしいな？　なにか目に入ったっぽいです」

笑いながら涙を拭い、泣いてた理由を追及されないように話を戻す。

「えっと、なんで蘇我さんはあそこまで怒ったんでしょう？」

「……後ろめたいことが、あるから……じゃないの」

ミヤオはなにか言いたげだったけど、見て見ぬふりをしてくれるらしい。それにほっとしかけたとき、翠はチッと舌打ちをした。

「てめぇは本当にうっとうしいやつだな」

翠は片手で乱暴に、私の頬を挟む。

「ふにゅううっ、ひゅうひはひふふへふは！」

急になにするんですか！って言いたいのに、口がすぼまってて叶わない。

刀抜く？　引っ叩かれる？　なにされるんだろうと身構えていると、翠はあろうことか自分の着物の袖で私の目元をゴシゴシと拭き出した。

「うじうじ泣くんじゃねぇ、余計にうじ虫になんぞ」

「ぶっ」

これって、これってもしかして慰めてくれてる？　だとしたら、不器用すぎて……。

「汚ねぇな、吹き出すんじゃねぇ」

「だって、わかりづらいなって」

あははっと笑えば、翠は解せないという表情で固まる。失恋の傷の痛みが、翠のぎこちない優しさひとつで吹き飛ぶようだった。

「聞き込み、頑張りましょうね！」

すっかり元気になった私は、呆気《あっけ》にとられている翠たちに背を向けて歩き出す。

そのとき、視界をひらひらと横切る——青。再び足を止めれば、どこからやってきたのか、風に乗って青い小花がいくつも目の前を流れていく。

「これって……忘れな草？」

綺麗だけど、なんでかな。単に色のせいなのか、さっきまで敦に捨てられたことを思い出して感傷的になっていたからなのか。雨のように降っている忘れな草はひどく儚《はかな》く見えて、まるで涙みたいだと思った。

突然、吹いてきた忘れな草に思わず見入っていると——。

「うわっ、なんか量増えてない!?」

忘れな草はいつの間にか、視界を一面青に変えてしまうほどになっている。

「お出ましか」

翠の視線の先には、忘れな草の嵐の中に佇む女がひとり。白いワンピースに身を包み、頭から生えた忘れな草は髪のようにだらりと背中のほうに垂れ、揺れている。

「ひ、人……じゃない……ですよね？　まさか、あやかし！」

初めて見るミャオ以外のあやかし。ごくりと息を呑み、翠の着物の袖を掴む。

翠はちらりと私に目をやっただけで、振り払いはしなかった。それに甘えて翠にくっついていると、あやかしの虚ろな目がゆっくりこちらに向けられ——。

瞬時に憎悪に満ちるのがわかった。

『お前も、あの人を取ろうとしているの？』

「え、なに言って……」

『あの人に近づくな』

ブワッと、強い風が私たちに吹きつける。一緒に飛んできた忘れな草が頬や腕に当たって痛い。なぜ敵意を向けられているのか、見当もつかなかった。

「うっ……」

すごい風、吹き飛ばされそう！

翠の腕にしがみつき、顔を埋める。すると翠が私を後ろへ押しやり、前に立ってくれた。途端に風が止み、翠の広い背中が視界を占領する。

「翠！」

チッと舌打ちをした彼から放たれた風が、あやかしの風を打ち消す。

「す、すごい……」

「龍神は風を吹かせ、雲を動かし、天候を操る。……が、やっぱ調子が出ねえな」

自分の手のひらを見つめ、翠は口惜しそうな顔をする。

翠、力が弱ってるって言ってたけど、これでもまだ本調子じゃないの？

歯がゆそうにしている翠の横顔を見ていたら、空気が重たくなるのを感じた。あやかしに視線を戻せば、その足元からどす黒い煙のようなものがあふれ出て、地を這《は》うように、私たちの足元に迫ってくる。

「なにこれ……！」

「瘴気《しょうき》だ。恨みつらみから生まれた穢れともいうがな」

表情を険しくした翠は、あやかしから目を逸らさずに腰の刀に手をかける。

「てめえか？　あの男の家族になにかしやがったのは」

翠が問うと、あやかしは一歩前に出る。

『信じてたのに……信じてたのに、あの人は……裏切った』

謎の言葉と共に、女がこちらに手のひらを向けた。それを合図に、忘れな草の大群が波のように私たちを飲み込まんとする。即座に刀を抜き放った翠が、ふっと短い息遣いと共に波を真《ま》っ二《ぷた》つに斬ると——。

「いない……あのあやかし、どこにいったんだろう」

女の姿は消え、代わりに私たちの足元を絨毯《じゆうたん》のように埋め尽くす、忘れな草だけが残されていた。鼓膜にこびりついているのは『信じてたのに』『裏切った』という女の悲しげな恨み言。

「あの人って、蘇我さんのことだよね？　裏切られたって言ってたけど……」

「……あやかしは勝手にあやかしには……ならない。あやかし堕ちするってことは、それだけ裏切られた憎しみが大きい証」

そう言うミャオも、誰かを深く憎んであやかしになったのだろうか。一体、過去になにがあったら、そんな暗い瞳をするようになるのだろう。

翠は一瞬、ミャオに目を向けたが、なにも言わずに刀を鞘《さや》に戻すと、ゆっくり蘇我さん宅の方向へ歩き出す。

「これではっきりしたな。あの依頼主の男を問い詰める必要がある」

翠に異論《いろん》がなかった私とミャオは、早足でそのあとを追った。

近所の人たちには蘇我さんの家族の身体に現れた痣も、起き上がれなくなるほど衰弱するような症状も見られていない。

これは蘇我さん一家――ううん、蘇我さんがきっかけで起きている怪奇現象だ。

二

居間には蘇我さんと龍宮神社の面々が居並んでいる。叔母さんは私たちが聞き込みに出たあと、帰ったようだ。

「蘇我さん、単刀直入にお聞きします。忘れな草に心当たり、ありますよね？」

「まさか、なんでそう思うんですか？」

蘇我さんは、私の詰問に顔を引きつらせた。

なんでそう思うか？　それは蘇我さんが、あきらかに動揺してますって表情をしているからです。

そう思いながらも、いざ蘇我さんを前にすると、触れられたくない話題なんだろうことがひしひしと伝わってくるので、踏み込むのを躊躇してしまう。

すると隣から舌打ちが聞こえた。私が視線を向けるより先に翠が立ち上がる。

「埒《らち》が明かねえ」

水泡が翠の身体を包み込む。そして、それが晴れた途端――。

「うわあああっ、急に人が！　ど、どこから……どこから出てきたんだ!?」

蘇我さんが叫びながら、椅子から転げ落ちた。

「蘇我さん!?　もしかして、翠が見えて……」

駆け寄って、起き上がろうとする蘇我さんの背を支える。蘇我さんはまっすぐ翠を凝視していて、やっぱり姿が見えているのだと確信した。

翠の頭から角が消えてるのは、人間対面用だから？　だとしたら、その豪華な着物と刀もなんとかしてくれるとありがたい。特に刀は銃刀法違反で捕まってしまうから。

「てめえ、コラ。いい加減に白状しやがれ」

翠が蘇我さんの胸倉を掴んだ。どうしてすぐに手が出るんだろう、この神様は。

「ちょっと、相手は人間ですよ！　乱暴はやめてください」

「うるせえ、てめぇは引っ込んでろ。ただこいつを問い詰めても、同じようにしらばっくれるだけだ」

「そうは言ってもですね、私たちは龍宮神社の看板を背負ってここへ来ているんです。私たちの行動ひとつで、龍宮神社の評判が落ちることになるかもしれない。そんなことになったら、ますます信仰心なんて取り戻せないんですよ！」

そうなったら元も子もないと翠も気づいたのだろう。舌打ちしながらも蘇我さんから手を離し、代わりにいかつい顔を近づける。

「いいか、人間。あやかしを甘く見るんじゃねえ。てめえの家族にかけられてるのは呪いだ。このまま放っておけば、全員死ぬぞ」

蘇我さんの顔から、さっと血の気が失せる。

「それでもてめえは、まだ隠し立てするつもりか」

死ぬ……ここにいる蘇我さんの大切な人たちが、みんな……？　あやかしがかける呪いって、そんなに恐ろしいものなの？　どんなに蘇我さんを恨んでいたとしても、命を奪うなんて……。

蘇我さんの家族、それほどまでに憎しみを募らせるあやかし。巫女としてここにいる私は、彼らのためになにをしたらいいんだろう。

翠に半ば脅す勢いで問い質《ただ》された蘇我さんは、観念したように長い息を吐いて、目を閉じる。

「あれは……大学一年生のときのことです。俺には美船奈央子《みふねなおこ》っていう高校時代から付き合っていた彼女がいました」

その奈央子さんが、あのあやかしなんだろう。蘇我さんは憂鬱そうに話し始める。

「昔から勉強ができて、弁護士になるって夢を叶えるために大学の法学部に入ったり、俺とは違って将来のこともしっかり考えてたやつでした」

「いい彼女さんじゃのう」

吉綱さんにそう言われて、蘇我さんが浮かべたのは自嘲的な笑み。

「そうなんです。俺なしでも生きていけるしっかり者。あのときの俺は、奈央子といると息が詰まった」

確かめようがないけど、敦も蘇我さんと同じように、私の頼らない、甘えない、困ったことがあれば自分で解決する部分を窮屈に思っていたんだろうな。知らないうちに私は、敦を追い詰めていたのかもしれない。

「そんなとき、大学で妻と出会ったんです。妻は俺を頼ってくれるし、甘えてくれるし、男として必要とされてるって思わせてくれた。それで妻と付き合うことに……」

「てめえはとんだクズ野郎だな」

そう吐き捨て、翠は侮蔑を含んだ視線を蘇我さんに注ぐ。

「美船奈央子に頼ってもらえなかったのも、甘えてもらえなかったのも、単にてめえにその器がなかっただけだろうが。勝手にてめえの理想を押しつけて、期待して、自分の思い通りにならなかったら捨てるなんざ、男として終わってんだよ」

「翠……」

男性を立てられる女の子が可愛いのは当然で、それができない自分を好きになってくれる人なんてどこにもいないんだろう。そんなふうに自分を卑下していた私を、翠はあっさり救ってくれる。

そっか、私だけが悪いわけじゃないんだ。それがわかっただけで心はうんと軽い。

「奥さんとは、奈央子さんと別れてすぐに付き合ったんですか？」

その問いに、蘇我さんはなにも言わず頬を引きつらせる。そこで察してしまった。

「まさか……二股だったんですか？」

タイムリーすぎて、自分でも声が低くなるのがわかった。

さっき土手で奈央子さんが言っていた言葉の意味がようやく理解できた。信じていた蘇我さんに二股されて、裏切られたのだ。奈央子さん、どんなに落ち込んだだろう。

「は、恥ずかしながら……妻と付き合ってる間、俺は奈央子の機嫌をとるために忘れな草を贈ったんです。ロマンチックな贈り物でもしていれば、当面は会わなくてもごまかせるだろうって。そうやって、なあなあな関係を続けてたら……」

言いづらそうに、蘇我さんは一度口を閉じた。それから少しの間のあと、心を決めたように重い口を開く。

「そろそろ会っておかないと変に思われる……そう思って、気は乗りませんでしたが、休日にデートの待ち合わせをしたんです。でも、奈央子は待ち合わせ場所に来なかった。俺に会いに来る途中で、交通事故に遭ったんです。それで……」

……亡くなったんだ。でもそれだと、奈央子さんは二股されていたのを知らずに死んだことになる。じゃあ、死んだあとにその事実を知ったということ？　霊の姿じゃ彼女の恨み言は届かない。まるで、メッセージを送っても送っても無視されて、文句も言わせてもらえなかった私みたいだ。

「なんで、生きてるうちに、ちゃんと別れるって言ってあげなかったんですか？」

ちゃんと終われてない恋は、どうしたって引きずる。奈央子さんだって、過去になりきれてない想いを清算させてほしいって思っているはずだ。

「周りにわざわざ別れようなんて言って別れてる人がいなかったので……。必要ない

「わざ、軽視してました」

「わざわざ、必要ない……」

いちいち言葉がグサグサ胸に突き刺さるのは、私が奈央子さんに自分を重ねているからなんだろう。

「あっさり彼女を乗り換えた挙句、突き放す覚悟がなくて、ちゃんと別れを告げずに自然消滅に持ち込もうとか……若気《わかげ》の至りとはいえ、クズの極み」

「すみませんっ、すみません！」

土下座で平謝りし出す蘇我さんに、私は初めて自分の失言に気づく。

「わ、私のほうこそすみません！　うっかり本音が——って、あ……」

「本音……本当に、本当にすみません……」

蘇我さんの額が床にめり込みそうになっていた。失言に失言を重ねてしまう私の横で、ミヤオが「……もう口閉じてなよ」と呆れている。

翠に神社の評判を下げるような真似はするなって言ったの、私なのに……。依頼主を追い詰めてどうするんだ、私。

やってしまったと俯いたとき、服についていたのだろう忘れな草の花がひらりと床に落ちる。涙の粒のように悲しい青をしたそれを大事にそっと拾うと、無性《むしょう》に切なくなってくる。

「私を忘れないで……忘れな草の花言葉、私でも知ってます。奈央子さんはまだ蘇我さんのことが好きなんじゃないでしょうか？」

「……それはないんじゃない」

伸びをしながら、ミャオはちらっと蘇我さんを見た。

「……そこの人間のこと、あやかしになるくらい恨んでるだろうし」

ミャオはそう言うけど、私は違う気がするのだ。

「自分を裏切った人から贈られた花を、今も自分のそばに置いてるのは、いつか私のところに帰ってきてくれるって信じたいからじゃないかな。憎しみって愛情の裏返しだと思うから、まだ終わってないんだよ、奈央子さんの恋は――」

奈央子さんの気持ちが痛いほどわかり、自分のことのように悲しくなっていると、翠の手が私の右頬を引っ張る。

「変な顔しやがって、私情が混じってねえか」

「うっ、実体験と被るんです。いろいろと……」

「人間ってのは、すぐにくだらねえことで悩みやがる」

たくさんの人間の願いを聞いてきた神様からすると、私の悩みなんてちっぽけに感じられるのだろう。

しゅんとしていると、翠はため息をつく。

「まあ、なんじゃ。死したあとにどうやって二股されていたことを知ったのかはわからんが、蘇我さんへの恋を忘れられず、奈央子さんがご家族を苦しめているのなら、彼女の心残りを晴らしてやらんとのう？」

蘇我さんの肩をぽんっと叩き、取っ散らかったこの場を取りなしてくれたのは吉綱さんだ。

「そうすれば自然と、この忘れな草の呪いも解けるじゃろう」

「ですが……俺は奈央子になにをしてやればいいんでしょう？」

私が翠なら、感情に任せて『そんなこともわからねえのか、この阿呆が！』とか罵れたのに。でも、『依頼主なのだから、さすがに自重しなさい』と社会人として、大人としての私が止めてくるので、体裁を気にしつつ自分の考えを述べることにする。

「けじめをつけるべきだと思います」

蘇我さんはピンと来ていないのか、軽く首を傾《かたむ》けた。その姿を見て、『ああ、あの人も、こんなふうに私に向き合う必要性を感じていなかったんだろうな』と思う。

「私、奈央子さんの気持ちがわかるんです。なんせ、つい最近、付き合っていた彼氏にまさかの二股をかけられていた挙句、別れ話もなく音信不通になったもので」

話していて涙腺が緩みそうになった。ああ、もう、本当に自分に被ってつらい。

「ひどい人だって思うのに、さっさと忘れて次の恋をするほうが幸せだって頭では理解してるのに、それでも……あの人が『ごめん』『やっぱりやり直そう』って、そう言ってくれるのを待ってるんです」

「……未練がましい」

ミャオの言う通り、私はみっともないほどに未練がましい。二股されてすごくムカついていたはずなのに、好きな気持ちを捨てきれなかったんだから。

「それくらい本気だったんです。だからこそ、ちゃんと別れるって言ってくれないと、好きな気持ちを断ち切れない。あなたが違う誰かと付き合っても、結婚しても、信じたいって思ってしまうんです」

蘇我さんは黙って、私の話に耳を傾けていた。ほんの少しでも、軽い気持ちで捨てられた女の気持ちが伝わっていればいい。

「手放すなら、ちゃんと彼女の心も手放してあげてください」

私なら、そうしてほしい。本当は自分の彼氏に言ってやりたいことだったから、そのとばっちりを受けた蘇我さんは災難だと思う。

「でも、奈央子はもう死んでるんです。なのにどうやって、けじめをつければ……」

蘇我さんの惑う瞳を受け止めた吉綱さんは、

「霊やあやかしは、より思い入れの強い場所に留まるんじゃや。蘇我さんには彼女にとって特別な場所がどこなのか、わかるのではありませんかな？」

と、柔らかな口調で語りかける。

「あ……奈央子にあげた忘れな草、土手に生えてたやつなんです。高校生のときから、デートの待ち合わせはいつもあの土手だったので……」

「じゃあ決まりじゃの」

吉綱さんの一声で、私たちはその土手に向かうこととなった。

三

土手沿いを歩いていると、先頭にいた蘇我さんが足を止めた。

「確か、この辺りです」

そのとき、サーッと視界を過《よぎ》る、忘れな草の花——。

＊＊＊

視界が晴れると、土手に咲く忘れな草を眺めている青年の姿が見えた。

あれって蘇我さん!?　でも、なんか雰囲気が……今より少しだけ目鼻立ちが幼い気がする。大学生くらいだろうか。

翠たちもいないし、この光景は一体なんなのだろう。

困惑していると、そこへ友人らしき男性が片手を上げながら蘇我さんに駆け寄る。

『なにしてんだよ、お前』

『あー……いや、元カノのこと思い出してて。ここ、元カノと会うときによく使ってた待ち合わせ場所なんだよ』

『ああ、例の……交通事故で亡くなったんだろ？　それにしても、自分とのデートの待ち合わせ場所に向かう途中で死なれるとか、重すぎるわな』

事情を知っているのか、友人はどこか気まずそうだ。

これからどこかに出かけるのか、蘇我さんは友人と一緒に歩き出す。

『でも俺さ、死んでくれてほっとしちゃったんだよな』

『おまっ――最低かよ。ゲス発言すぎて、ビビんだろうが』

そう言いながらも、友人はおかしそうに笑っていた。

『はは、悪い悪い。あいつ勉強もできて、将来のこともしっかり考えてて、俺なしでも生きていけそうなやつだったから、可愛げなくてさ』

『ああ、それ男的にはきついよな』

『そんときに今カノに会って、二股みたいになってたから、別れるとか言わずに済んでラッキーだったな、みたいな』

『うわー、ひでえ、引くわ～。その元カノ、化けて出てきても知らねえぞ』

ふたりは土手に立っていた長い黒髪の女性の前を素通りする。

不自然なほどに白く生気を感じられない彼女に、蘇我さんたちは少しの気味悪さも抱かず、それどころか視界に入れることもなく歩いていった。否《いな》、〝見えなかった〟のだ。だって彼女は——。

『私を裏切ってたの？　それなのに、私を忘れて他の誰かと幸せになるの？』

ふわりと浮いた彼女の髪が、〝自分を忘れてほしくない〟という思いからか忘れな草の花そのものに変わっていく。瞳からは光が消え、絶望を紡ぐ唇からは血が滲み、その姿はあやかしと化していた。

『そんなの……許さない』

＊＊＊

瞬きをすると、ぽろっと涙が目尻からこぼれ落ちる。それと同時に、景色はあの土手に戻っていた。

今のは、奈央子さんの記憶……？

混乱していると、誰かが小さく息をつきながら私の隣に並んだ。

「あのあやかし、奈央子さんで間違いなさそうじゃな」

「吉綱さん！　今の……」

「見えておった。おそらく奈央子さんが見せたのじゃろうのう。だが、いちばん思い出してほしい相手には、今しがたの映像は見えていなかったようじゃ」

吉綱さんの視線は、急に起こった忘れな草の風に腰を抜かして、ぶるぶると震えている蘇我さんに向けられる。

「忘れな草……！　うわあっ、やっぱり奈央子の呪いなのか……っ」

奈央子さんがどんな憎しみを抱いてあやかしになったのか、蘇我さんこそ知るべきなのに、本当にままならない。

「なんて報われないんだろう……。私のあやかしや霊が見える力を、今だけ蘇我さんに押しつけられたらいいのに」

もどかしさとやるせなさが同時に肩にのしかかってきて俯くと、背にあったかい手が添えられる。

「そうじゃな。でも、これが現実じゃ。だから、わしらがいるんじゃよ」

顔を上げると、吉綱さんの優しい笑みがあり、鼻の奥がつんとする。この依頼、自分の問題とダブってしまって、どうも感情的になりすぎる。

「届かない声を代弁して、確かにここに彼らがいることを証明するんじゃ。そうやって人とあやかし、人と神様を繋ぐ。それが神職に就く、わしらの仕事なんじゃよ」

「吉綱さん……そう、ですね。落ち込んでる場合じゃないのに、すみません」

私は深呼吸をして、座り込んでいる蘇我さんのそばに膝をつく。

「蘇我さん、大学生のときに、二股してたから奈央子さんが死んで、別れるとか言わずに済んでラッキーだったな、みたいなこと言ったの覚えてますか？」

「覚えてません……そんな恐ろしいこと、俺……言ったんですか」

予想はしてたけど、やっぱり覚えてなかったんだ。蘇我さんにとっては、なんてことないセリフだったのかもしれないけれど、奈央子さんは一生消えない心の傷を負ったはずだ。

「その言葉を、あの土手に残っていた奈央子さんは聞いていたんです。それで、とても怒って、ご家族を呪ってしまったんだと思います」

私の言葉を肯定するように、忘れな草の花がいっそう強く私たちを打ちつける。

『裏切り者』

吹き荒れる忘れな草の花の中から、あやかし——奈央子さんが現れ、蘇我さんに飛びかかる。翠はちっと舌打ちしながら、素早く私と蘇我さんの前に躍り出て、刀を振るおうとした。

「斬っちゃダメ！」

とっさに叫ぶと、翠は一瞬考えるように動きを止め、鞘に入れたまま刀を横に薙《な》ぐ。

『ギャアアアッ』

鞘の打撃を受けた奈央子さんは、土手を転がっていった。状況をつかめていない蘇我さんは、「なにが起こってるんですか⁉」と私にしがみついてくる。

「えっと、どう説明したらいいのか……」

言葉に詰まっていると、奈央子さんが土手をゆっくり這い上がってきた。

『許さない……許さない……好きだったのに……裏切った……』

嘆きと草を握りしめる音が、こんなにも胸を締めつけてくる。

「ミャオ、蘇我さんを守るんじゃ」

吉綱さんに名前を呼ばれたミャオは天を仰ぎながらニャオーンッと高らかに鳴き、その身を青白い炎で包む。ミャオを覆い尽した火の塊はどんどん膨れ上がり、ぼわっと破裂すると、そこに巨大化した化け猫が現れた。

「ミャオが大きくなった……⁉」

ぽかんと口を開けていたら、ミャオが冷ややかにその双眼を細める。

「……呆けてると死ぬよ」

「すみません……」

謝る私に、蘇我さんは訝しげな顔をする。蘇我さんの目にミャオは映っていないので、私がなにもない宙に向かって話しているように見えるのだろう。

「欲深く自分勝手な人間の世に留まるから、そうして魂が穢れんだよ。さっさと在るべき場所へ還ればよかったものを……阿呆が」

翠は追い詰めるように、土手を上がりきった奈央子さんに歩み寄る。

「……あのあやかし、翠の神気でだいぶ弱ってる。僕の出番、ないかも」

ミャオの言った通り、奈央子さんはぐったりとしていた。そんな彼女を翠は凍《い》てついた目で見下ろし、鞘から研《と》ぎ澄まされた刀を抜き放った。

「待って、翠！」

私は翠に駆け寄り、刀を持つその手を掴む。

あやかしは気性が荒く冷酷だって吉綱さんは言っていたけれど、意思もある。武力行使じゃなくたって、話せば蘇我さんの家族を解放してくれるかも。

「てめえ、さっきから『斬るな』だの『待て』だの、どういうつもりだ？」

翠の顔には〝邪魔すんじゃねえ〟と書いてある。怯みそうになりながらも、私は負けじと言葉を返す。

「翠こそ、刀なんか抜いてなにをする気ですか？」

「常世に還すんだよ。この程度のあやかし、対象から遠く離れれば呪いも強制的に解ける。ただ、俺の力は弱ってる。だからてめえの出番だ。その舞で俺に力を寄こせ」

あやかしを常世に還す？　でも、未練があるあやかしは常世に行っても現世に戻ってきて、悪さを働いたりすると吉綱さんが話していたような……。

「ここで奈央子さんを常世に還して呪いが解けたとしても、未練が晴れない限り何度だって現世に戻ってきて、蘇我さんたちを困らせてしまうんじゃないんですか？」

「そんときは諦めて呪われるんだな。自分で蒔いた種だ、尻拭いもてめえでやれ」

蘇我さんが「そんなっ」と顔を青くする。

「一度あやかしになれば、二度と霊には戻れねえ。憎しみってのは、それほど消えねえもんなんだよ。もう未練を晴らすうんぬんの段階にねえ。こいつは人間に害を及ぼしすぎた。早く在るべき場所に還さねえと、呪いはあの家の外にも広がる」

翠は被害を最小限にするために、そう言ってるんだと思うけど……。

「痣で苦しんでる蘇我さんの家族を見ましたよね？　確かに蘇我さんの蒔いた種かもしれませんけど、間違いを犯さない人間なんていません。翠は神様でしょう？　どうにかして、助けてあげることは……」

できませんか？　そう言いかけた途端、パシンッと手を振り払われた。ヒリヒリとする手をさすりながら翠を見れば冷淡な瞳が向けられ、背筋を嫌な汗が伝う。

辺りに満ちる一触即発の空気を感じ取って、吉綱さんやミャオ、蘇我さんも息を呑みながら、私たちを見守っていた。

「神だからといって、人間を助けなきゃならねえ決まりなんざねえだろ。困ったときだけ神頼み、それが叶わないとわかると神を罵り、挙句は信仰を忘れる。それで一体どれだけの奉り神が消滅したと思ってやがる」

そこで私は、自分の失言に気づいた。私の今の発言は神様だから人を助けろと言っているようなものだった。

奉り神は信仰されることで存在できる。頼るだけ頼って用が済むと簡単にその存在を忘れ、仲間を消滅させていった人間を助けろだなんて虫がよすぎるよね。

翠だって、龍宮神社の奉り神になった時点で命を脅かされてるのだ。怒るのは当然。うつ伏せに力なく倒れている奈央子さんを冷ややかに見下ろし、刀を持つ手に力を込める翠。私はその手を包むように、両手でぎゅっと握った。

「ごめんなさい。今のは私が悪かったです。神様だからって、人間を助ける義理なんてないですよね！」

頭を下げたあと、やけに周りが静かなのに気づいて顔を上げる。すると、翠を始めその場にいた全員が呆気にとられている様子だった。

私は、なにかおかしなことでも言っただろうか。みんなの反応が気になりつつも、まっすぐ翠と向き合う。

「私たちの目的は信仰心を取り戻すことです。なら、蘇我さんの『家族にかけられた呪いを解きたい』っていう願いを叶えないと」

怯《おび》え切っている蘇我さんに目を向ければ、縋るような眼差しが返ってくる。

「そして蘇我さんだけじゃなくて、奈央子さんが次に進めるように、ふたりの関係にきちんと終止符を打って、しがらみを解いてもらってから、常世に還しましょう？」

私の気持ちが伝わったのかどうかは怪しいけれど、翠はあっと息を吐いた。それから興味を失ったように、私から視線を逸らす。

「……恨みを買うような人間なんざ助ける価値もねえが、俺は天界に戻るために必要だから手を貸す。だが、こんなことてめえにはなんの得もねえだろ。脆弱《ぜいじゃく》なうじ虫の分際で、あやかしの事情に首を突っ込みやがって、死に急いでるとしか思えねえ」

なんてひどい言われよう。でも、ものすごく、ものすご〜く深読みすると、危ないだろって心配してくれてる……？

翠の真意を都合のいいように解釈していると、吉綱さんは「翠様は素直じゃないのう」と苦笑いで首をすぼめ、ミャオは「……くだらない痴話喧嘩」と私たちを呆れ顔で見つめていた。

「得ならあります。私はその人に関わって、その事情を知って心が動いてしまったら、あやかしのためだろうと神様のためだろうと、行動せずにはいられないんです。それがお節介だろうと、自己満足のためなので、こればっかりは大目に見てください」

「てめぇは……」

呆れか驚きか定かではないけれど、翠は瞳を丸くしている。

自分でも不思議だった。幽霊やあやかし、そして神様は得体が知れなくて怖い存在だったはずなのに、恋に傷ついたり、仲間のために怒ったり。人間との違いなんて、見てくれや特別な力があるくらいしか、ないのかもしれない。

「……誰彼構わず心を砕いてっと、てめぇも早死にすんぞ」

その呟きは皮肉とも違い、憂いを含んでいるようだった。てめぇもってことは、他にもいたのだろうか。誰彼構わず心を砕いて、早死にした誰かが。

「心を持って生まれたんですから、一緒に悲しんだり、力になりたいと思ったり、誰かを愛したり……そういう感情を抱くことはやめられないんじゃないでしょうか？　人も神様もあやかしも、私も翠も――」

息を呑む翠に肩をすぼめながら笑みを返し、私は奈央子さんの前にしゃがむ。

「奈央子さん、乱暴なことしてすみません」

土だらけのその手に手を伸ばすと、血の通っていない白い肌に雑草や地面に擦れてついたのか、傷がたくさんあるのに気づく。奈央子さんは、心も体もボロボロなのだ。

「おい、むやみに近づくんじゃねぇ！」

翠の焦った声が飛んできた。そのとき、奈央子さんが閉じていた目をカッと開いて、

『さわるな！』と叫ぶ。

ビューッと忘れな草と共に、私を叩きつけるような風が吹いた。遠くで「もうやめてくれっ」という蘇我さんの悲鳴が聞こえる中、身体が少しずつ重たくなっていき、私は地面に両手をつく。

なんだろう、怠《だる》い。起きているのもしんどくて下を向くと、忘れな草の痣に侵食されていく自分の腕が視界に入った。

「これって……呪い？」

蘇我さんの家族にかけられていたものと同じだと、すぐにわかった。

「いかん、静紀さんを奈央子さんから離すんじゃ！」

吉綱さんの声にすぐ反応したのは、ミヤオだ。

「ニャアアアアッ」

咆哮《ほうこう》したその口から、青い炎を吐き出す。炎はまっすぐに奈央子さんのもとへ飛んでいき、忘れな草の風もろとも吹き飛ばした。

おかげで先ほどよりも怠さは軽くなったものの、痣が消えていないせいか完全に本調子とはいかなかった。しかも急激に血圧が下がっていくみたいに、頭がふわふわとし始めて、手足の末端から徐々に全身が冷えていくような感覚に襲われる。

ふうっと息を吐いて身体の不調に耐えていると、背中から誰かに抱きしめられる。

その瞬間、ふわっと光が私を包み込んだ。

「これで懲りたか、阿呆が」

「あ……す、い？」

億劫だが翠を見上げれば、言わんこっちゃないと呆れた顔をしている。翠から放たれている光が、私の身体を少しずつ温めてくれていた。

「これ、翠の力？」

「俺の貴重な神力を使う羽目になっただろうが。あやかしに情けをかけるのは、自分の身を自分で守れるようになってからにしろ」

そんな嫌味を言いながらも、私を守ってくれた。なんだろう、胸が熱い。

「力、弱ってるって言ってたのに……。ありがとう、翠」

お礼を言うと、抱きしめる腕に力がこもった気がした。

「てめぇは事あるごとに『ありがとう、ありがとう』言いやがって……。礼の安売りでもしてんのか？」

「安売りなんてしてません。お礼を言いたいなって思ったときに出る言葉なんですから、それだけ翠に感謝してるってことです」

理解に苦しむというように、翠は眉を寄せている。屁理屈言っててんじゃねぇ、と言い返してこなかったのが意外だと思っていると、すぐそばにミャオが降り立った。

「……ふたりとも、ぺちゃくちゃ喋ってる場合じゃない」

　そうだった、奈央子さん！

　私が立ち上がると、なにも言わずに翠も腰をあげた。一緒についてきてくれるようだ。私は翠に支えられながら、土手の下に倒れている彼女に向かって歩き出した。

「実は私も、つい最近彼氏に二股かけられたんです」

　物言いたげな翠の視線を感じつつ告げると、奈央子さんは『えっ』と身体を震わせ、恐る恐るといった様子で顔を上げる。ようやく、彼女とちゃんと目が合った気がした。

「しかも問い詰めた途端に音信不通。それだけじゃなくて、職場の同僚が結婚するって挨拶をしたときに出た相手の名前がまさかの私の彼氏で、さすがに堪《こた》えました」

　胸に傷を負う原因になった恋を打ち明ける。それだけでも、さっさと忘れたいのに、あの人への想いが火傷みたいにヒリヒリと私の心を焼く。

　でも、話すことに決めたのは——本心をさらけ出すのは怖いだろうと思ったから。

　私は惨めだって思われたくなくて、二股されていたことを誰にも相談できなかった。バカにされたり、無関心に流されたりして、傷口に塩を塗られたくない。相手が自分と同じくらいの痛みを知ってる人だってわからないと話せなかった。

「どうして私は選ばれなかったんだろう。可愛げがないって言われたって、甘えられないのは性分だし、こんな私はもう、幸せな結婚とか無理なのかなって悩んだり」

『あなたは……憎んでいないの？　あなたを裏切ったその男を』

　奈央子さんの目が、『助けてくれ』と何度も繰り返している蘇我さんを捉え、私に戻る。

「恨んでますよ！　すごく傷つきましたし！　けど、そうやって落ち込んでても、あの人を恨んでても、私……不幸なままなんです」

　敦は幸せな結婚をしたのに、私だけ過去の恋愛に囚われたままで前に進めないでいるなんて、腹が立たないわけがない。

「私、幸せになりたいんです。そのためには、捨てなきゃいけない想いもあるのかなって」

　なにが正しいかなんてわからないけれど、奈央子さんを説得していて気づく。私も怒りや憎しみを捨てて、ちゃんとあの人のことを過去にしないといけないんだって。自分の心を見つめ直していたら、翠がくだらねえとばかりに前髪を掻《か》き上げた。

「いい加減、そんな男の風上にも置けねえ野郎のことなんざ忘れろ」

　人間嫌いの彼の口から飛び出したとは思えない励ましの言葉に驚愕《きょうがく》していると、

『なにか文句あんのか？』という睨みが返ってきた。

「……まさか翠がそんなふうに励ましてくれるなんて、びっくりしました」

「勘違いしてんじゃねえ、神社再建のために仕方なくだ。こいつが未練を断ち切れねえと、いつまで経っても終わらねえからな」

不機嫌さがいっそう増した翠だったが、奈央子さんのそばに片膝をつく。

「いいか、てめえをいちばんに想ってくれないやつを好きになっても、幸せにはなれねえんだよ」

それを聞いたミャオが「……人間嫌いなわりに、人間のことよくわかってる」と茶化しを入れている。そんなミャオの身体に触れ、吉綱さんが言う。

「さっき静紀さんも言っていたじゃろう。憎しみは愛情の裏返しだってのう。それと同じで、嫌いも好きの裏返しなんじゃ。見守ってきた人間を信じていたからこそ、裏切られた怒りも大きくなるというもの」

じゃあ、翠はもともと人間が好きだったってこと？

翠の様子を窺えば、「こそこそ話してんじゃねえ」と吉綱さんたちを一喝している。

そしてなぜか一瞬だけ私を見たあとに、視線を奈央子さんに移す。その真意はなんだったのだろうか。

「常世にも男のあやかしがわんさかいる。そこで他に目移りした男よりも、最高にいい男を捕まえて、あいつに復讐してやれ」

親指を立てて、翠が後ろを指差した。その先にいるのは、鼻水と涙を垂らして地べたに座り込んでいる蘇我さんだ。

「そっか……自分が幸せになることが復讐になる、そんな発想があったなんて！」

「てめえが納得してどうする」

「だって、平和的で誰も傷つかないし、いいなって。私も幸せになって、あいつをぎゃふんと言わせてやります。ね、奈央子さんも一緒に頑張りましょう！」

勇気づけるように奈央子さんの手を握る。奈央子さんは『私……』と絞り出すように言い、目に涙をためて、何度も口を開いては閉じ、しどろもどろに想いを吐露する。

『あの人の不満にも嘘にも気づかずに、バカみたい。高校から付き合ってたから、きっと彼と結婚できるって信じて疑わなかった』

片手で顔を覆い、自嘲的な笑みをこぼす奈央子さんに胸が痛む。

「男に振り回されるのは、いつの時代も女のほうだな」

すうっと現れた静御前が、さりげなく自然に話に混ざってきた。

「わっ、また神出鬼没ですね！」

「お前はそろそろ慣れたらどうだ。まあ、それはさておき、盲目な恋は傍から見れば愚かに映るのかもしれんが、狂おしいほどに誰かを想ったお前なら、きっと次の恋でも同じくらい……いや、それ以上に誰かを愛せるだろう」

静御前の言葉は奈央子さんに向けられているはずなのに、私の心も軽くしてくれる。

「そっか、そうですよね。寝ても覚めてもその人のことを考えて悩んで、そんな私だからこそ、また同じように誰かを愛せる日が来るんですよ！」

意気込む私を見て、静御前が腕を組みながら苦笑い交じりのため息をついた。

「お前が励まされてどうする」

「さっき翠にも似たようなことを言われました。けど、私もそう思うんです。奈央子さん、常世に行って素敵な恋をするためにも、ここできちんとお別れをしましょう」

繋いだ手をぎゅっと握って諭せば、奈央子さんは一拍置いてから頷いた。

そして、ゆっくりと蘇我さんに視線を移す。

『終わりにしなくちゃ……ね』

奈央子さんは立ち上がって、見えない蘇我さんの前に立った。

すると、蘇我さんがなにかを感じ取ったように前のめりになる。

「そこに……いるのか、奈央子」

『ええ、いるわ』

その声は聞こえていないはずなのに、蘇我さんは腰を抜かしたまま懺悔《ざんげ》を始めた。

「あのとき、中途半端に関係を続けて悪かった」

『私、あなたのことも支えていけるようにって、それで手に職つけようと弁護士を目指してたのよ。それなのに俺なしでも生きていけるとか、本当にひどい人』

ぽろぽろと、奈央子さんの両目からこぼれ落ちていく涙が忘れな草の花に変わって地面に積もっていく。

ああ、さっき数えきれないほど吹き荒れていた忘れな草の花は——奈央子さんの涙だったんだな。それだけ、たくさん蘇我さんを想って泣いたということだ。

「別れるって言うのが面倒だったんだ。二股のことも詮索されるかもしれないって、そう思って奈央子から逃げた」

かみ合わない会話。奈央子さんの声が聞こえない蘇我さんは、ただ自分の過ちを独り言のように悔やんでいる。彼女がどんなに恨み言を吐こうと、涙を流そうと、嘆こうと、届かない。

見えないから仕方ないとはいえ、そうやって自分だけ勝手に謝ってすっきりして、こっちが怒っていたことすら知らずに終わらせるなんて、奈央子さんが報われない。

「あの、奈央子は……なにか、言ってます……か？」

蘇我さんが助けを求めるように私を見た。

——届けないと。

それが自分の使命かのように思えたとき、吉綱さんと目が合った。

『届かない声を代弁して、確かにここに彼らがいることを証明するんじゃ。そうやって人とあやかし、人と神様を繋ぐ。それが神職に就く、わしらの仕事なんじゃよ』

まるで胸に留めろとばかりに、前に吉綱さんに言われた言葉が頭に響く。

人とあやかし、人と神様を繋ぐだなんて、私にそんな大それたことができるとは思わないけれど、もし自分が奈央子さんだったら。

文句のひとつも相手に伝わらないまま終わりになんてしたくないはずだから、今は奈央子さんの想いを代わりに蘇我さんに伝えよう。

「奈央子さんは蘇我さんを支えていけるように、手に職つけようと、弁護士を目指したんだそうです。それなのに、俺なしでも生きていけるって言われて傷ついたと言っています」

「奈央子は、どうしてそこまで俺を……。最後のほうは、会う頻度だって月に一回あればいいほうで、俺、浮気を疑われてもおかしくなかったはずなのに……」

自分でもそこまで想われる理由が思い当たらない様子の蘇我さんに、奈央子さんは首を横に振った。

『あなた、忘れな草の花を贈りながら言ってくれたでしょう。『どんなときも、なにをしていてもきみのことを考える。だからきみも、俺を忘れないで』って。そのときはもう、あなたの心は別の誰かのところにあったのでしょうけれど、私はあなたのその言葉を信じてた』

一途で強い人だな……。奈央子さんの想いを代わりに声にすれば、蘇我さんは悔やむように眉を寄せ、項垂《うなだ》れた。

「奈央子の気持ちも知らずに、本当にすまなかった」

深々と頭を下げる蘇我さんを見つめる奈央子さん。その目には切なさと一緒に、ようやく肩の荷が下りたような安堵も滲んでいるように窺えた。

「俺は妻を愛しているんだ。だから、謝って済む問題じゃないことは承知の上で、どうか……っ。どうか、家族のことは助けてくれ。代わりに、俺にいくらでも仕返しをしてくれていい」

『そんなことしないわ。もう十分、私はあなたを苦しめたもの……。あとは奥さんのことを大事にしてくれれば、それでいい』

かっこいいな、奈央子さん。奥さんのことを大事にしてだなんて、私は同じセリフをあの人にかけられるだろうか。

「こんなことを言ったら、またきみを傷つけるかもしれないが……こんな俺を想ってくれたこと、俺は忘れない」

蘇我さんは落ちていた忘れな草の花を前に差し出す。奈央子さんはくしゃりと顔を歪め、泣き出すのを堪えている様子だったが、静かに忘れな草の花に手を伸ばした。

『私は……忘れる。あなたのことなんて綺麗さっぱり記憶の中から消し去って、次に恋した人のことで頭の中いっぱいにして……幸せになる』

精一杯の笑みを浮かべ、奈央子さんは忘れな草の花に手を翳したまま受け取らない。

未練は全部、この世に置いていく。そんな奈央子さんの決意の現れかもしれない。

私を通して彼女の言葉を聞いた蘇我さんは、はっと笑ってから頭を掻き、忘れな草の花を下ろした。

「そうだな、俺がただ覚えていなきゃと思っただけだ。それにきみが付き合う必要はない」

ふたりの間にあったわだかまりが解けると、「話はまとまったか」という翠の声が降ってきた。

「はい──わっ」

立ち上がろうとしたら、思いのほか足に力が入らず、前のめりに倒れる。

地面への顔面衝突を覚悟したが、すっと前に出てきた腕に受け止められた。

「自分に呪いがかかってることも忘れるとはな、てめぇは正真正銘の阿呆だ」

「あ……すみません、アドレナリンが出てたのか、今の今まで身体が怠かったの忘れてました」

私を助けてくれたのは、翠だった。口調こそ素っ気ないけれど、いつぞやみたいに私が転ぶのを見送らず受け止めてくれるあたり、彼の気遣いを感じる。

「翠って口があれなだけで、本当は優しい神様なんですね」

そう評価を改めた矢先、翠は私から手を離した。地面にぶつかった私は、「ふぎっ」

と変な悲鳴をあげてその場に転がる。

「いつまでも寄りかかってんな、重いだろうが」

優しい神様だと思ったのは、錯覚だった。ここまでくると神様というのはなにかの間違いで、実は魔王《まおう》なんじゃないかと思う。

「とっととあやかしを還すぞ。俺はさっさと帰って酒が飲みてえんだよ」

私から顔を背けている翠の耳が赤いような気がするのは、絶対幻覚だ。照れているのかも……とも考えたが、それはありえないかと私は服の土埃《つちぼこり》を払って立ち上がる。

「さっきも言ったが、神力が弱ってるせいで、俺ひとりじゃ常世にあやかしを送れねえ。だから、さっさと舞え。そんで俺に力を……っ、くっ……」

翠がいきなり、ガクッと膝から崩れ落ちた。

「え……翠⁉」

「先ほど、静紀さんの呪いを軽くするために力を使ったせいじゃろうの」

吉綱さんも駆け寄ってきて、深刻そうに翠の顔を覗き込んだ。

「翠様はわしらが思っている以上に、神力を失っているんじゃろう」

「そんな……どうして、そんなに弱って……」

苦しげに歪んでいる翠の表情に、こんなに近くにいてなぜ無理していることに気づかなかったのかと自分を叱りつけたくなる。

落ち込む私を叱咤《しった》するように、翠の拳がゴンッと頭に落ちてきた。

「俺のことは……ほっとけ。いいから……さっさと始めやがれ」

「痛いです……」

頭じゃなくて、心が痛い。平然な顔で隣に立って、奈央子さんのことも励まして、翠はつらいときにつらいと言ってくれない。それは私が頼りないからだ。

「もう一発……くらいたくなけりゃ……やれ」

「……わかりました、やってみます」

人が嫌いなのに人を助けてくれる翠。その代わりといってはなんだけど、私も彼が天界に帰る日まで支えよう。

私は静御前に向かって、「扇、貸してください」と手を出す。

すると静御前は、「馬鹿者」と私の胸を軽く叩いた。

「あれはもう、お前に譲り渡した。私が弟子と認めて授けた扇は、そこにある」

「そこって……私の胸の中に？」

私の胸元に触れる静御前の手に視線を落とせば、そこにふわりと白い光が灯る。

思わず目を見張っていると、静御前はそこから引き出すようにして扇を手に取った。

「嘘……」

「白拍子や巫女は神の力を借りて地上の穢れを清め、魂を鎮めることができる。神にとって舞は娯楽、心を癒やしてくれる巫女や白拍子は神に愛された存在ともいえるな。ゆえにその身体は神力に満ちている」

「じゃあ、私の中の神力を翠にあげれば……」

うむ、と静御前は頷く。

「そうだ、お前は特別。私と同じでその身体の神力を捧げ、神を癒やすことができる。お前が舞いだせば自然が楽を奏で始め、天高くから見物している神たちがその身を舞衣装で着飾ってくれよう」

そういえば、静御前と初めて舞ったときも、風が起こした葉音や秋の虫の声から始まり、どこからか音楽が鳴り出した。

じゃあ、静御前が譲ってくれたこの扇も神様からの贈り物？

静御前の言葉を肯定するように、私の身体を光が包み込む。私服はみるみると巫女装束へと変わり、額にも花を飾った冠がついた。

不思議、巫女装束を纏うと自然と背筋が伸びる。

「ゆくぞ」

静御前——師匠に合わせて、すっと扇で顔を隠す。これは平安中期、女性には人前で顔を見せるものではないというたしなみがあったため、舞いにもこの仕草が入っているのだと師匠が練習のときに教えてくれた。

私たちは翠たちから少し距離を取り、座る。

師匠は私に教えてくれたばかりの浦安の舞をするつもりなんだ。

平和を願う巫女舞。浦安の『浦』は『こころ』、『安』は『安らぎ』。私は翠と奈央子さんの心が安らぐように舞おう。

「静紀、覚えておくといい。土地には古くから産土神《うぶすながみ》と呼ばれる神がいる。私ら白拍子や巫女は、そうした土地の守り神が奏でる雅楽の調《しら》べの中で舞うのだ。ほら、聞こえてくるだろう。私たちを後押しする雅な音色が――」

草木のざわめきの中から、ピュウウウッ～と笛の音が聞こえてくる。

翠の苦しみが癒え、奈央子さんがこの世で負った失恋の痛みが少しでも軽くなりますようにと願いながら両手を広げた。

「『――天地《あめつち》の～、神にぞ祈る～』」

ひらりと舞う扇、あしらわれた金箔が日の光に反射して煌めく。手順を思い出しながら舞っていたのが嘘みたいに、私の身体は自然と次の動作をとって立ち上がった。

「『朝なぎの～、海のごとくに～、波たたぬ世を～』」

この詩歌《しいか》には、その無風の海のように、波のない穏やかな平和を天神と地神に祈る、という意味が込められている。

やがて扇は長い五色絹《ごしきぎぬ》がついた神楽鈴へと変わった。シャンッと清らかな音色が響き渡ると、どんどん翠の顔色がよくなっていく。

「来い、静紀」

「あっ……」

いつのまに背後に立ったのか、翠は片腕で私の腰を抱き寄せた。

「てめえに触れてると、力がみなぎってくんな。これなら地門《ちもん》を開けそうだ」

「ちもん？」

「神世の入り口は天門《てんもん》、常世の入り口は地門。俺ら神には、その入り口を開く権利が与えられている。だが、それには神力を大量に消費するからな、てめえは保険だ」

翠は抜き放った刀を地面に突き刺した。

「龍神、翠《すい》の名において、地門を開錠する」

なにやら呪文のようなものを唱え、翠は地面に刺さっている刀を鍵のようにガチャンッと回す。その瞬間、足元に渦《うず》が現れた。中は紫色の靄《もや》に覆われて薄暗く、稲妻が走っている。例えるなら積乱雲《せきらんうん》のようだ。

「なっ──なんですかこれ！　落ちるっ、落ちちゃいますーっ」

「暴れるな、本当に落とされてぇのか」

面倒そうな声が至近距離で聞こえ、改めて翠が落ちないように私を抱きかかえて宙に浮いているのだと気づく。

「こ、これが常世の入り口？　お、おっかない……」

　渦の中央にできた穴は、底が見えないほど深い。それを覗き込みながらゴクリと唾を飲み込んだとき、その前に奈央子さんが立った。底から吹き上げる風に忘れな草でできた髪を揺らしつつ振り返る。

『あの人に私の言葉を伝えてくれてありがとう。あなたも、もう自分のために幸せになって』

　奈央子さんはまっすぐ私を見つめていた。多くを語らずともわかる、報われない恋に囚われて、立ち止まったままでいるなと喝を入れてくれているんだ。

「お礼を言うのは、私のほうです」

　先に進めないでいたけれど、奈央子さんの問題に立ち合いながら、私自身の心にも向き合うことができた。私たちは、どこにいても同志だ。

「ありがとうございます。奈央子さんも、どうか幸せに」

　奈央子さんは微笑みながら頭を下げたあと、蘇我さんを一瞥《いちべつ》し、すぐに吹っ切るように背を向けた。奈央子さんが地門に飛び込むと、翠はそこへ刀を差し込み——。

「龍神、翠の名において、地門を閉錠する」

　口を開けていた地門がゆっくりと閉じ、元の地面に戻る。辺りに静けさが戻ると、ほっとしたせいか全身の力が抜けた。

「人間のわりに、よくやったじゃねえか」

いつもより優しい声音だった。

薄れゆく意識の中、翠に寄りかかる私の目に最後に映ったのは――。

門出のため、別れを告げるように風に攫《さら》われていく忘れな草の花だった。

四

私を含め、蘇我さん一家を苦しめていた忘れな草の呪いは、奈央子さんの想いに決着がついたからか無事に解けた。とはいえその反動は大きかったようで、私は倒れたあと一日寝込んでしまった。

今日は鈍《なま》った身体を動かすべく、リハビリがてらスーパーに来ているのだけれど、同伴者の機嫌がすこぶる悪くて生きた心地がしません。

「なんで俺が人間の使いっぱしりにされねえとならねえ」

夕飯の買い出しに付き合ってくれているのは、なんと人間に化けた翠。神様やあやかしは服装も自由自在に変えられるらしく、黒タートルに紺のスキニーパンツという見慣れない私服姿をしている。そのせいか、翠が男性なのだと妙に意識してしまう。

どうしてここに翠がいるのかというと、いつも食事を作ってくれる吉綱さんに申し訳なくて、私が買い出しに行くと言い出したばっかりに巻き込んでしまったからだ。

『静紀さんは翠様の目的を果たすために必要な伴侶じゃ。ご自身でしっかり守られるのがよいじゃろう。そういうわけじゃ、一緒に買い出しに行ってくれんかのう』

そう言って、神様を荷物持ちに駆り出す吉綱さんは大物だ。

「まあまあ、買い出しに来た特権で食べたい物を私たちが選べるわけですから……」

「なら酒だ。それで手を打ってやる」

ほどほどにしてほしいけど、今それを言ったらふてくされるだろうなあ。

「じゃ、お酒売り場まで行きましょう。ほらほら」

その広い背中をぐいぐいと押すと、恨めしそうに翠が振り返る。そのせいで、翠は前から歩いてきた男性とぶつかってしまった。

威圧的に舌打ちをする翠に対し、男性は「あ、すみません」と謝罪してくる。え、この声って……。

聞き覚えがある気がして、動悸がした。じわっと嫌な汗が全身から滲み出てくる。

私は深呼吸をすると、心を決めて男性の顔を見た。でも、すぐに確認したことを後悔する。そこにいたのは紛れもなく、敦だったからだ。

「し、静紀……」

敦の視線が笑えるくらい泳ぐ。悪いことをしたって自覚はあるんだな。

するとそこへ、「あなた？」と不思議そうにしながら、またもや見覚えのある女性がひとり近づいてくる。

——ぎゃーっ、佐川さん！

心の中で悲鳴をあげる。同じ部署だっただけに、これは気まずすぎると引き返そうとしたのだが、一歩遅かった。佐川さんのほうが「原さん！」と目をぱちくりさせる。

「こんなところで偶然ね！　急に仕事辞めちゃったから、みんな驚いてたのよ？」

「そ、その節は本当に申し訳なく……」

まさか、こんなところで鉢合わせるなんて。ああ、早くここから逃げたい。

にしても、『あなた』……か。普通、彼氏をそんなふうには呼ばないよね。私が退職してから、そんなに時間は経ってないと思うけど、もう結婚したんだ。私の知らないうちに、準備してたんだろうな……。

「おい、なに黙ってやがる」

翠が私の顔を覗き込んでくる。できるなら、そっとしておいてほしいのだが……。

「なに不細工な面してんだよ」

デリカシーのないセリフを浴びせてくる翠は、複雑な乙女心というものをまるでわかっていない。

自分がひどく滑稽《こっけい》に思えて、足が自然と後ずさりかけたとき、ふと蘇《よみがえ》るのは『あなたも、もう自分のために幸せになって』という奈央子さんの言葉。

ここで逃げたら、もう二度と彼は捕まらないだろう。そうしたら私は言いたいことのひとつも口にできず、彼のことを引きずったまま新しい恋もできない。

――いい加減、自分の幸せのために進まなきゃ。

「〝田部〟さん、佐川さんが奥さんなんて鼻が高いですよね」

にこやかに話しかければ、彼は「あ、ああ……」と気まずそうに返事をする。

「奥さんのこと、大事になさってください」

さっきから目も合わせようとしない彼の瞳を、私はまっすぐ見据えていた。

私はあなたと違って、好きになった人から逃げたりしない。その意思表示だ。

みっともなく引き留めて、私を見てだなんて死んでも言ってやるもんか。奈央子さんのように潔く、かっこよく去るんだ。だから、わざわざ人様の幸せを壊してまで、彼に縋りつきはしないし、次こそはお互いに求め合える恋愛をする。

「では」

これで最後だ。しっかりとした足取りで、私は翠の手を掴むと踵を返した。

「あれがてめえの言ってた前の男か」

「はい、まさかこんなところで会うなんて、ツイてました。あの人には、はっきり言ってやりたいと思ってたので」

「はっきり言えてたのか？　あれで。もっと罵ってやればよかっただろ」

お酒売り場に到着すると、翠がぽんぽん日本酒の瓶を自分が持っているカゴに入れていく。それをさりげなく棚に戻していたら、ギロリと睨まれた。

「なにしてやがる。さっき、好きなもんを好きなだけ買えるっつっただろうが」

「食べたい物を私たちが〝選べる〟って言ったんですよ。好きなだけ買ったら所持金が尽きちゃいます。あと、罵るなんて嫌ですよ。未練がましいし、傍から見たら哀れじゃないですか」

棚のお酒を買い占める勢いの翠を無理やり引っ張って、残りのリストの食材を買う。

「まあ、その潔さは嫌いじゃやねえ」

にやりとする翠に、少しだけスカッとする。あの人に【話がしたい】ってメッセージを送るたび、返信を期待するたび、惨めさに押し潰されそうだった。でも今の私は、少なくとも翠の目にはかっこいい女に映っていたようだ。

「翠って前にもミャオが言ってましたけど、人間嫌いなわりに人間の考えとか、よくわかってますよね。『最高にいい男を捕まえて、あいつに復讐しろ』とか。これ、今の私の座右の銘です」

「冗談は寝て言え。神だろうが恋愛くらいする。多少は似通る感情もあるだろ」

いつのまに持ってきたのか、翠はあきらかにお歳暮用だろう羊羹セットを五つもカゴに入れようとしている。油断も隙もない。

「それは却下、それより洋菓子もおいしいですよ。ケーキとか、シュークリームとか、エクレアとか、たまには趣向を変えてみません？」

そそくさと元の棚に羊羹セットを戻し、「おい」とドスを利かせてくる翠を特設された【秋のスイーツコーナー】に連れていく。試食用として一口大にカットされたモンブランがあり、私はそれをひとつ取って翠の口に近づけた。

「いらねぇ」

「物は試しです。後悔はさせません！」

警戒心が強いのか、翠は気に入ったもの以外あまり食べない。お饅頭がいい例なのだが、地上にはいろんなスイーツがあるので、食わず嫌いはもったいないと思うのだ。露骨に嫌そうな顔をする翠の口に、「それ！」とケーキを突っ込む。

「んぐっ、またてめえは――」

そこまで言って、翠はまた目を輝かせた。あ、お気に召したんだ。

「よかった、気に入りましたよね？　じゃあ、お礼に私がプレゼントします」

「お礼？」

「舞で悩んでたとき、励ましてくれたじゃないですか。そのお礼に、お饅頭以外の甘いものも買ってきますって言ったの、忘れたんですか？　あと、呪いを受けたときも助けてくれたので」

　ああ、と翠は腑に落ちた顔をする。

「で、見つかったのか、舞う理由は」

「それが、正直まだふわふわしてます。けど、今回のことで思ったんです。あやかしや霊は見えないから、人間に言いたい文句があってもぶつけられないし、助けを求めたいのに気づいてもらえない。だから、憎しみを溜め込むしかない」

　私はモンブランの他に、かぼちゃプリンや抹茶ケーキもカゴに入れつつ話を続ける。

「それから奉り神も、自分が消滅してしまうから否応なしに人を助けないといけない。人間の薄情さに嫌気が差していても」

　翠は複雑な面持ちで、わずかに視線を落とした。

「でもそれだと、心がもやもやして、苦しくてたまらないはずです。だからもし、私が話を聞くことで、舞うことで、それを軽くできるなら、そうしてあげたいんです」

　カゴを持っていないほうの翠の手を取り、そっと握る。

「もちろん、翠のことも癒やしてあげたい」

「……！」

　翠がひとつ瞬きをして、固まる。それに首を傾げつつ、

「それが、私の舞う理由かなと」

と、最後まで言い切った。だが、翠は石化したみたいにやっぱり動かない。

もしや、そんなくだらねえ報告するんじゃねえとか思われているのだろうか。

「てめえは……人間のくせに神を助けるってのか」

「そうですよ。あ、うじ虫のくせにとか、言うつもりなんでしょ。そんなこと言ったら、買ったスイーツ全部食べちゃいますからね」

てっきり、なにかしら言い返してくるかと思ったのだが、翠は黙ったまま。レジでお会計をしたあとも、ひとことも話さない。

どうしたんだろう、変な翠。

なにか気に障るようなことを言っただろうか。自分の発言を振り返りながら、私はたっぷり膨れたレジ袋を持とうとした。だが、横からすべて翠に掻っ攫われる。

「え、ひとつ持ちますよ！」

「その軟弱な腕に用はねえ」

「意味がわかりません……」

レジ袋をひとりでふたつ持って、スタスタとスーパーの出口へ向かう翠のあとを慌てて追いかける。

驚いた。前はうじ虫に欲情するか？みたいなことを言っていたけど、一応、女だから気を遣ってくれてるのかな？

悪態ばかりついてるけど、鬼畜神様は案外優しい。だから私も彼のつっけんどんな態度に怯えなくなっているのだろうと考えていたら、「静紀！」と呼び止められた。

振り返れば、息を切らしながら敦が走ってくる。

「さっきはあいつの手前、言い出せなかったんだけどさ。もしまだ俺の連絡先、スマホに残ってるなら消してほしい。もう金輪際《こんりんざい》、連絡もしてこないでくれないか。妻にバレたら困るんだ」

佐川さんは別の場所で買い物をしているのか、敦はちらちらと背後を気にしていた。

この人は……まだ私が〝元カレ〟に未練があると思ってるの？

呆れて二の句が継げないでいると、翠に腕を掴まれた。

「え――」

一気に引き寄せられて、私は翠の硬い胸板におでこをぶつける。

「俺の妻に気安く話しかけるんじゃねえ、失せろ」

敦は顔を引き攣《つ》らせながら、

「ね、念を押させてもらっただけじゃないか。じゃあこれで！」

と尻尾を巻いて逃げていく。

「翠、ありがとう。でも、『俺の妻に気安く話しかけるな』とか、恋愛漫画のヒーローかと思っちゃいました。ちょっと、恥ずかしいんですが……」

「ひーろー？　なんだそれは？　俺は事実を言ったまでだ」

「事実って……じゃあ翠は、私のことを本気で妻だと思ってるんですか？」

そんなわけないと思いながらも、心が期待している。ドキドキしながら翠の反応を窺ってみれば、返ってくるのは沈黙だけ。これは〝黙れ〟という無言の圧力？

そう解釈した私は、笑い飛ばすしかなくなる。

「なーんて、まさかですよね！」

内心ガッカリしたのは、なぜなのか。その理由を探ったところで虚しくなるので、さっきの敦の間抜けな顔を思い出す。あれは、ちょっとすっきりしたな。

緩む口元もそのままに、私は翠の腕にこてんっと頭を預ける。

「翠が敦にガツンと言ってくれたおかげで、心が晴れやかです」

「知らねぇよ。うっとうしい、重いん……だ、よ……」

満面の笑みを向ければ、翠は「うっ」とうめき声をあげ、即座に私から顔を背けた。

首筋に手を当て、掠れるような声で呟く。

「笑顔を振りまくんじゃねぇ、地面に埋めんぞ」

「なんで!?　なんでこのタイミングで、私は埋められるんですか！」

抗議しながら、早足に歩いていく翠の背中を追いかける。鬼畜の申し子といっても過言ではない翠のドS発言が、ほんのちょっぴり弱々しく聞こえた、そんな日だった。

三ノ舞　化け猫と中学生

一

元カレとスーパーで遭遇してから一週間が経った。

舞の朝稽古を終えて居間へ行けば、お味噌汁のいい香りがする。すでに座卓には漬物や玉子焼き、煮魚が並んでいて、ぐうぅっとお腹が鳴った。

「吉綱さんの朝食、おいしそう……。稽古でいっぱい動いたから、今ならドカ食いする自信あるなあ……」

「身体が重くなって舞いにくくなるぞ、ほどほどにしておけ。肉団子が舞い手など見苦しいからな。体形維持も修行の一環だ」

幼女姿の静御前が座卓に身を乗り出して、ちゃっかり玉子焼きを摘まんでいる。

「静御前！　またいつの間に……というか、人の振り見て我が振り直せってことわざ知ってますか？　まずはそのつまみ食いをやめましょうか」

「なにを言う、私は善意で味見をしてやっているだけだ」

「味見の域を超えてます……」

舞の師匠としては申し分ないのに、自分の生活態度には甘すぎる静御前にがっくりしていると、吉綱さんがお盆にお茶を載せて運んでくる。

「今度から静御前さんの分は取り分けておかないと、席に着く頃にはすっからかんだのう」

「あ、吉綱さん。すみません、いつもご飯を作らせてしまって……」

「いいんじゃよ。静紀さんには稽古に専念してほしいからのう」

そうは言ってくれるけど、たまには手伝わなきゃだよね。私、自分のことで精一杯で、気が回ってなかったな。

「そうじゃ、ミャオと翠様を呼んで来てくれんかのう。みんなで朝食にしよう」

私が申し訳なく思っているのを察したのか、吉綱さんが仕事をくれる。

「わかりました。すぐに呼びに……」

「あの化け猫なら外だぞ。朝こっぱやく、神社から出ていきやがった」

私の言葉を遮って、翠が居間に入ってきた。

ミャオは基本、吉綱さんが呼んだときしか姿を現さない。それ以外の時間は吉綱さん曰く、ふらふら外を散歩しているか、庭で昼寝をしているらしい。

「ミャオは、お散歩に行っちゃったんでしょうか？」

「うーん……もしかしたら、神社の裏手にある森にいるのかもしれんのう。ときどき、友達に会ってるみたいなんじゃよ」

「え、友達？　猫仲間とかですか？」

今、吉綱さんの口から耳を疑う単語が飛び出した気がした。

「いや、人間じゃよ」

「人間!? その友達って、ミャオのこと見えるんですか?」

「霊感はあるみたいじゃな。けど、ミャオは人間にも猫にも化けられるからのう、どの姿で会ってるのかはわからんのう」

まだ朝の七時、随分早い待ち合わせだ。なにかあったんじゃないか、人間嫌いなのに人間といて大丈夫なのか、いろいろ不安になってきた。

「いつもなら朝食までには戻ってくるんじゃが……。静紀さん、悪いんじゃが様子を見てきてくれんかのう?」

吉綱さんも心配してるし、なにかあってからじゃ遅い。

「そうですね。私も心配ですし、探してきます」

そうと決まればと居間の出口に足を向ければ、翠に首根っこを掴まれた。

「化け猫なら自分でなんとかできんだろ。曲がりなりにもあやかしなんだからな」

「そうかもしれないですけど……」

「てめえが行くってなると、俺もついていかねえといけねえだろ。お前になにかあったら、俺は天界に帰れなくなる」

「でも、神社の敷地内なわけですし、安全ですよ」

私はひとりで行く気満々だったのだが、吉綱さんが「翠様」とやたら笑顔で呼ぶ。それに面倒そうに舌打ちをして、ガシガシと頭を掻いた翠は、私を追い越して居間を出ていった。

「す、翠？」

すぐにその背を追うと、進行方向を見つめたまま翠がため息をつく。

「また余計なことに首を突っ込みやがって、てめぇは面倒事を増やす天才だな」

「ついて来てくれるんですか？」

「見える人間ってのは、あやかしや霊に狙われやすいんだよ。特にてめぇの神力は高いからな、救われたいか、あるいは利用したいやつらが寄ってきやすい。絶対に大丈夫とは言いきれねぇ」

そうだったんだ。そうなると、私の行く先々に翠もついていかなければならなくなるわけだ。

「度々、巻き込んですみません」

「悪いと思ってんなら行動で示せ」

翠が「高級な日本酒を買ってこい」やら、「饅頭で手を打つ」やら、ここぞとばかりに我儘を言っている間に神社の裏手の森に着く。道は舗装されているわけではないが、地面は平らに踏み固められていた。

「むこうから妖気《ようき》がするな。化け猫はこっちだ、ついてこい」

迷わず進む翠についていきながら、「ようき……って？」と尋ねる。

「妖気はあやかしの気配みてぇなもんだ。逆に神は神気を纏ってる。神やあやかしは、生活圏であれば離れてもその存在を感じ取れんだよ」

「便利ですね、なんか動物みた――」

「あ？」

「ナンデモアリマセン」

動物と同等にされるのは癇《かん》に障るらしい。NGワードが多すぎて地雷を避けきれない。繊細な心をお持ちの龍神様を相手にして、朝からどっと疲労感に襲われていると、翠が足を止めた。

「いたぞ」

翠が顎をしゃくった先、開けたそこには伐採された丸太に座る男の子がふたりいる。

ひとりは猫耳と尻尾がない学ラン姿のミャオ。もうひとりは【神石《かみいし》中学校】と書かれたエナメルバッグを肩から下げている十四、五歳くらいの男子中学生。スポーツ刈りで、ミャオと同じ学ランを身につけていた。

「今日も学校、サボっちまった。吉綱もか？」

眉をハの字にして笑う男の子に、「……うん、太一《たいち》も？」と聞き返すミャオ。

私は状況が飲み込めず、翠の着物をついついと軽く引っ張る。

「ミャオ、なんで吉綱さんの名前を使ってるんでしょう？」

「……自分を偽る理由なんざ、ひとつだろ」

翠の声のトーンがわずかに下がった気がした。盗み見たその横顔は、なにか思うところがあるのか陰鬱そうだ。

「知られたくないことがあるからだ。たとえば、あやかしであることとかな」

「……怖がられるから？」

「そんな単純な理由だけじゃねえだろ。拒絶されたくねえから人間のふりをする。人間は自分の価値観から外れた存在を嫌うからな」

〝人間は〟と強調されるたび、お前と俺は違うのだと線引きされたような気になる。まるで自分のことのように語る翠の過去に、一体なにがあったのだろうか。

人間を信じられないなにかが、ミャオにも、そして翠にもあるのだとしたら……。私が証明できればいいのだろうか。あやかしはこういうものだ、神様はこう在るべきだ。そういう価値観も、語り合うことで変わっていくのだと。

お互いを認め合えるようになるには、どうしたらいいのか。その答えがまだ見つかっていない私は、再び視線をミャオたちに戻すしかなかった。

「毎回、朝早くに悪いな」

太一くんは眉尻を下げ、苦い笑みをこぼす。

「……この森、僕の家から近いし、気にしなくていい。家……いづらいんだろ？」

ミャオが見透かすように聞くと、太一くんはびくっと肩を振るわせ、表情を凍りつかせた。でもすぐに、ケロッと笑う。

「お前に隠し事できないな。そうなんだ、朝は親父とお袋が揃って家にいるからさ」

「……無理して笑わなくていい。僕はいつでも、どんな話でも付き合う」

ミャオは太一くんのこと、よく理解してるんだな。人間とかあやかしとか関係なく、ふたりは本当に友達のように見えた。

「そう言ってくれて助かる。俺の唯一の救いは、同級生で、しかも不登校仲間のお前がそばにいてくれてることだよ」

少しだけわかってきた。ミャオは同じ神石中学校に通う同級生ということにして、太一くんに接触しているんだ。憶測でしかないけれど、学校に行けない太一くんの相談にのるために。

「俺さ、なんで家にいたくないのか、話したことなかったよな」

「……うん」

「実は、さ……」

言いにくそうに言葉を切った太一くんは、長い長い間のあとに打ち明ける。

「信じてもらえるかはわからないけど、俺……昔から変なものが見えるんだ」

「……幽霊とか、そういうやつ？」

「そう。みんなには見えないから、俺が急に驚いたり、怖がったりすると気味悪がる。最近は学校にも現れるようになって、クラスの連中も……。だからさ、学校に行きづらいんだ」

太一くんはミャオの反応が怖いのか、ずっと視線を落としたままだった。

私には同じように霊感のある吉綱さんがそばにいてくれたから、あやかしや霊が見えることで傷ついた経験はない。でも、太一くんはそうじゃないんだ。

「あやかしとかが見えるのって、やっぱり突然なんですか？」

「そうとも限らねえ。生まれながらにして見えてるやつもいる。たいていは大人になるにつれて、その存在を信じなくなるからな。そんで認識できなくなっていく」

見えなくなる。それって、太一くんは普通の生活が送れるから、うれしいかもしれないけど……ならミャオは？　彼がわざわざ人間の姿になってまで会いに行く大事な人の目に、永遠に映らなくなる。その声も届かなくなる。それはふたりにとって、いいことなのかどうか考えあぐねていると、ミャオの声で現実に引き戻される。

「……学校に現れる幽霊って、どんなの？」

「蛇の霊が出るんだ――って、吉綱、俺の話を疑わないのか？　変なこと言ってるって思うだろ」

「……思わない、太一の話なら、信じる」

即答されたのが予想外だったのだろう。太一くんは言葉を失っているようだった。

やがて、泣きたくて、うれしくて、それでいて落胆したような複雑な笑みをこぼす。

「お前がクラスにいてくれたら、いいのにな。学年同じだっていうのに、お前と全然会わないし」

「……ごめん、僕……この目のせいで、みんなに気持ち悪がられるから、他の空き教室で……個別授業、受けてるんだ」

太一くんの友達でいるためについた嘘だからか、ミャオはしどろもどろに言い、自分のオッドアイを指差す。

「そう言ってたな。……綺麗なのに、みんなの目のほうがおかしいんだ。なんで人間って、人と違うものを異物でも見るみたいに拒絶するんだろうな」

「……そう、だね」

「なあ、俺も吉綱と同じ教室で個別授業受けたらダメか？　教室は息がつまる」

そう頼まれたミャオは、申し訳なさそうに首を前に垂らす。

「……本当に、ごめん。ぼ、僕……この目のせいで、学校転校したりして、母親に迷惑……かけてるから、誰にも会うなって、言われてて……」

「厳しい母親だな。……そうだ、俺とこんなところで会っていいのか？　お前は学校、行くんだろ？」

「……うん。だけど……もう少し、太一といる」

「そっか、ありがとな」

太一くんはミャオに手を伸ばし、そのふわふわの猫っ毛をわしゃわしゃと掻き混ぜた。ミャオはされるがままになりながら、首を傾げる。

「……なんで、ありがとう？」

「こんな俺のそばにいてくれるからだ」

うれしいセリフのはずだが、ミャオの色違いの瞳は迷子の子供のように揺れていた。

それから黙りこくっていたミャオは、意を決した様子で太一くんを見る。

「……人と違うものが見えるのは……太一にとって、不幸……なこと？」

質問したのはミャオのほうなのに、答えを聞くのを怖がっているようだった。

「そう、だな。あんな化け物、見えないに越したことはないよ。普通でいられたら、息をするだけで肩身が狭いなんて思い、しなくて済んだ……だろ」

太一くんは手のひらで目元を覆う。彼の視界には入っていないだろうけれど、ミャオの表情も痛みに耐えているかのようだった。

化け物……前に私がミャオを怖がってしまったときは、怒っていただけだったけれど、今は傷ついている。それは、太一くんには化け物だと思われたくなかったからなんだろう。

「ミャオは太一くんを特別に思ってるんだね。逆に太一くんも、誰にも話せないことを打ち明けられるくらいミャオを信頼してる。お互い大切に思い合ってるのに……あやかしと人っていう壁が、ふたりを隔ててるんだ」

「どいつもこいつも、人間なんぞに肩入れするから痛い目見んだよ」

「……どいつもこいつも？」

聞き返せば、翠は余計なことを喋っちまった、というように顔をしかめる。

誰しも追及されたくないことはある。でも、翠のことは知りたい。そう思うのは、かりそめといえども夫婦になってしまったからなのか、それとも翠自身に惹《ひ》かれてなのか。はっきりさせたいような、させたくないような曖昧な感情を持て余してしまう。

「もういいだろ。あの化け猫はただ友達に会ってただけだった、危険に巻き込まれてるわけでもねえ。それがわかったんだから、帰るぞ」

翠はなにも聞かれたくないのか、早口でそう捲し立てて踵を返す。

このまま翠がどこかに消えてしまいそうだなんて、そんな考えが頭を過ったからだろう。気づいたら翠を追いかけ、その腕を掴んでいた。

「翠は肩入れしないほうがいいって、思ってるのかもしれないですけど！」

「なんだ、離せ」

翠がやんわり私の手を振りほどこうとするが、意地でも離さなかった。

「お互いに出会って、少しでも心通う瞬間があったなら、あやかしだろうと神様だろうと、もっとその人に近づきたいって思うものじゃないですか？」

「少なくとも俺は思わねえ」

突き放すように、私の手を弾く翠。じんじん痛いのは、手の甲だけじゃなく胸もだ。踏み込んではいけない、その境界線を私は無遠慮に超えようとしてしまった。

「人に尽くした奉り神がぼこぼこ消滅していこうが、その事実を知りもしねえでのうのうと生きてる薄情なやつらに、わざわざ関わりたいとも思わねえしな」

翠は私よりもはるかに長い時を生きている。舞を奉納できる巫女がいないことや人間の信仰心が薄れたことで奉り神が消滅していく現実。それを憂いて、人間に失望した経験があるのだと思う。私には到底図れない絶望も味わったんだろう。

だからだろうか、先に歩き出した翠の背中が遠く感じるのは——。

先に森から戻って朝食を済ませた私は、今日も静御前と舞の稽古をしていた。

結局、ミャオが帰ってきたのはお昼頃で、朝食もとらずに部屋に引きこもってしまった。翠曰く、もともとあやかしや神様は食事をとらなくても生きていけるらしい。

あくまで娯楽のひとつとして、味や見た目、食感を楽しみ、料理を食べるんだそう。

食事の必要性がないとはいえ、ミャオは吉綱さんの食事は絶対に食べていた。

太一くんの学校に出る霊のことと、あやかしを否定されたことに悩んで、食欲までなくなっちゃったとしたら――。

「いい加減にしないか！」

バコッと後頭部になにかがぶつかる。頭を抱えてしゃがみ込むと、足元に静御前の扇が落ちていた。

「師匠……扇を投げつけたりして、罰が当たりませんか……？」

「稽古に集中していない弟子を叱ってなにが悪い。雑念がある状態で舞っても、なにも身につかん。時間の無駄だな」

幼女――ではなく、静御前が屈み、床に座っている私の頭を扇でべしべし叩いてくる。全面的に私が悪いので仕方ないが、脳細胞が死なないかだけが気がかりだ。

「ほれ、なにをうじうじ悩んでいるのか、話してみろ」

扇で顎の下をペシッと、また叩かれる。相談に乗ってくれる、という解釈で間違いないだろうか……。なんでかな、尋問されているみたいだ。

「実は……今朝、神社の裏手の森でミャオが人間の友達と会ってたんです」

「ほう、その人間はあやかしが見えるのか」

「はい……だけど、その子はミャオがあやかしだって知らないんです。それでミャオに、化け物なんて見えないに越したことはないって言ってしまって……」

それを聞いたときの、ショックを受けたようなミャオの顔が頭にちらつく。

「もちろん、本人に悪気はありません。だけどミャオ、すごく傷ついたと思うから、気になって……」

同じ屋根の下で暮らしてるんだから、弱音や愚痴くらい吐いたり聞いたりできる仲になれたらいい。そうすれば部屋に引きこもって、ひとりで痛みに耐えることもない。つらい気持ちを全部は無理でも、少しくらいは背負ってあげられるかもしれないのに。

「……はあ、気になるなら、とっとと会って相談にでものってやればいいだろう」

「簡単に言いますけど、ミャオはみんなに隠れるようにして早朝に太一くんに会いにいってるんですよ。吉綱さんには話してるみたいですけど、少なくともそれ以外の人には、太一くんについて触れられたくないってことじゃないですか」

「つまりは向き合うことに怖気づいたわけか。大して仲がいいわけでもあるまいに、初めから自分のことをベラベラ喋るやつがいるわけないだろう」

図星を指され、心臓がドクンッと嫌な音を立てた。いいことはいい、悪いことは悪い。白黒はっきりしている師匠の言い分が、正論すぎて痛い。

「誰しも触れられたくない傷を抱えている。そこへ踏み込めば、当然拒絶されることもある」

それに「うっ」と声を漏らす。現に踏み込んで、翠に手を振り払われたんだった。

「門前払いされる覚悟もないくせに、心配だけするのはただの自己満足、無責任なお節介にしかならん」

「痛いところを、ズサズサ刺してきますね……」

でも、師匠の言っていることは全部正しい。私は気にはなりながらも、詮索するなと拒絶されるのが怖くて、自分が傷つきたくなくて、心配しているだけ。行動を起こせないなら、ミャオのためになにかしたとはいえないのだ。

「私、ミャオのところに行ってきます」

すくっと立ち上がって稽古場を出る間際、私は大事なことを忘れていたのに気づき、師匠を振り返る。

「残りの稽古は戻ってきたら挽回できるように頑張りますので！　ひとまず、ご指導ありがとうございました！」

師匠にお辞儀をして、私はその場から駆け出した。背中に「やれるだけのことはやってみろ」と師匠なりのエールが届く。それに力をもらいながら、ミャオの部屋の前までやってきた。

「ミャオ、少しだけ話をしたいんですけど」

私の声だけが廊下に響いている。吉綱さんによれば部屋にこもっているのは確かなのだが、返答がない。居留守なら地味にへこむけど、それほど傷ついているのかも。

「じゃあ、ここで勝手に話すので聞いててください」

私はミャオの部屋の障子扉に背を預けて座った。

「最初に謝罪から……。今朝、ミャオが森で友達と会ってるところを覗き見してしまいました。本当にすみません」

「……気配で気づいてた。吉綱に頼まれてたんでしょ。だとしても、すぐに立ち去るべき。こそこそ探るなんて、最低」

障子越しに睨まれている……気がする。背後に感じる威圧感が半端ない。

「すみません、気になってしまって……。吉綱さんの名前を使ってることとか……」

「違う」と、私の言葉尻を捕らえるように、ミャオは否定した。その勢いに押されて、思考が停止する。返事に困っていると、ミャオは弱々しく続けた。

「友達……なんて、僕は太一の嫌うあやかしだ。なれるわけ、ないでしょ」

あ……そういう意味か、と腹に落ちる。

「ミャオは自分があやかしだから、太一くんとは友達にはなれないって思ってる？」

答えは返ってこないが、この静寂が私の問いを肯定していた。

「太一くんはミャオが怖いんじゃなくて、あやかしが怖いんじゃないかな？」

「……なにが、言いたいわけ」

空気がピリついた気がした。あやかしが怖いなんて、わざわざ言われなくてもわかっている。さっきの言葉の裏に、そんな怒りが隠れている気がした。

──怖い、と素直に思う。嫌われているわけではないとは思うけれど、かといって歓迎されているわけでもない。これ以上なにか言ったら、もう口も利いてくれないかもしれない。それでも……踏み込まなきゃ、私は一生ミャオを理解できないままだ。

私はゴクリと唾を飲み込み、ふとした瞬間に弱くなる自分を叱咤して──。

「私、元カレに二股されて捨てられたとき、もう二度と自分は幸せになれないと思ったの。私を好きになってくれる人なんていないって信じられなくなって、それから恋愛すること自体が怖いんだ」

ミャオはなにも言わない。それと今回のことと、なんの関係があるの？というミャオの疑問を扉越しに感じた。

「でも、よく考えると、私が怖いのは恋愛することじゃなくて、傷つけられることなんだと思う。それと一緒で、太一くんがあやかしや霊が見えてしまうことが原因で人から拒絶されたのだとしたら、その力を恐れるのは当然で、自分が人と違うことを嫌というほど感じさせるあやかしや霊の存在を否定してしまうのも、おかしくない」

「……？　それ、結局僕が怖いってことと同じでしょ。僕は太一が否定するあやかしなんだから」

そうだけど、そうじゃないんだよ。なんて言えばいい？　どうしたら伝わるだろう。

「太一くんはあやかしや霊を否定したけど、ミャオ自身のことは否定してないでしょ？　でなきゃ、ミャオに相談なんてしない。あやかしとか人とか、そういう以前にミャオを必要としてる」

あやかしと人の差なんて、見てくれくらいだ。想いを断ち切れずに、好きな人の家族を苦しめてしまった奈央子さん。そして、友人に嫌われたくなくて、怖がられたくなくて、正体を言えないでいるミャオ。彼らも人間と同じように間違ったり迷ったり、悩んだり悲しんだりする。それを知ったから、私も怖いとは思わないのだ。

「私が人間だけど原静紀っていう個人であるように、あやかしだけどミャオはミャオ。太一くんはミャオからあやかしだって聞いたら、怖くないあやかしもいるってことに気づけるんじゃないかな。きっと、人とあやかしの壁を越えて友達になれる」

また、沈黙。偉そうに言いすぎただろうか。綺麗事だと呆れられた？

不安で胸が重たくなってきた。そのとき、寄り掛かっていた障子扉が開いた。支えを失った私は「うわあっ」と叫びながら後ろに倒れる。ぎゅっと目を瞑り、衝撃を覚悟したが、畳にぶつかるはずだった私の頭部は柔らかい感触に受け止められた。

「ん？」と怪訝に思い、とっさに閉じていた瞼《まぶた》を開ける。すると、ぎょっとしたように私を見下ろしている猫耳の少年の姿が。

扉のすぐ近くにいたんだ。話、そばで聞いてくれてたんだな。

少しだけ私を受け入れてくれたように思えて、心が明るくなる。

でも、わりと深刻な話をしてたのに、膝枕はいくらなんでも空気読めなさすぎだよね。ああ、どうしよう。時間、巻き戻せないかな。

「ミャ、ミャオ……こ、こんにちは」

「……それ、この状況で言う？」

とりあえず挨拶してみたら、半目で呆れられた。

「とにかく、私はここに来るまですごく怖かった。余計なこと言って、嫌われるんじゃないかって。でも、ここに来た。なんでだと思う？」

私の頭を膝に載せたまま、聞いてくれているミャオ。そのガラス玉のような金と青の瞳は、ただじっと答えを探すように私を見下ろしている。

「……わからない、なんで？」

あ……ミャオの瞳が、太一くんに『そばにいてくれて、ありがとう』と言われたときと同じ揺れ方をしている。

私はその頭にそっと手を伸ばし、太一くんがしたみたいにミャオの髪をわしゃわしゃと掻き混ぜた。

「……っ、なにするの」

驚いたように身を引くミャオに、私はにっと笑って見せる。

「ミャオが心配だから、ここへ来たんだよ。ミャオの不安を分けてほしくて、共有させてほしくて……。そのためには、嫌われるかもしれなくても、相手に踏み込まなきゃいけないって師匠に教わったんだ。だから……ふがっ」

ミャオの手が私の鼻と口を塞ぐ。

「……お節介」

「いひは、へひはひ！」

——息が、できない！

バタバタと暴れていたら、ミャオが少しだけ手の力を弱めてくれた。不思議に思ってミャオを見つめれば、すっと目を逸らされる。

「……僕には、あんたみたいな根性、ない。だから……一年前からずっと、なにも言えないでいるんだ」

「一年前……そもそもふたりって、どうやって出会ったの？」

一瞬だけ、ミャオは口を噤《つぐ》んで話すか否か悩む様子を見せたが、少しして心を決めたのか、ふうっと息を吐く。

「……森、散歩してたら太一があの丸太に座ってたんだ。『ひとりでも大丈夫』……

太一の誰も寄せつけない空気が、そう思ってた昔の僕に重なって……」

暗い闇を覗き込むように、その瞳が陰る。「ミャオ?」と声をかければ、すぐにミャオは頭を振り、言い直す。

「……いや、気になって。それで人間のふりして近づいた。気づいてほしかった、孤独が大丈夫なやつなんていないって。けど僕は、あいつになにもしてやれてない」

頬をそっと撫でれば、しゅんと垂れていたミャオの耳と尻尾が少しだけ上がった。

「なにもしてないなんてこと、ないよ。相談できる相手がいるってだけで、すごく救われるものなんだよ。私、二股されてたことを誰にも話せなかったとき、すごく苦しかったからわかるの。ミャオは太一くんの力になってる!」

「……偉そう」

ムッとした顔をしたミャオが、また私の鼻と口を塞ぐ。私はその手首を掴んで、ミャオの手を顔から引き剥がした。

「ぷはっ、ミャオ。そういえば話は変わるんだけど――って」

私、いつの間にか敬語を忘れてる。偉そうだって言われてしまったし、節度は大事だよね。見た目がいくら年下でも、実年齢は私よりうんと上だろうから。

「その、太一くんが言ってた蛇の霊の話、気になりませんか? 学校にまで現れるなんて、ますます太一くん、学校に行きづらくなりますよね」

「その話し方……」

ミャオはなにか言いたげだったが、すぐに口を真一文字に結ぶ。「ん？」と首を傾ければ、ミャオは耳と尻尾をピンと立て、顔を赤らめながら横を向いた。

「……僕が見てくる。その蛇が、悪さをするあやかしかどうか」

「それなら、みんなで行きましょう？　なにかあったら大変です」

「……いい、僕ひとりでやる。大事《おおごと》になると、太一に迷惑がかかるから」

ミャオは、太一くんが余計に好奇の目で見られることを心配してるんだ。

「でも、蛇の霊が問題を起こす前に対処しないと、太一くんはもっと学校に居場所がなくなってしまいます。今はみんなと協力して、できるだけ早くなんとかしてあげたほうがいいんじゃないでしょうか？」

「……そう、かもしれないけど、できるだけ太一が目立つようなことは避けたい」

「じゃあ、そうならないような方法を吉綱さんたちと相談してみましょう。三人いれば文殊の知恵、ミャオに私、翠に吉綱さん、静御前。五人いたら百人力です」

だから、ひとりで悩まなくていいんだよ、と笑いかける。ミャオは目を見張ったまま数秒停止し、なぜだか、あからさまに呆れた顔をした。

「……能天気で前向きだね」

「褒められてる気がしないんですけど……」

「……褒めてないから」

あれこれ言いながら立ち上がると、居間に向かう。

あとをついてくるミャオの足音は、どこか柔らかく響いている気がした。

二

龍宮神社の面々で会議をしてから、五日後。私たちは地域に根差す神社にするための【祈祷《きとう》ボランティア】だと嘘をつき、神石中学校に潜入した。

詐欺みたいなネーミングだったからか、神職の装束を着て祝詞を唱えながら校内をうろつく私たちを教師や生徒たちが不気味そうに眺めている。かなりやりづらい。

事前にお伺いの連絡をしたのだが、渋々許可が出たのがお昼休みだった。物珍しさに生徒たちが次から次へと集まってきて野次馬が多く、調査どころの話ではない。

でも、ここへ来れる機会はこれが最後だろうし……。何度も祈祷に訪れたりしたら、さすがに怪しまれる。龍宮神社の参拝客が減るという二次被害になりかねない。

翠は龍宮神社の奉り神になってしまったから、参拝客の信仰心を失ったら消滅してしまうかもしれないのだ。なんとしても今日中に、蛇の霊を探さなきゃ。

「……吉綱の声が枯れる前に見つけないと……」

猫の姿で四本のしっぽを揺らし私の隣を歩いていたミャオ。その視線は、先頭を歩く吉綱さんの背に注がれている。

「神議《かむはか》りに議《はか》り給《たま》ひて……ごほっ、我皇《あがすめ》……げほっ、げほっ、御孫命《みまのみこと》……はあ」

吉綱さんの祝詞がかすかすになっているどころか、合間に咳込みすぎて心配になる。

「そうですね、祝詞の唱え過ぎで喉が潰れたら、龍宮神社は神主さんを失ってしまうわけですし、龍宮神社が存続できなくなったら……そんなの絶対ダメです！」

いっそう真剣に蛇を探していると、後ろからゴツンッと後頭部を小突かれた。

「痛っ」

「大声を上げげんじゃねえ」

頭を押さえて振り返れば、〝てめえの脳細胞死んでんのか？〟とでも言いたげな目を向けてくる翠がいる。

「俺たちの姿はここにいる人間どもには見えてねえんだぞ。てめえが独り言をぶつくさ言ってっと、変人だと思われんだろうが」

「すみません、でも……翠が消えるなんてことになったら、嫌なので……」

さきほど注意されたばかりなので小声で返事をすれば、どういう意味だ？と翠の片眉が上がった。

「翠は龍宮神社の奉り神になったでしょう？　だから、神社に悪評が立たないうちに、太一くんを助けないとって」

「俺の、ために……張り切ってやがったのか」

翠の目が意外だというように瞬く。

「え、そんなにびっくりすることでしたか？」

「てめえといると、調子が狂うんだよ」

はあっと息を吐き、翠は自分の髪をぐしゃぐしゃと掻き混ぜた。

困惑する私を無視して、翠は腕組みをしながらミャオを見下ろす。

「化け猫、今すぐ手がかりをてめぇの友達とかいう人間に聞いてこい」

「……やだ」

つんと顎を上げて、ミャオは翠のほうを振り返りもしない。

翠の額にピキッと青筋が浮かび、「ああん？」とミャオの尻尾を踏みつけた。

ミャオは「フギャンッ」と聞いたこともない鳴き声をあげ、その場に丸くなる。

私は「ミャ――」と名前を叫びかけてすぐに人目があったのを思い出し、黙った。

鼻緒の位置を直すふりをしてしゃがみ、涙目でプルプルと震えるミャオを抱き上げる。

翠は私の腕の中にいるミャオに視線をやり、ふんっと鼻を鳴らした。

「てめぇが学生に化けりゃあ、もっと蛇も探しやすくなる。それなのに今人間の姿にならねぇのは、あの太一とかいう人間に見つからないためか？」

「……だったらなに」

「結局てめぇは、太一よりも自分を守んのか。友情とやらは形だけだったようだな」

小バカにしたように口端を吊り上げる翠に、ミャオはシャーッと威嚇しながら毛を逆立てた。

「図星を指されたからって、吠えるな。てめぇの弱さを晒すだけだぞ」

翠、どうしてわざわざミャオを傷つけるようなことを……。

バチバチしているふたりの空気に呑まれて私は口を挟めず、代わりに腕の中にいるミャオを抱きしめる。

「……これは僕の問題。首、突っ込むな」

「自分が傷つきたくねぇから、あいつの悩みの種よりも保身を選んだってわけだ。てめぇも気づいてんだろ、ここは妖気に満ちてやがる」

天井を仰いだ翠の目が鋭く細まる。対するミャオはばつが悪そうに下を向いていた。

妖気って確か、あやかしの気配のことだったはず。

「じゃあ、ここにはあやかしが？」

生徒たちの視線を気にしつつ、こっそり翠に尋ねた。

「ああ、どこかに身を潜めてやがるな。ただ、数が多すぎて気配が辿《たど》れねぇ。このままだと、ここにいる人間も無事では済まねぇぞ。そこの化け猫は我が身可愛さに、その太一って人間も見殺しにするみてえだがな」

「そんな言い方――」

しなくてもいいのに、と続けるはずだったのだが、「ほら、あいつだよ」という男子生徒の声に阻まれる。

「あいつと小学校が同じやつがいてさ、なんか幽霊が見えるとか騒いでたらしいぞ」

足を止めて【2―1】の看板が掲げられた教室の入り口を見ると、中を覗き込んでいる男子生徒が数人いる。彼らの視線の先には、教室でひとり食事をする――。

「太一……」

ミャオが切なげにその名を呼ぶ。まるであやかしや霊のように見えない存在なのかと錯覚するほど、クラスの生徒たちは太一くんを視界に入れない。かと思えば……。

「霊感ある自分は特別ってか？　注目引きかよ、かわいそうなやつ」

「いや、そうとも言えなくてさ。実際、あいつの周りで物がひとりでに動いたり、あいつのそばを通ったら、なにかに足を噛まれたって泣いてる女子もいたらしい」

まるで見世物だ。たったひとつ他人と違っただけで、〝見える〟というだけで、彼は学校という社会で弾かれてしまった。空気のように扱われながら、針の筵《むしろ》のような視線に晒される矛盾だらけの世界。教室という名の水槽が悪意という名の水で満ち、彼はきっと窒息しかけてる。こんなところにいたら、苦しくて苦しくて死んでしまう。

　太一くんはそそくさとお弁当をしまうと、静かに教室を出る。人の目から逃れるように足元を見つめながら、どこかへ歩いていく彼の背中は今にも泣き出しそうだった。

「……なんて顔、してるのっ」

　腕の中から、ミャオの頼りなく震える声がする。

「……てめえはここになにしにきた」

　翠は太一くんが去っていったほうを向いたまま語りかけた。

「……っ、僕は……」

「そこでくよくよ悩んで、なにか変わんのか？　いつまで自分の弱さから逃げてやがる。なにもできねえなら、せめてそばにいろ、阿呆が」

　それに目が覚めたというように、ミャオの瞳から迷いが晴れるのがわかった。

　なんてわかりづらい。翠はあえてミャオを突き放していたんだ。私がミャオとどう向き合ったらいいのか悩んでいたとき、静御前が背中を押してくれたように。

　厳しい叱咤の中にある優しさに気づいた途端、翠の言葉がどれほど相手を思って出たものなのかがわかる。慰めるだけが優しさじゃないんだ。恨まれても相手にとって必要なら、翠は迷わず意見を言う。強いな、翠は——。

「……阿呆は余計だ。けど……ありがと」

　素っ気なく言い、ミャオは私の腕から飛び降りると、太一くんを追いかけていった。

「翠は本当に優しいですね」

「またそれか。てめえくらいだ、そんなことを言うのは」

「わかりづらくて、みんなに伝わりにくいだけです。それがもどかしいですが」

微笑みかければ、翠はぐいっと私の頭を押さえて顔を伏せさせる。

「言ってろ」

あ、これ照れ隠しだ。……とは言わないけど、怒るから。

「太一くんとミャオ、心配ですね」

翠はうんともすんとも言ってくれないが、たぶん心は同じだろう。翠の眉間に寄ったしわがそれを物語っている。

先ほどちらっと見えた太一くんの表情には、悲しみではなく諦めが浮かんでいた。状況が変わることを期待していないような、虚ろな横顔だった。

「中学二年生って、まだ十四歳でしょう？　全部に失望するの、早すぎるよ……」

失恋したとき、私も一度はもう幸せになれないんだろうと諦めた。けど同時に、彼以外にもきっと私を必要としてくれる人が現れると期待も抱いた。絶望と希望は表裏一体、自分が変化を望み続ければ、いつか出会えるはずなのだ。そばにいて愛されていると実感できる人や、そこにいても息苦しくないと思える場所に。

大人の私でさえ持ち続けている希望を、いろんな可能性を秘め、これからどんな未来にも進めるだろう太一くんにどうか捨ててほしくない。太一くんのためというよりは、私自身が信じているものを否定されたくなかったのかもしれない。

これから年齢を重ねるうち、社会に出て他人との力の差を感じるうち、人間関係の面倒さを知るうちに、嫌でも諦めたり手放したりするものは出てくる。

でも、失うだけじゃない。自分が望めば、新しい夢や居場所を選び取れるはずだ。学校という小さな社会から出たらもっと広い世界が待っていて、同じ志を持つ人、同じようにあやかしや霊が見える人に出会えるかもしれない。

「それにミャオの気持ちだって、浮かばれない。大事に思ってる人が下ばかり向いて生きてる姿なんて、見たくないはずだもの」

翠に話しかけていたはずが、いつの間にかひとり言のようになっていた。それがいけなかったらしく、「あの人、さっきからぶつぶつなに言ってるんだろう」「お祈りの言葉とかじゃない？」「え、前の神主さんっぽい人も唱えてるのに？」「合唱的な？　ウケるんだけど」というざわめきが耳に入り、しまった！と思う。

また、ここが学校だってこと、忘れてた！

今度は細心の注意を払って、考え事を再開する。

ふたりとも大丈夫かな……探しに行ったらダメかな。けど、そうなると翠にもついてきてもらわなくちゃいけなくなる。霊力がある人間はあやかしに狙われやすいから。

窺うように翠を見上げれば、代わりにため息が返ってくる。

「またてめえは、お節介を焼きやがって……。こっちだ、さっさとついてこい」

初めて来た場所だろうに、どんどん足を進める翠。私の考えはお見通しらしい。

「あ、ありがとうございます！」

こちらを振り返らずに歩いていく翠のあとを追いかける。前にあやかしや神様は気配を感じとることができると言っていたので、ミャオの居場所もわかるのだろう。

そうして辿り着いたのは化学実験室の前。そこに扉を見上げ、入るのをためらっているミャオがいた。

相変わらず猫の姿でいるということは、あやかしとして会いに行けばいいのか、今まで通り人間の姿で会いに行けばいいのか、心が決まらないのかもしれない。

「ミャオ、結果を急がなくていいんだよ」

私は開けられない扉の前で座り込む、ミャオの隣に立つ。

「会いに来た、こうして追いかけた。それだけで大きな一歩でしょう？」

「……僕が来たこと、太一は知らない。それなら……なにもしてないことと同じだ」

「でも、ミャオの気持ちが私を動かした」

「え……？」と、ミャオが私を見上げる。

「翠が言ってたよね、そばにいろって。私も、特別なにか言葉をかけなくたって、ミャオがいてくれるだけで太一くんはほっとすると思います。だけど、どうその人に近づいたらいいかわからなくて、それさえ迷っちゃうときもある。そのときは――」

扉に手をかける。前に進むのが怖い気持ちは、私にもわかる。だからミャオの心が固まるまでは、私がミャオの思いを持って太一くんのもとへ行こう。

「ミャオが開けられない扉は、私が開ける。ミャオがかけられない言葉は、私がかける。これは私の意思だけど、私にそう思わせたのはミャオ。私がこれからすることも、回りまわって、ミャオが太一くんにしているのと同じことだよ。ミャオはひとりじゃないんだから、もっと私たちのこと、頼ってよ」

ミャオを振り返って笑いかける。その瞳に潤んだ光が宿るのを見届けた私は、扉をガラッと開け放った。太一くんはびくっとしながら、こちらを向く。

「こんにちは」

太一くんが驚いてるのは、いきなり私が入ってきたからだけじゃないんだろう。

一階、廊下の突き当りにある実験室。人気《ひとけ》がない場所に、人が現れたからだ。

逃げ込むには、最適な場所かも。

「巫女さん……？　そういえば祈祷ボランティアがどうのって、先生が話してたな」

目を丸くした太一くんだったが、すぐに早く出ていってほしそうに、わずかに私に背を向ける。

拒絶されても、踏み込む覚悟。静御前の言葉が、逃げたくなるときに限って、聞こえてくる。本当に、どこまでいっても師匠は師匠だ。

人の心に土足で踏み込むのは無神経だと思っていたけれど、傷つけてしまうかもしれなくても、ぶつけなきゃいけない思いがある。そう、私は静御前と翠から教わった。

「学校、つらい？」

「……っ、いきなりなんですか？　出会ったばかりのあなたに、どうしてそんなことを言わなくちゃならないんですか」

すべてを撥《は》ねつけるような瞳。手負いのオオカミみたいに、傷つけられないよう全身で虚勢を張って威嚇して、戦おうとしてる。その反抗的な目は、負けてたまるもんかという微かな希望を捨て切っていない。

「私にも、見えるの」

「な……にが……」

太一くんは瞳を揺らし、自分の腕を掴んでなにかに耐えている。問い返しながら、太一くんは〝なにが見えるのか〟を察しているようだった。

「からかうのはやめてくれ！」

「からかってない。つい最近だけど、私もあやかしとか霊とか神様とかが見えるようになったの。あなただけじゃないってこと、伝えたかったんだ」

「嘘だ！」

声を荒げ、太一くんは実験室の机を拳で殴る。

「また、そうやって同類みたいな顔して近づいてきて、俺から『どんな霊が見えるんだ？』とかいろいろ聞き出したあと、他のやつらに『あいつはいかれてる』って言いふらすんだろ！　いい加減、俺を笑い者にするのはやめてくれ！」

早口で捲し立てる太一くんから怒涛のように浴びせられたのは、どれも行き場がなくて、その胸の中に隠していたけれど、もう限界で。そんな太一くんの心の悲鳴――。

「……誰かに裏切られたんだね。だから私の言葉を信じられない。でも、どうかわかって。私がここに来たのは、なんでだと思う？」

「知るわけないだろ、そんなこと！」

「私を動かした誰かがいるから、だよ」

こっそり扉に視線をやる。その向こうにいるだろうミャオの思いが届かないのは、私が我慢できなかった。

「あなたを大事に思ってる存在もいる。誰のことか、太一くんならわかるよね？」

「なっ――、どうして俺の名前を……」

瞬きも忘れて、私を食い入るように見ている。答えを探るように、じっと。

やがて「まさか……」と呟く。誰が私をここへ駆り立てたのかに気づいたようだ。

太一くんが「吉綱――」と名を口にしたとき、実験室の扉が控えめな音を立てて開く。

「……吉綱は、偽名」

トコトコと猫の短い小さな手足で、ミャオが太一くんの前に姿を現す。

「猫――じゃない、その尻尾……ば、化け物……！」

四本の尻尾を凝視しながら後ずさる太一くんに、ミャオは悲しげに目を伏せる。でも、それは一瞬のこと。ミャオの双眼は向き合いたい人の姿をしっかりと映している。

「……僕の本当の名前は……ミャオ。正体を偽って、きみに何度も会ってた」

ミャオの手足が震えている。彼もまた、拒絶される覚悟を決めたのだ。

「その声……嘘だろ。よしつ――いや、俺がずっと友達だと思ってたやつは、化け猫だった……ってことか」

ははっと嘲笑をこぼしたのは、あやかしのミャオと自分、どちらに対してだろうか？　その答えは、すぐにわかった。

「信じてた相手が大嫌いな化け物か……。俺、滑稽にもほどがあるだろ」

太一くんは自分を嘲ったのだ。よりにもよって自分の人生を狂わせたあやかしを、友と慕っていたのかと。

「……僕は、あやかしだけど……きみと友達になりたいんだ」

「友達？　人間のふりして俺を騙してた化け物を友達だと思えって言うのかよ!?」

「……それはっ、相談相手があやかしだって知ったら、太一が傷つくと思ったんだ」

「俺のこと、知ったように言うな。化け物のくせに……！」

太一くんは、その場から逃げてしまう。ミャオは歩き方を忘れてしまったみたいに、大切な友人が去っていった出口を見つめて立ち尽くしていた。代わりに、教室の外にいた翠が中に入ってくる。

「あいつは混乱してるだけだ。突き放したのも、てめぇを嫌ってるわけじゃねぇ」

「……どうだろう。太一は僕を本気で……」

「バカか、てめぇは」

翠はゲシッとミャオを足で軽く蹴る。

「なっ、なにしてるんですか！」

私は「うにゃっ」と転がったミャオを慌てて抱き上げる。でも翠は悪びれた様子もなく腕を組む。

「あの人間のことは、てめぇがいちばんわかってるんじゃねぇのか？　あいつ自身が自分の傷を受け入れられねぇうちは、あやかしの存在も受け入れられねぇ。ただそれだけのことだ。それをあいつに拒絶されたなんて考えるなんざ、とんだ勘違いだな」

ああ、またこの神様は……わかりづらい優しさで、ミャオの心を守ろうとして……。

「翠はミャオに傷つくな、お前は悪くないって言いたいんだよ」

「勝手に要約すんな」

翠に睨まれたけれど、もう全然怖くない。優しい神様だって、わかってるから。

「翠も言ってたけど、自分が傷つく原因になったあやかしを受け入れるのは簡単にはできないと思う。でもそれは、ミャオを受け入れられないって意味じゃないよ」

「……うん。ふたりの言いたいこと、ちゃんとわかった」

ミャオにも翠の気持ちは伝わっていたらしい。それに安堵して吐息を漏らす。翠の優しさが、ちゃんと届いてよかった。

「……わかったけど、太一のことになると……臆病になる。冷静じゃいられない」

「ミャオは、太一くんが本当に大事なんだね」

「太一は……俺にできた二人目の友達……だから」

「二人目？」

聞き返せばミャオはコクリと頷き、自分の過去を話し出した。

「……うん、一人目は吉綱。僕を孤独から連れ出してくれた人」

ミャオが話してくれたのは今から四十六年前、当時十四歳だった吉綱さんとの出会い。私は想像を巡らせ、その光景を頭の中に描く。

＊＊＊

もともと飼い猫だったミャオは飼い主が生活に苦しくなり、精神的に病んでしまったらしい。ミャオを痛ぶったあと、その首を絞め、殺したのだという。

そうして無責任に命を奪われたミャオは、人間を恨んで、憎んで……恨んで、憎んで、その果てにあやかし堕ちをした。

そして、あやかしになって、また幾つか年月が過ぎ――。

『……人間、どうして、私に近づく』

龍宮神社の裏手にある森の奥深く。ミャオは大きな身体を隠すように、そこにいた。今みたいに開けてはないが、太一くんとミャオが話していたところと同じ場所で。

『……来る、な！』

ミャオはわらわらと現れた学生たちをシャーッと威嚇する。尻尾の青白い炎が大きくなり、森の木々を焼いた。学生たちには突然、森に火がついたように見えたのだろう。『ギャーッ』だの『祟りだ』だのと騒ぎながら走り去っていく。

しかし、いなくなったはずの学生がひとり戻ってきた。

『森を焼かれるのは困るな』

最初にここへ来た者たちの中にはいなかった男子学生だ。先ほどの子供たちと揃《そろ》いの学ランを着ているので、同じ学校の生徒には違いないようだ。

『……お前、私が見えるのか？』

『これでも未来の神主だから、もちろん見えるよ。この森を抜けた先にある神社、龍宮神社っていうんだけど、僕はそこに住んでるんだ。というわけで、火事騒ぎが続くと参拝客が減っていろいろまずい。主に生活が苦しくなる方面でね』

苦笑いをして、男子学生はミャオの前に立った。

『……来るなって、言っただろう！』

ボワッと、炎の柱がミャオを囲むように噴き上がる。チリチリと火が爆《は》ぜる音がして、男子学生の髪が熱風に揺れた。

「神議《かむはか》りに議《はか》り給《たま》ひて　我皇御孫命《あがすめみまのみこと》は　豊葦原瑞穂国《とよあしはらのみづほのくに》を　安国《やすくに》と平《たひら》けく知食《しろしめ》せと　事依《ことよ》さし奉《まつ》りき――」

男子学生が祝詞を唱えると、炎がさっと消える。それに驚愕しているミャオを、男子学生は切なげな眼差しで見上げていた。

『きみは人が怖いんだな』

『……私は人を傷つけた。お前こそ、私が恐ろしいだろ』

『いいや、僕も人のほうが怖い。だからきみが人を怖がって、遠ざけ方がわからなくて、傷つけてしまう。その気持ち、わかるよ』

なにを思ったのか、男子学生はその場に胡坐をかいた。すっと腕を伸ばし、握手を求めるように手を差し出す。

『僕は宮光吉綱。ここで会ったのもなにかの縁、僕の話し相手になってくれよ』

そう言ってニカッと笑った男子学生――吉綱さんは、ときどき森を訪れてはミャオに他愛のない話をしていった。

ある日は……。

『昨日、夕飯のエビフライを親父に掻っ攫われた。いい年してなにしてんだよって呆れたよ』

『……それ、なんの報告？』

また、ある日は……。

『うちの神社さ、もうずっと神様がいないんだ。自分が将来継ぐ神社に神様がいないとか、切なすぎるだろ？　だから、なんとかして神様を捕獲しようと思ってる』

拳を握りしめる吉綱さんを、ミャオは白けた目で見た。

『……罰当たりな。余計に神に逃げられるぞ』

そのまたある日は……。

『ミャオ』

『……なんだ』

『おおっ、僕のつけたその名前、呼ばれ慣れてきたみたいだな』

うれしそうな吉綱さんに対し、ミャオは居心地悪そうに視線を泳がせる。

『それにその姿、きみ、人間の姿になれるんだな。猫の耳と尻尾は、そのままみたいだけど……その制服はどうしたんだ？』

自分と同じ学ランを着て、自分と同じ年齢くらいの少年の姿になったミャオを、吉綱さんは頭のてっぺんから足の先までしげしげと眺める。

『……おま……きみ、を模してみた。制服も化ければ真似られる。わた……ぼく……僕は、変じゃない……？』

『変じゃないけど、突然、自分の呼び方まで『私』から『僕』に変えてさ。どんな心境の変化かと、きみの友達としては心配だよ』

服装から一人称《いちにんしょう》まで急に自分の真似をし出したミャオに、吉綱さんは戸惑いを隠せなかったのだろう。話してみろとばかりに近場の丸太に腰かけ、ミャオに柔らかな笑みを向けると、ポンポンと隣を叩いた。

大人しく吉綱さんの横に座ったミャオは、おずおずと白状する。

『……吉綱と同じ目線で、世界を見たい……から』

『僕と同じ目線？』

首を傾げる吉綱さんに、ミャオはコクリと頷いた。

『……吉綱は、学生なんでしょ。学校……通ってるけど、学校の話、全然しない』

ミャオは足繁《あししげ》く通ってくる吉綱さんに少しずつ心を許していき、ふと吉綱さんが学校の話を一度もしないことに気づいたらしい。

『……学校の話、したくないんだと思った。その理由……知りたくて。吉綱と同じ目線に立てば……同じ服を着て、同じ姿をすれば……なにか、わかるかもって……』

詮索するなと突っぱねられてしまわないか、不安だったのだろう。ミャオがちらちらと吉綱さんの顔色を窺っている。

沈黙していた吉綱さんは、は～っと息を吐くと、唐突に笑い出した。

『はははははっ、だから僕の真似をしてたのか！　面白いな、ミャオは。そうだよ、僕は学校が嫌いだ。あそこは〝見えない人間〟ばかりだから』

丸太に後ろ手をつき、吉綱さんは青空に流れる雲を仰いでいる。

『僕の周りには人ならざる者が集まってくる。だから怪奇現象が絶えない。みんなを怖がらせたくなくて遠ざけてもみるけど、そうすると今度はすました態度が気に入らないって言われるし』

顔にため息を押し殺したような表情を滲ませた吉綱さんの話を、ミャオはじっと猫耳を立てて聞いている。

『なら距離を縮めてみるけど、怪奇現象に巻き込んで傷つけてしまう。そういうのが面倒になって……こうして、学校にも行かずに森に引きこもってるんだ』

傷つきたくなくて、傷つけたくなくて、人を遠ざけて孤独になる。吉綱さんは今の太一くんであり、過去のミャオでもあったのだ。

『……僕と同じだ』

『言っただろ、きみの気持ちがわかるって。これが学校の話をしない理由。口に出すだけで、虚しくなるからな』

吉綱さんは、つらい話のはずなのに笑いながら軽い口調で語る。それにミャオは違和感を抱いたのだろう。

『……楽しくないのに、なんで笑ってるの？』

そう問われ、吉綱さんは『えっ』と笑みを固めた。

『……僕には、吉綱っていう友達が……できた。吉綱と出会って、僕を傷つけない、僕を恐れない人間がいるって……知れた。自分を偽らなくても……大きく見せなくても……受け入れてくれる人、どこかにいるのかも』

ミャオは慣れない口調で、たどたどしくも自分の考えを言葉にする。吉綱さんの顔には驚きと喜び、いろんな感情が浮かんでは消えた。

『よりにもよって、理解されることを諦めてた僕が……きみにそんな希望を抱かせるなんてな。確かに、絶望するにはまだ早いのかもしれない』

丸太から立ち上がり、ミャオの前に立った吉綱さんは、すっと手を差し出す。

『僕は人よりも、あやかしや霊といるほうが自然体でいられる。だから、自分から進んで面倒な人間に関わろうとは思わなかったんだ。でも、ミャオが僕の気を変えた』

目の前にある手と吉綱さんの顔を交互に見て、ミャオは目をパチクリさせる。

吉綱さんはいつまで経っても手を握ってこないミャオに痺れを切らしたのだろう。

『責任取ってくれ』

前に出した手を、さらにミャオの顔に近づける。

『……せき、にん？』

『僕と一緒に、これからたくさんの人と出会って、世界を広げるんだ』

『……え』

ピンときていない様子のミャオの返事は、不満だったらしい。吉綱さんは腰に手を当て、ため息をつく。

『え、じゃない。ミャオが言ったんだろう、どこかにありのままの僕らを受け入れてくれる人がいるって』

『……言った、けど……』

『なら、一緒に探そう！　見つかるまで付き合ってくれ、親友』

勢いに押されるように、吉綱さんの希望に満ちた瞳に望みを託すように、ミャオはようやく差し出された手を取る。

『……付き合うよ、親友』

＊＊＊

「責任取ってくれだなんて、吉綱さんって意外と強引なところありますよね」

私を龍宮神社の巫女にしたり、あの翠に言うことを聞かせたり、優しいおじいちゃんの顔をして、ちゃっかりしている。

ミャオから聞かされた温かいエピソードに、自然と口元が緩む。前にミャオが、太一くんが昔の自分に重なると言った理由がようやくわかった。

「……吉綱は出会ったときから、おかしい」

そうは言うけど、ミャオは吉綱さんのそばを離れない。私なんて到底かなわない、固い絆と信頼がふたりの間にあるんだろう。

羨ましい。いつか私も、吉綱さんや太一くんみたいに、ミャオの世界の中に入れてもらえたらいいな。

仲良くなれるように、信頼してもらえるように頑張ろうと思っていると――。

「こんなところにおったか！　気づいたらわしひとり、変な目で見られたわい……」

目に涙をいっぱい溜めながら、吉綱さんが飛び込んできた。そういえば、吉綱さんのことをすっかり忘れて、太一くんとミャオを探しに行ってしまったんだった。

「大げさなやつだな。周りのガキどもに、ひとりで祝詞をぶつぶつ唱えて歩く徘徊《はいかい》老人だと思われたくらいで、騒ぐんじゃねえ」

翠はズバズバとひどい言い草で返し、ミャオの前に歩いていく。

「――で、いつまでてめえはここで油を売ってるつもりだ？　昼休みとやらは時間に限りがあんだろ、さっさと太一を探せ」

「……そうしたいけど、足が……動かないんだ」

捨てられた小猫のように身体を縮こまらせて項垂れたミャオに、翠は「あ？」と短く相槌を打つ。なに腑抜けたこと抜かしてやがんだ、と苛立っているのがヒシヒシと伝わってくる。

「……だって、どんな顔で会えばいい？　どんな言葉を……かければいいんだ。あやかしだって打ち明けた。でも、でも……」

「受け入れられなかったから、諦めるんかのう」

遠くで聞こえる、生徒たちの賑《にぎ》やかなざわめき。その中で吉綱さんの声は、凪《な》いだ夜の海のように静かだったのに、琴の音のようによく耳に届いた。

「ミャオが言ったんじゃろう？　どこかにありのままのわしらを受け入れてくれる人がいるってのう。そのためには、偽りない自分を相手に見せる勇気が必要じゃ」

吉綱さんは下を向くミャオの頭に手を載せ、撫でる。

「ミャオがわしに、人と関わることを諦めないための希望をくれた。だからわしは奥さんを愛し、息子という贈り物を授かり、神社を訪れる人々の力になりたいと思える、そんな自分を好きになれたんじゃ。そんなミャオなら太一くんを救ってあげられる」

「……吉綱……」

ミャオの瞳がゆっくりと開かれていく。

「心を注いだからって、必ずしも同じだけの思いが返ってくるわけじゃねえ。それなのにたったの一回、当たって砕けたくらいで、泣きごと言ってんじゃねえよ」

これまでは吉綱さんだけだったけど、これからは私や静御前、翠もいる。それを伝えたくて、私は翠の隣に並んだ。

「どんな名前だろうと、姿だろうと、ミャオはミャオだよ」

「え……？」

心の揺らぎを表すように、ミャオの身体がぐらりとする。

「ミャオは嘘をついたって自分を責めてるけど、世の中には誰かの心を守りたくてつく優しい嘘っていうのもあるんだよ」

「……でも、その嘘が誤解を招いた」

大切な人のことになるほど、相手の反応が気になって臆病になるもの。その弱さは、その人が大事である証だから、どうしたってなくならない。こんなとき、なんて言葉をかけてあげれば……。

「なら、理由を説明すりゃあいい。それで信用を失ったってんなら、関係が壊れたってんなら、修復できるまでとことん話せ」

こういうとき、即答できる翠は、やっぱりすごいなと尊敬する。翠の声は大きくないのに、勇気をくれる強さがあるのだ。

心って複雑だな。もっとシンプルな気持ちで相手に向き合えればいいのに、なぜかまだ起きていない事柄に対して思い込みや想像で不安を膨らませてしまう。

そうやって、どんどん自分に枷《かせ》をはめていって、身動きをとれなくするのだ。

「行こう、ミャオ」

手を差し伸べる。ふいにミャオの目がなにかを懐かしむように遠くなった気がした。

そういえば、ミャオが吉綱さんと出会ったときにも、そうされたと話していた。

吉綱さんのようにミャオの心の支えになるには、力が及ばないとは思うけれど、私が勝手に力になりたいと思う分にはいいだろう。

「……向き合うの、怖いって言ってるのに……。根性論で押し切れって、みんな無茶苦茶」

ふっと笑って、ミャオは小さな手を私に近づける。その光景を吉綱さんが息を呑んで見守っているのを肌で感じたが、私はミャオから目を逸らさなかった。ミャオの身体は指の先から腕へ、順々に人の形を象《かたど》っていく。いつか吉綱さんを真似て身につけた学ランをふわりと揺らし、恥ずかしそうに微笑むミャオの顔が私の目線よりも高くなった。

「……太一に教えてあげたい。これからたくさんの人と出会って、世界を広げてみたら……きっと、太一を受け入れてくれる人がいるって。僕と一緒に探そうって、言ってあげたい」

ミャオの手が私の手に載る。私はその手が解けないように、強く握りしめた。そんな私たちを見て、吉綱さんが瞳を濡らし、笑う。

「わしは、もう歳だからのう。いつか、ミャオを置いて逝くことになる。だから、仲良かった者がいなくなっても、また信じられる存在を見つけて、拠《よ》り所を見つけていけるようになってほしかったんじゃ」

嫌でも思い知る。あやかしや神様であるミャオや翠と、人間である私や吉綱さんの人生がこうして交わる時間はわずかだ。だから、なにかを遺したいと思う。

「静紀さん、翠様、ミャオを頼みます。それからミャオ、わしを救ってくれたお前なら、きっと太一くんにだって希望を与えられるはずじゃ」

私の「はい」とミャオの「うん」という返事が重なる。実験室を飛び出せば、背後で翠の面倒くさそうな声がする。

「……俺はあいつらのお守か」

「翠様、楽しそうですな」

「じじい、てめえは老眼が進んでるみてえだ。医者に診てもらえ」

翠も教室を出て、私たちに追いつく。もう授業が始まるからか、誰もいない廊下を走っていたとき――。

突如として「きゃあああっ」「うわあああっ」と、空気を震わせるほどの生徒たちの悲鳴がこだました。反射的に足を止めてしまう私とは反対に、ミャオは「太一！」と走り出す。

「ミャオ、待って！」

ものすごい早さで廊下の角に消えるミャオの背に手を伸ばしたとき――。

「ボサッとしてんな！」

ぶつかるような勢いで、翠に抱きしめられる。そのまま床を転がり、どんっと壁に衝突した。耳元で「くっ」とうめき声が聞こえて顔を上げれば、その額には汗が帯のように広がっている。

「翠、急になにを……って、すごい汗！　どうしたんですか？　大丈夫ですか？」

「黙っとけ、頭に響く」

翠は起き上がると、私から手を離して腕に噛みついていた白い物体をむんずと掴む。

「蛇……！」

「こいつは、ただの蛇じゃねえ」

翠は赤黒い瞳の白蛇《しろへび》を力任せに引き剥がし、舌打ちしながら握りつぶした。

私は「ひっ」とつい悲鳴をあげながら、薄目で蛇がどうなったかを確認する。蛇はすっと景色に溶けるように消え、『ただの蛇じゃない』という翠の言葉の意味を悟る。

これが例の蛇の霊？って、それよりも翠の着物に滲んだ血だ！噛んでる蛇を無理やり引き剥がしたりしたから……。なんて無茶をするんだろう。

私は慌ててハンカチを取り出し、その腕を縛る。

「なにしてやがる」

訝しげに翠は腕を見下ろしていた。

「私を庇って蛇に噛まれたんでしょ？　だから、せめて手当てしたいんです」

「俺は神だ。この程度の傷、痛くも痒《かゆ》くもねえ。すぐに癒える。それより、ここに満ちてやがる妖気の原因はあの蛇だ。しかも、太一とかいう人間と同じ気配がした」

「え……それってどういうことですか？」

ハンカチの端を強めに結び、手当てが終わると翠は立ち上がる。

「さあな、俺にもわからねえ。はっきりさせるためにも、あいつを見つける」

「動いて大丈夫なんですか？　毒とか、回ったりは……」

「くどい、平気っつってんだろ」

翠は顔色ひとつ変えずに私の心配を突っぱねるけど、噛まれたのは普通の蛇じゃない。本当に大丈夫なの？

不安は拭えない。でも、さっき聞こえた悲鳴も、先に行ってしまったミャオのことも、太一くんのことも放っておけない。

翠の体調を気にしながらも、私たちは悲鳴が聞こえたほうへ向かったのだが――。

「太一……くん？」

【2―1】の教室の中央に、太一くんがひとりで佇んでいる。

もう全員逃げたあとなのか、生徒たちの姿はない。ただ、そこには異様な光景が広がっていた。彼から衝撃波でも放たれたみたいに、机や椅子が壁際に押しやられているのだ。

「うっ……」

絞り出したようなうめき声が聞こえた。教室の後ろに目をやると、積み重なる机や椅子に背を預けるようにしてミャオが倒れている。

「ミャオ！」

声をかけても反応はなかった。意識がない彼に駆け寄ろうとしたとき、ビュンッと目の前を椅子が横切る。頭が真っ白になっている間に、椅子はガラスを突き破って外へ落ちていった。

「なっ、なな……」

頭にぶつかっていたらと思うと血の気が引く。同時にぞわりと背後から寒気が這い寄ってきた気がして、恐る恐る振り返った。

虚ろな瞳をした太一くんの足元に、おびただしいほど群がる大量の蛇。それらは太一くんの身体からにょろりと出ては、ぼとりと床に落ちて数を増やしていく。

心臓が不規則に暴れている、息が苦しい、歯がガチガチと嚙み合う。

混乱している私などお構いなく、机やら椅子、掃除用具が宙を飛び交う。それは座り込んで立てないでいる私にも容赦なく向かってきて――。

「きゃあああああっ」

両腕を交差して、咄嗟《とっさ》に顔を庇う。すると翠が刀を抜きながら、私の前までやってきた。ぶんっと刀を振るい、こちらに迫っていた机を真っ二つにする。

「翠……！　あ、ありがとうございます」

「礼はいい。その代わり、てめえはその向こう見ずなところを直しやがれ」

あまり直視したくないが、正面にある翠の背中には〝いい加減にしろ、次はねえぞ〟と書かれている。

でも、さっきも今も……庇ってくれた。

鼓動がとくんっと跳ねる。思えば翠には、こうして何度も助けられていた。普段の横暴で強引な態度の裏にある温かさに、私はいつの間にか安心するようになっていた。

「なるほどな」

様子のおかしい太一くんに対峙《たいじ》していた翠がため息を吐く。

「あの蛇は、このガキの生霊だ」

「生霊!?」

読んで字のごとく、生きた人の霊ということだろう。あれって、こうして起きている人間からも、生み出されるものなのだろうか。

「生霊は魂の一部を切り取って作られた念じゃ。逆恨み、妬み、憎しみ、執着……その対象に憑《つ》き、生気を奪うともいわれてるのう」

教室の入り口に吉綱さんの姿がある。机や椅子が飛び交っているせいで、中に入ってこれないようだ。

「人間だろうとあやかしだろうと神様だろうと、負の感情は吐き出さなければ内に留まるんじゃ。太一くんは周囲の人間になにを言われても、言い返さないで溜め込んでいたんじゃろうな……」

吉綱さんの眼差しが、一瞬切なく揺れた気がした。見える人間特有の孤独を思い出したのかもしれないと、そんな推測が脳裏に浮かぶ。

「とはいえ生き物には防衛本能のようなものがある。心を守るために、潜在意識にある怒りや憎しみ、悲しみを無意識のうちに外へ出そうとする働きじゃ。その負の感情から生まれたのが、生霊の蛇なんじゃろう？　翠様」

「そういうこった。えらく詳しいな、ジジイ」

翠の視線を受けた吉綱さんは首をすぼめる。

「こんな老いぼれでも、神主ですから。神様やあやかし、人間がうまく付き合っていけるように、神世や常世のことは先代から学んでおります」

翠は「……そうかよ」と短く返し、太一くんのほうへ目を移した。

「初めは校内を這い回るだけで済んでた蛇も、このガキの中でだんだんと憎しみが募るのに合わせて、人を襲うまでに狂暴化《きょうぼうか》したんだろ。霊力の高い人間にありがちだがな、あいつの憎しみが消えねぇ限り、この生霊は大量生産され続ける。叩き斬るなら早ぇほうがいい。今も蛇どもに、ここにいる人間の生気を食われてるだろうからな」

「え、でも……さっき吉綱さん、生霊は魂の一部だって言ってましたよね？　生霊なんて叩き斬ったりして、平気なんですか？」

さっき翠は蛇を握り潰していた。それもまずかったのではないかと不安になる。

「一匹程度、手にかけたくらいならさほど害はねぇ。何匹も斬れば、あのガキは無事じゃ済まねえだろうがな」

「ならダメ！　翠、刀はしまって！」

隙あらば迫ろうとする蛇たちと睨み合いを続けている翠の背中に声をかける。翠はこちらを振り向き、またかと言いたげに長嘆《ちょうたん》した。

「さっき、蛇は妖気を放ってるってつったろ。あやかしになりかけてんだよ。それを野放しにしておけば、ここにいる人間全員が蛇の餌食に……な、る……」

不自然に翠の口調が緩慢になる。その声が途切れると、翠の身体がぐらりと傾いた。

え——……。その光景がやけにスローモーションに見える。やがてドサッという音と共に我に返った私は、「翠！」と悲鳴をあげながら彼に走り寄った。

「どうしたんですかっ、翠、翠！」

「うっ、ぐっ……はあっ……毒が、回りやがった」

急に苦しみ出した翠は床に這いつくばり、服の上から胸を掻き毟《むし》っている。

「もしかして……さっき蛇に噛まれたときの？」

「噛まれた？　それはいかん、太一くんの生霊は憎しみで穢れておる。人間や神様にとっては毒と同じじゃ」

「そんな……私を、庇ったせいで……」

翠の体調を気にしながらも、心のどこかで神様なら大丈夫だろうという甘い考えがあった。自分の浅はかさにたまらなくなり、翠を抱きしめる。

「龍神様の世界では、最も力ある者が長になるんだそうでのう。翠様はその長になれるほどのお力を持っていたそうじゃ。でも……いろいろ事情を抱えておってのう、今は特に穢れに影響されやすいんじゃ」

事情……。翠になにがあったんだろう。私になにができるだろう。腕に力を込めると、翠が「俺を絞め殺す気か」とぼやく。

「すみません、けど……こうしてないと、私が苦しくて……」

じわりと視界が滲んだとき、翠が手を伸ばしてきて、私の目元を拭う。

「しょげた面……すんじゃねえ。こうして、てめえが俺に触れてりゃ、幾分か楽になる……」

翠はこんなときまで、私の心配をしている。なんだろう、この神様がどうしようもなく、大切なもののように思えて――私はいっそう強く抱きしめてしまうのだ。

「――高天原《たかあまはら》に神留《かむづ》まり坐《ま》す　皇《すめらが》親《むつ》神漏岐《かむろぎ》神漏美《かむろみ》の命以《みこともち》て――」

吉綱さんが祝詞を唱えると、空気がわずかに澄んでいく気がした。

「天津神《あまつかみ》　国津神《くにつかみ》　八百万《やほよろづ》の神等《かみたち》　共に聞食《きこしめ》せと白《まを》す」

吉綱さんの声が波紋のように光る輪となって辺りに広がる。蛇たちはシャーッと威嚇しながら後退していき、そして本体である太一くんを残し、蜘蛛《くも》の子を散らすがのごとく壁と床の境に入り込み消えていった。

「す、すごい……吉綱さん、今のは？」

「心身の穢れ、災厄の原因となる罪や過ちを祓《はら》い清める大祓詞《おおはらえことば》という祝詞なんじゃ。けど、やっぱり歳だのう。身体にくるわい」

吉綱さんがくたびれたように笑ったとき、太一くんが糸が切れたみたいに倒れる。

「……うっ、太一……！」

気を失っていたミャオが目を覚ます。満身創痍《まんしんそうい》だろうに太一くんのところまで走っていき、その身体を受け止めて一緒に床に転がった。

「……しっかり、起きて……起きて、太一……っ」

ミャオが太一くんの身体を揺さぶっている。でも太一くんは青白い顔をして、固く瞼を閉じたまま身じろぎもしなかった。それは翠も同じで――。

「翠、翠……！」

ほんの数分前までかろうじて受け答えができていた翠も、苦悶の表情で目を瞑ったきり、浅い呼吸を繰り返すだけ。

「……太一、ごめん……」

「翠っ、す、い……」

窓ガラスが割れ、机も椅子もぐちゃぐちゃになっているこの惨状で、私とミャオの自責の滲んだ声だけが虚しく繰り返されていた。

三

帰り際に職員室に寄った際、太一くんが起こした怪奇現象は地震によるものとして先生から生徒たちに説明されたのだと聞いた。

だが、同じクラスの生徒や教師の一部はそれを信じてはいないようで、吉綱さんは『神主さん、河野《こうの》のお祓いを頼めませんか』と担任から相談を受けていた。

急遽《きゅうきょ》、学校も休校になり、下駄箱に溢れ返っていた生徒たちからは『やっぱあいつ、普通じゃないんだよ』と、太一くんに恐怖を抱いている声もちらほら。ますます学校が居心地悪い場所になってしまうだろう。

畏怖《いふ》の目、それを向けたのは太一くんのご両親も例外ではない。

念のため意識の戻らない太一くんは病院に行くことになったのだが、駆けつけたご両親は自分の息子だというのに怯えるように距離をとって救急車に乗り込んでいた。

結局、私たちは太一くんを守れなかった。それだけでなく翠まで負傷してしまって、失意の中、龍宮神社に戻ってきたのだ。

「……逃げた蛇の量からして、太一の中に残ってる魂は……少ない。早く太一の身体に戻さないと……命に関わる」

　畳に寝かされたミャオは人の姿を保てないほど消耗しているのか、猫に戻っている。

「ミャオ、喋ってはならん。太一くんを傷つけないために、攻撃を受けるしかなかったんじゃろう？　いくら傷の治りが早くても、無茶は禁物じゃ」

　吉綱さんは憂わしげな表情で、ミャオの傷を消毒していた。それから細長い舟形の器具で椿の花をすり潰し始める。

「それは……？」

「薬研《やげん》じゃ、漢方の薬種なんかを潰すために使われたりするのう。これで霊力が宿った椿の花をすって、その汁を傷口に塗ったり飲ませたりするんじゃ。あやかしや神様には、これがよく効くんじゃよ」

　吉綱さんは患部にすり潰した椿を塗り、ガーゼを当て、包帯を巻きつける。ミャオは傷口に触れられるのが痛むのか、ときどき顔をしかめていた。

　神様もあやかしも、人間と同じように不死身《ふじみ》なわけじゃないんだな。

「そうなんですね……あの、これで翠の毒は癒えないんでしょうか？」

「薬はあくまで自然治癒力を高めるものであって、根本的な治療にはならんのじゃ。穢れに弱い神様にとっては気休めにしかならん。穢れの源……生霊を太一くんに戻せなければ、翠様は……消滅してしまうかもしれん」

「しょう……めつ？」

みぞおちを打たれたように、それ以上声も立てられなかった。

神様だから、毒なんて平気だって言ったのに……嘘だよね？　翠がいない世界も、未来も、想像できない。もう会えなくなるなんて、嫌……。

鼻の奥がつんと痛い。他に翠を助ける方法はないのだろうか。そこまで考えて、ひとつの案が浮かぶ。

「私……私の舞で、翠に力を分けてあげることはできないんでしょうか！」

これなら――と縋るように打開案を口にすれば、吉綱さんは首を横に振る。

「一時的には穢れを抑えられるじゃろうが、原因を断たない限り治らん。ずっと翠様について舞い続けるわけにもいかないじゃろう？」

「……じゃあ私は、一体どうしたら……」

自分の無力さに俯けば、膝の上で握りしめた拳がぼやける。涙がこぼれそうになり、唇を噛んでみるけれど、無駄だったようだ。ぽたぽた、目から雫が落ちる。もう止まりそうにないくらい、ひっきりなしに。

「……僕も、結局太一になにもしてあげられなかった」

ミヤオは泣きそうな顔を隠すためか、目元に腕を当て、そのまま動かなくなった。

「……僕が説得しきれなかったから、太一はこのまま目を覚まさないかもしれない」

ミャオも自分を責めているのだ。私たちが途方に暮れていると——。

「そこで悔いて、翠の毒は消えるのか？　太一は帰ってくるのか？」

「「……！」」

すううっと現れたのは、静御前だ。息を詰まらせる私とミャオの額を、扇でぺしゃりぺしゃりと叩く。

「違うだろう。今はそこで嘆き、無駄な時間を過ごすより先に、やらねばならんことがあるだろう」

静御前はパチンッと扇を閉じた。その音で、冷水を被ったように思考が冴《さ》える。私が落ち込んだところで、現状は勝手に好転してはくれないのだ。

指摘されるまで気づかないなんてと、不甲斐なさを感じているのはミャオも同じだったようだった。

苦々しい顔つきのミャオに、吉綱さんは柔らかな眼差しを注ぎ、その頭を撫でる。

「逃げてしまった生霊のもとへ行き、太一くんに戻す。そうして元凶を絶ってから、邪気で傷ついた翠様の身体を薬で治す。これがわしらがこれから、すべきことなんじゃないかのう」

「そう……ですね。泣いてる暇なんて、ないですよね」

私は涙を拭う。静御前と吉綱さんが進むべき方向を示してくれて、真っ暗だった道に明かりが灯ったようだった。

「そうと決まったら、まずは太一くんの生霊の居場所を探さないと」

本題に立ち向かう覚悟ができた私に、静御前は「やっと調子が出てきたか」と言い、手のかかる弟子を見守る師匠の顔をする。

「……それ、なら……森、森に太一の気配がする」

むくりとミャオが上半身を起こした。

「太一くんは入院中ですよね？　あの蛇、てっきり太一くんの周りに現れるのかと思ってました。実際、学校にいましたし……なんで森にいるんでしょう？」

「……こもってる……んだと思う。僕も昔、誰にも見つからない場所を探して、森にこもってたから」

そんな話を学校でしていたな。あの森に引きこもっていたミャオは、吉綱さんに外の世界へ連れ出してもらったのだと。

「あの森は太一くんとミャオが出会った場所でもあるんですよね……。太一くんは、無意識にミャオに会いたいって、そう思ってるのかも」

「……僕、に？」

「うん、あの蛇は太一くんの生霊なんですよね？　なら、太一くん自身でもある。太一くんは隠れてしまったけど、でも……見つけてほしいんだよ。他の誰でもなく、ミヤオに。そんなふうに、私は思います」

　瞼を閉じ、ミヤオは黙考していた。静かに話を聞いていた静御前は「隠れて……か」と、扇の先を顎に押し当て、すぐに悪巧みを目論む笑みを唇に滲ませる。

「須佐之男命《すさのおのみこと》天照大御神《あまてらすおおみかみ》の位を奪わんとし給いては、天照大御神、天の岩戸に堅くこもらせ給うが故、天下《あめのした》闇となり、日月《にちげつ》の光を失い見ることなし」

「それ、なんですか？」

「太一は天の岩戸の中に引きこもった太陽神のようだと思ってな。太陽神が力自慢好きの弟神の乱暴に怒り、責任を感じて、天の岩戸に隠れてしまうという神話だ」

聞いたことないな。そもそも神話に詳しいわけではないので、当然なのだが。

「太陽神が隠れれば、太陽もなくなる。世界は真っ暗で昼がない。なんとか太陽神に出てきてもらおうと、八百万の神々はさまざまな手を尽くすのだ。そこで活躍するのが、天鈿女命《あめのうずめのみこと》。元は巫女だが、出世して神になった芸能や俳優、舞楽の女神だ」

　静御前はバッと扇を開き、優雅に回転させ、強気に微笑する。

「太陽神をそれは愉快な舞で岩戸から出し、世界にまた昼が訪れるよう貢献した天鈿女命のように、静紀、太一が外に出たくなるような胸弾む舞を舞え。岩戸という名の森に引きこもったあの童を、こちらの世界に引き戻せ。二度と生霊など飛ばさずに済むように、世界には憎しみや絶望の数だけ希望や幸福もあるのだと教えてやるのだ」

生霊は逆恨み、妬み、憎しみ、執着から生まれた念。その負の感情が消えることはなくても、せめて。ミャオや吉綱さんがお互い出会って一筋の希望を見つけたように、太一くんにも未来を諦めないための光を掴んでほしい。その扉を開く手伝いがしたい。

「わかりました、やります。師匠、私に舞の手解きをお願いします」

絶対、翠も太一くんも助けよう。畳に手を突き、私は静御前に深々と頭を下げた。

森へ出発するのは、傷を負ったミャオにも休息が必要なので、明日の朝に決まった。

練習時間はあまりないが、その間に私は静御前と舞の稽古に取りかかる。

「静御前、この桶《おけ》と格好の説明を求めたいんですけど」

私が着替えさせられたのは、いつもの巫女装束ではなく白衣。微笑みをたたえた女面を被り、頭には赤い布を巻いている。後ろに垂れている様は髪の毛のようだ。

手には笹葉に模した木の枝と幣《ぬさ》をつけた神楽鈴。いちばん謎なのは、ひっくり返した大きな桶の上に乗せられていることだ。

「天鈿女命の舞は今、男性の舞人によって舞われることが多いのだ。元を辿れば女の巫女による舞ゆえ、女面をつけるのが習わしになっているのだろう」

「では、この桶は……」

「天鈿女命は桶の上で軽やかに足踏みし、乳房や女性器をあらわにして踊り狂い、高天原一体に響くほど八百万の神々を大爆笑させたのだ」

今、絶対に聞き逃してはいけない単語が聞こえた。

「すみません、なにをあらわにしたと……おっしゃいましたか？」

「乳房や女性器だ」

「いや、私には無理です！　昔はどうか知りませんけど、現代は法律とか厳しいんですよ？　公然わいせつ罪で捕まりますし、私の自尊心が砕け散るので、それだけは勘弁してください」

両腕で自分の身体を抱きしめると、静御前がため息をつく。

「お前は先走る天才だな。今も舞われている舞だと言っただろう。当然、体裁に配慮された舞に改善されている」

「そうなんですね……よかったです、切実に」

「桶も使われないことのほうが多いが、新しくするばかりがいいとは限らん。桶の上で踊るなど、面白いとは思わないか。そもそも天鈿女命は場を盛り上げるために舞ったのだ。その意図を忘れてはならんからな、桶は生かして舞うのがいいと考えた」

師匠は心の底から舞を愛している。なんのために生まれ、どんな気持ちを込めて舞う舞なのかを大事にしているのだ。ただ舞がうまいだけでなく、舞に向き合う姿勢からも、師匠が日本一の白拍子と謳《うた》われたのが頷ける。

「私には神様を岩戸から引っ張り出せるほどの舞の才能は、ないかもしれません。けど……」

自分が舞う理由を手放さないように、鈴の柄をしっかり握りしめる。

「大事な仲間の友達を元気づけられるように、そして翠を消滅させないために舞ってみせます」

「それでいい。舞う目的が明確であればあるほど、その願いは届く」

かくして私は時間の許す限り舞の稽古に明け暮れたのだった。

その夜、稽古でくたくたになった身体を引きずりながら、私は床に伏せっている翠の枕元に来ていた。

「翠……明日、太一くんの生霊のところへ行ってきます」

覗き込んだ翠の顔は青白い。胸を大きく上下させていて、呼吸も苦しそうだ。汗がすごく、吉綱さんが寝間着に着替えさせたと言っていたが、昼間より体調が悪化しているのは明白だった。

「私、絶対に助けるから」

力なく布団の外に投げ出されている翠の手を誓うように握る。ぬくもりが微かに残っていて安堵《あんど》した私は、布団の中に彼の手を戻そうとした。その刹那、手を握り返され軽く引かれる。

「わっ」

空いているほうの手で畳に手をつくと、翠に覆い被さるような体勢になった。重たそうに閉じられていた翠の瞼が開かれ、深紅の瞳と目が合った途端、泣きたくなる。

「嘘……神社に帰ってきてから、ずっと眠ってたのに……」

彼の目覚めがうれしくて、でも申し訳なくて、忙しなく感情が変化する。

「私……っ」

私を庇ったせいでごめんと謝ればいいのか、目を覚ましてくれてよかったと言えばいいのか、わからないでいると——。

伸びてきた腕が背中に回り、そのまま布団の中に引きずり込まれる。

「うわあっ、急になにするんですか！　というか身体は？　身体は大丈夫ですか？」

「ベラベラうるせえ、抱き枕は抱き枕らしく、大人しく抱かれてろ」

「抱か——変な言い方をしないで！」

読めない翠の行動に、心が振り回されっぱなしだ。かくいう翠は、私の戸惑いをよそに、きつく抱きしめてくる。

「人間の女が……ひとりで行って、なにができる」

翠らしくない殊勝な響きを伴った言葉だった。

「ひとりじゃないですよ、吉綱さんやミャオ、静御前もいます」

「……ジジイに猫に白拍子、心もとねえお供だな」

寝起きで声が出しにくいのか、少し掠れている。普段の強気な彼からは想像できないほど弱っている。それを思い知るたび、胃のあたりが重くなった。

「それでも行きたいんです。ううん、行かなくちゃ。翠の毒もなんとかして、太一くんも助けるって決めたから」

「無謀だ、俺を連れてけ」

「……嫌ですよ」

だって連れていったりしたら、瀕死《ひんし》状態だろうと私たちを守ろうとするでしょう？

翠はいつも命令ばかりで人の意見なんて窺わないし、気づけばお酒ばかり飲んでるし、口は悪いし……。鬼畜で傲慢な神様だなと、第一印象は最悪だった。

私のことだって、天界に戻るための道具とかしか思ってない。そう誤解していた。

でも、翠は人間が嫌いだと言いながら、これまで何度も人間の私を守ってくれた。

これはあくまで私の期待と仮説になるけど、翠は言葉よりも行動のほうが素直で本心なのかもしれない。口で悪態をつきながらも、きっと私たちのために動いてしまうから置いていかなくちゃ。これ以上、翠に傷ついてほしくない。

「病人に用はありません」

もっとうまい断り方があったと思うけど、咄嗟に出た言葉がこれだ。気遣いの欠片《かけら》もない。危ない目に遭わせたくないからだと言えればよかったのだが、素直に伝えたら無理にでもついてきてしまう気がしたのだ。少なくとも自分が翠の立場だったら、危険な場所へ行く仲間たちのそばにいてあげたいと思う。

「……随分な、言われようだな。脆弱な人間のくせに……生意気な口、叩いてんじゃねえ……よ」

背中と腰に回った翠の腕に力がこもったと思ったら、片方の手は私の後頭部に移動する。そして、私の顔を胸に押しつけるように引き寄せてきた。

鼻腔《びくう》を掠めるのは、花を浸けた清水《せいすい》のごとき甘く澄んだ香り。男女の差をまざまざと感じさせるのは、固い胸板や腕の逞《たくま》しさ。言動とあべこべの行為も相乗作用して、私の鼓動を大きくしていく。

「……行く、な……」

耳元にふいうちで落ちてきたのは、切ない翠の声。

頭に翠の整った顔が苦しげに歪んでいる映像が浮かんだ。とっさに上を向こうとしたけれど、翠の手がそれを許してくれない。

翠、今どんな表情をしてるの？　らしくない態度を取られると、心配になるじゃないですか。

確認できないのはもどかしかったが、いざその顔を見たとしても、気の利いた言葉がかけられそうもないので、じっとしている。

「……死にてえ、のか……」

今のセリフを『死んでほしくない』と解釈してしまうのは、八割……九割がた私の願望なのだろう。

「……いい、か……勝手な真似、すんじゃねえ……ぞ」

声が途切れ、私の身体を捕えて離さなかった腕から力が抜けていく。

「翠……?」

顔を上げると、すやっと寝息が聞こえる。疲れていたのに、私を心配して引き留めてくれたのだろうか。そう思ったら、どうしようもなく胸がソワソワする。

行燈《あんどん》の明かりだけが照らしている薄暗い部屋。目の前にいる彼が宵の闇に溶けて消えてしまわないようにと、私は自分からその身体に腕を回した。

翠の部屋で一夜を明かした私は、翠を除く龍宮神社のみんなと森に来ていた。

目指しているのは太一くんとミャオが出会った場所。

私は力温存のために子猫姿で隣を歩くミャオに話しかける。

「ミャオ、身体はもう大丈夫ですか?」

「……ん、もう平気」

私たちは進行方向を向いたまま言葉を交わす。

「そっちは……舞、できそう？」

「はい、あまり時間の猶予はなかったんですが、みっちり練習しましたから」

なんとなく、会話が途切れた。

本当に私の舞なんかで太一くんの心を開くことができるのかな。

そんな不安に押し潰されそうになって、舞衣装や装飾がひどく重たく感じた。

もし失敗したら大事な人を失うかもしれないという重圧を、私と等しく感じているだろうミャオと分かち合いたくなった私は——。

「あの、頑張りましょうね」

「……うん、絶対、太一も……ついでに翠も助ける」

「はは、翠のことはついで、なんだ？」

私が笑うと、ミャオも表情を緩めた。空気が和み、重たく感じていた装束が心と一緒に少しだけ軽くなる。

ほどなくして、目的地についた。白蛇の大群が身を寄せ合うように集まって、まるで大蛇のようだった。

「まずいのう、数が多い。これだけ太一くんの中から魂が抜け出ているとなると……。

太一くんの身体がもたんぞ」

「……早く、戻さないと」

拳を握りしめ、ミャオは蛇たちを見据える。尻尾の青白い炎が大きくなり、うねるようにミャオの身体に巻きついた。

「……僕が蛇の相手をする。みんなは……準備を」

バッと炎が弾けると、ミャオは巨大な化け猫へと姿を変えて蛇たちの前に飛び出す。

「……太一、迎えに来た」

蛇たちの動きが一瞬、固まった。だがすぐ、ミャオの思いを拒むように、蛇が飛びかかってくる。

「ミャオ！」

思わず走り出しそうになったとき、吉綱さんの腕が前に現れる。私を制止した吉綱さんは笏《しゃく》を垂直に構えて、すうっと息を吸った。

「――高天原《たかあまはら》に神留《かむづ》まり坐《ま》す　皇親《すめらがむつ》神漏岐《かむろぎ》神漏美《かむろみ》の命以《みこともち》て　八百万神等《やほよろづのかみたち》を神集《かむつど》へに集《つど》へ給《たま》ひ　神議《かむはか》りに議《はか》り給《たま》ひて　我皇御孫命《あがすめみまのみこと》は　豊葦原瑞穂国《とよあしはらのみづほのくに》を　安国《やすくに》と平《たひら》けく知食《しろしめ》せと事依《ことよ》さし奉《まつ》りき――」

吉綱さんの祝詞に、蛇たちの動きが鈍る。その隙にミャオは大きく後ろへ飛び退き蛇をかわすものの、相手は太一くんの一部である生霊なので反撃ができない。これではいたちごっこだ。

「静紀、蛇の相手はミャオと吉綱に任せておけ」

「はい！」と静御前に返し、私はかがり火を焚いて舞の準備をする。

『嘘ツキ……イツモ気味悪イコトヲ言ッテ、ミンナノ気ヲ引イテル』

古びたスピーカーみたいに、蛇からくぐもってざわざわとした雑音交じりの声が聞こえてくる。

『教室ニイテモ、誰モ話シカケナイ。空気ト一緒、カワイソウナヤツ』

これは……太一くんが周りの人からかけられた言葉なのかもしれない。

「……違う！　太一はかわいそうなやつ、なんかじゃない。人と違うからって、仲間外れにする人間のほうが、おかしい！」

ミャオが声を張り上げる。

そうだよ、太一くんはかわいそうなやつなんかじゃない。

ミャオを後押しするべく、ひっくり返した桶の上に乗り、面を被った。

「手振り足踏みで面白おかしく歌い舞い、見た者の心を和らげ楽しませるのが天鈿女命の舞。静紀、その舞で太一の心も開け」

師匠の教えを心に刻み、私は聞こえてきた音楽と共に小股でゆっくりと旋回する。

太一くんを楽しませるには、まず私自身も楽しまないと。

そう思って笹葉を躍らせるように揺らし、軽やかな神楽鈴の音色を響かせ――歌う。

「――ひふみ～、よいむなや～、こともちろらね～、しきる～、ゆゐつわぬ～、そをたはくめか～」

私が歌っているのは、天鈿女命が天の岩戸の前で歌ったとされるひふみの神歌。神主も唱える祝詞のひとつでもあり、神霊を慰め災いを幸に変える力があるのだとか。

その効果がさっそく出ているのか――。

『歌ガ聞コエル……』

『温カイ……心ガ、晴レルミタイダ』

鈴の音や神歌に反応して、蛇たちの動きがわずかに鈍る。

「今なら、ミャオの声も届くはずじゃ！」

蛇の攻撃を避けながら、ミャオは吉綱さんに頷いて見せる。

「……僕も人間が怖かった時期があった。けど、吉綱と太一に出会って、信じてみてもいいかもって、そう思えるようになった。だから……今度は僕がきみに返す番だ」

ミャオがすうっと息を吸う。その息遣いに、私まで緊張してくる。

どうか、ミャオの心が届きますように――。

「他の誰がきみを拒絶しても、僕がきみを肯定する。僕は必要としてるんだ、友達として、太一のことを」

強い意思のこもった声が、まっすぐ伸びるように響く。それは蛇たちの心にもしっかり届いたようだ。攻撃する者が減って、安堵しかけたとき――。

「静紀、後ろだ！」

静御前の切羽詰まった叫びが耳を突く。振り向けば、蛇が私の頭を飲み込まんと大口を開けていた。伸びてくる赤い舌に、私の唇は「え……」とか細い声を漏らすだけ。

喰《く》われる――。白く染まる思考の中で、それだけ理解した。目を瞑るでもなく、ただ私を捕食せんとする蛇から視線を逸らせずにいた。

「クソがっ、だから無謀だって言っただろうが！」

天から怒声と赤い鱗を持つ巨大な龍が降ってきて、蛇の首に噛みつく。

「あの龍は……！」

驚いて桶から落ちると、その拍子に面がずれた。頭の中で『なんで？　どうして？』が巡っている。

「勝手な真似、すんなって……言っただろうが、阿呆が」

言葉につかえながら叱ってくるのは、間違いなく翠だ。毒のせいで苦しいのか、どんなときでも強い輝きを放っていた深紅の瞳がいつもより弱々しく見えて、胸がきゅうっと締めつけられる。

「なんでここへ来たんですか！　そんな身体で、無謀なのは翠のほうでしょ！」

「抱き枕を……守るためだ」

翠は人の姿になり、自惚《うぬぼ》れでなければ私を庇うように前に立つ。

「は……抱き枕？　意味がわからないんですが……」

彼がここに来た理由を聞いて、余計に頭が混乱する。唇を半開きにして棒立ちになっていると、翠が気まずそうに手の甲で口元を押さえた。

「お前を抱いて眠ったら……よく眠れた。こんなところで俺の抱き枕を奪われるのは、我慢ならねえんだよ」

腰の刀を抜き、翠は私に背を向ける。

要約すると、私を守ろうとしてくれているってこと？

わかりづらいけど、わかりやすいくらいまっすぐな感情に胸が波打ち震える。素直じゃない彼が、どうしてこうも私を惹きつけるんだろう。

「翠の抱き枕になった覚えはないですけど……」

──そんなふうに必要とされたら、応えないわけにいかない。

「私も、仮とはいえ旦那様を奪われるのは我慢ならないので、死ぬ気で舞いを成功させますね！」

背を向けていた翠が息を詰まらせ、驚愕を目に浮かべながら勢いよく私を振り返る。

「……っ、旦那……様……」

ほんのり紅潮した頬、持て余した感情の置き所を探すように惑う瞳。その余裕が崩れた表情に膨れ上がる、愛しさにも似た温かな感情。守るべきものが増えると、心は強くなるのだと初めて知った。

私は深呼吸をして気持ちを切り替えると、再び音楽に合わせて舞う。

ピュルリラ、ピュルリ～と笛の音色。ド、ドン、ド、ドン、ドと太鼓が一定のリズムを刻む。ふと、子供の頃に行った縁日を思い出した。両親や妹たちと、踊り方も知らない、ただ音に身を委ねて参加した盆踊り。そっか、あのときの楽しくて心躍る気持ち――それを舞いに乗せればいいんだ。

「――うおゑ～、にさりへて～、のますあせえほれけ～」

神様とあやかし、彼らが見える者と見えない者。その間に壁があるのは事実だけれど、それでもミャオや吉綱さんは親友になった。私は龍宮神社のみんなと仲間になれた。考えてみれば人間同士だって国籍や境遇などによって壁は存在する。

たぶん私たちは、自分との違いばかりを探してしまいがちな生き物で、勝手に抱いた疎外感や孤独感に溺れているのだ。

受け入れられないのなら、受け入れてくれる誰かを探せばいい。繋がっているだけでつらい関係なら、自分を殺さなければいけない場所なら、さっさと捨ててしまうのもいい。漫画や小説のように、自分が頑張ったからといって変わってくれる人ばかりではないのだ。なら私は自分を幸せにするために切り捨て、受け入れ、選択する。私が出会いたかった人や、いたい場所に辿り着くために。

だから太一くん、もっと世界を旅しようよ。今は悲しいことばかりでも、思わずスキップしたくなるようななにかを探しに行こう。

心を込めてシャンッと鈴を鳴らすと、翠の身体がほのかに輝いた。

「てめぇの神気が、いい具合に身体ん中に満ちてきやがった」

翠は手を握ったり開いたりして、それから腰の刀に手をかける。

「その穢れを祓い落としてやる」

そう言って、翠は「ふっ」と刀を横に薙ぐように振るった。光の斬撃に裂かれた蛇たちの身体から、すうっと黒い煙のようなものが出て天に上る。蛇は次々と宙に集まり、もやもやと人型のシルエットを作った。

「……太一……？」

ミャオが大きな身体のまま、恐る恐るシルエットに歩み寄った。呼びかけに反応してか、シルエットは徐々に太一くんの顔や髪、制服を象る。

『……吉綱……じゃなくて、ミャオ……だったか』

今、ここにいる彼はどういう存在なんだろう。見た目は太一くんだけれど、身体は透けている。その疑問に答えてくれたのは、吉綱さんだ。

「あれは穢れが祓われ、まっさらになった太一くんの魂じゃ。肉体がここになくても、本人そのものといってもいいだろうのう」

じゃあ、太一くんは無事に憎しみから解放されたんだ。

『事情は蛇を通して見てたから、大体わかってる。俺の弱い心が、蛇の生霊を生んだんだよな……』

太一くんは力なく笑った。

「……自分を責めたらダメだ。僕のほうこそ、太一の心を支えきれなくてごめん。いろいろ嘘をついて、かえって太一を追い詰めた」

『違う、謝らなきゃいけないのは……俺のほうだ』

うなじを垂れ、太一くんはそれでも足りないのか背中を丸めた。それから震える手で顔を覆い、罪の告白でもするかのように語り始める。

『俺は霊やあやかしが見える自分が嫌でたまらなかった。みんなから気味悪がられるのも、この力のせいだって、そう思ってたから……だから、自分の力を嫌でも意識する霊やあやかしの存在も受け入れられなかったんだ』

目を閉じた太一くんは、苦痛に耐えるように拳を握りしめた。

『あのとき、化け物とか言って、本当にごめん。俺はどこまでも最低なやつだよ。俺があやかしなんて見えないほうがいいなんて言ったから、余計に正体を言いづらかったよな』

じっと話に聞き入っていた様子のミャオは、首を横に振る。

「……確かに、太一があやかしや霊を嫌ってるって知って、言いづらかったっていうのはある。でも、僕が人のふりをしていたのは、僕自身も人に傷つけられて、傷つけたことがあったからだ。本当の僕を太一に知られたら拒絶されるかもって怖くて、逃げてた」

そこでミャオはちらっと私に意味深な視線を寄越して、また太一くんに目を戻す。

「だけど、その人の不安を分けてほしかったら、共有させてほしかったら、嫌われるかもしれなくても、相手に踏み込まなきゃいけないんだって。だから僕はあやかしだって、太一に打ち明けたんだ」

どこかで聞いたことがある言葉だ。そうだ、私がミャオに不安を分けてほしくて、共有させてほしくて言った言葉だ。

覚えててくれたんだ……。

胸がじんとするのを感じながら、私はふたりのやりとりを見守る。

「僕は太一がどんな人間でもいいんだ。霊が見えても、太一は太一だから」

『俺は俺、か……そう言ってくれるミャオだから、俺はなんでもお前に話せたんだろうな。いつも愚痴を聞いてもらって、すごく救われてた。それなのに、俺は傷つけることしかできなくて、弱くて、ごめんな』

「僕のほうこそ――」

そう言いかけたミャオはなぜか言葉を切って、代わりにぷっと吹き出した。目を瞬かせる太一くんに、ミャオはまだ可笑しそうに唇をむずむずさせている。

「……僕たち、さっきから謝ってばっかり」

『あ、はは、確かにな』

太一くんがくしゃっと笑った。

「……太一、ずっと言いたかったこと……あるんだ」

笑みを引っ込めて、ミャオは真顔になる。真剣な空気を察したらしい太一くんは、姿勢を正してミャオを見上げた。

「これからたくさんの人と出会って、世界を広げてみたら……。きっと、太一を受け入れてくれる人がいる。だから僕と、僕と一緒に……探そう」

『……それならもう見つけた。いや、最初からそばにいてくれてたのに、俺が気づいてなかっただけなんだけどな』

頭を掻き、太一くんはミャオに手を伸ばす。それにミャオが少しだけ怯える素振りを見せたのは、化け物と拒絶される恐怖が頭を過ったからだろう。でも、ミャオは逃げなかった。それどころか太一くんの手を迎えるように、自分からも手を前に出す。

「……僕だけじゃなくて、もっとたくさん太一の友達、作るんだよ。そうしたらいつか、太一の周りが賑やかになる」

『ミャオみたいに？』

「……僕？」

ミャオは周囲を見回して、私や吉綱さん、静御前や翠の顔を見回し、納得したふうに頬を緩めた。

「そうだね。僕もひとりだった。でも、吉綱が僕を外の世界に連れ出してくれて、みんなと太一に会えた。だから……今度は僕が太一に付き合う。その……親友として」

ゆっくりと太一くんが瞬きをした。潤んだ瞳は太陽の光をきらりと反射させ、もう絶望ではなく希望を宿している。

『他の誰かの言葉なら、素直に聞けなかっただろうな……。お前はあやかしだけど、それ以前に俺の親友だ。こんなかっこいい化け猫が親友だなんて、鼻が高いよ』

ミャオはその言葉に驚いていたが、視線を交わし合ったふたりの顔から同時に笑みが弾ける。

私は神様たちを大笑いさせたり、岩戸から神様を引っ張り出して世界に昼を取り戻すみたいな勇者巫女にはなれない。

ううん、そんな偉大な巫女になれなくてもいいんだ。ただ、身近な人を元気にできれば十分。ふたりの笑顔が見られただけで、私の舞には価値があったのだと思える。

『……ミャオ、次に会ったとき、もう一度……約束、しよう……な』

清々しい顔で笑った太一くんの声が遠くなり、生霊の身体は球体となってどこかへ飛んでいく。きっと、本体の身体に戻ったのだ。

「よかった、これで太一くんも翠も助か――」

ドサッという音が私の声を遮る。

一件落着だと思ったのも束の間、音がした方を向けば……。

「――翠！」

瞼を閉じ、血の気を失って紙のように白い顔をした翠が地面に倒れていた。

四

夕方、吉綱さんに作ってもらった椿の煎じ薬を持って、私は翠の部屋に急いだ。

「翠、お願いだから飲んで」

コップの縁を翠の唇に当てて傾けるも、口端から薬がこぼれるだけでいっこうに飲んでくれる気配がない。意識が朦朧《もうろう》としているせいだろう、先ほどから苦しげに眉を寄せるばかりだった。

これじゃあ薬が無駄に流れていくだけで、埒が明かない。

私は意を決して、薬を自分の口に含むと翠の顔を両手で掴んだ。

勝手なことしてごめんなさい。お叱りなら、あとでいくらでも受けるから――どうか、今度こそ飲んで……！

そう願いながら口移しで薬を飲ませる。息苦しさから翠が顔を背けようとするが、私は手で押さえ込んで、それを許さなかった。

少しして、ゴクリと嚥下《えんげ》の音が聞こえた。ゆっくり顔を離すと、翠が薄目を開ける。

「翠！　すみません、苦しかったですよね。だけど、飲んでくれて本当によかった」

安心したら、涙が込み上げてきた。みるみるうちに翠の顔がぼやける。

「すみません、なんかほっとして……勝手に出てきちゃったみたいで……」

手で目を何度も拭っていると、翠が「足らねえ」と呟いた。意味を問う間もなく、翠に手首を掴まれて、強く引き寄せられる。

――えっ……。

顔をむんずと掴まれ、荒っぽく唇を奪われた。

口移しで薬を飲ませた腹いせ？　そうでなければこのキスの意味はなんなのだと、脳内会議が白熱する。

いずれにせよ、離れなきゃと身を引こうとしたのだが、後頭部に手が回り、さらに深く口づけられてしまう。

翠、なんでこんなことを……？

ときめきと当惑、胸の高鳴りの理由さえ掴めず――。

私はしばらく、一方的に与えられる翠の体温から逃れることができなかった。


キスのことが頭から離れず、眠れないまま朝を迎えた。

私は吉綱さんとミャオと一緒に、登校前に神社を訪ねてきた太一くんを出迎える。

ミャオは人間の姿をしているものの、太一くんが相手なので耳と尻尾を隠していない。太一くんは少し目を丸くしたが、その表情はすぐに真剣なものに変わった。

「このたびは、ご迷惑をおかけして申し訳ありませんでした」

玄関に入ってすぐ、太一くんに頭を下げられた。

「今回のこと、まさか自分が蛇騒ぎを起こしてたなんて思ってもみなくて……」

「……迷惑なんて思ってない。親友、だから……助けるの当然」

ミャオが太一くんの肩に手を載せる。慰められた太一くんは、少しだけ気が晴れたのか顔を上げた。

「ありがとな、心が軽くなった」

「……ん。太一、これから学校行くの？　それとも……サボる？」

気遣わしげなミャオの眼差しを受けた太一くんは、不安を紛らわすようにエナメルバッグの取っ手を握りしめる。

「俺はクラスのみんなをすごく怖がらせた。申し訳ない気持ちでいっぱいだよ。たぶん、前よりもっと風当たりは強くなってると思う」

「……逃げたかったら、また森に来たらいい」

「ああ。けど、ミャオが言ってくれただろ。信じられる誰かに出会えるまで、一緒に探してくれるって」

ミャオが「あっ」という顔をすると、太一くんは眩しい光を見るように目を細めた。

「付き合ってくれるって、ミャオが言ってくれたからな。自分からも歩み寄ってみようと思ったんだ。それで拒絶されても、俺にはお前がいるだろ？」

太一くんは帰る場所があるから、傷ついても進めるのだ。お互いの存在に勇気をもらえる関係を少し羨ましくも感じた。

「改めて……。不甲斐ない俺だけど、居場所探しの旅に付き合ってくれ、親友」

太一くんから差し出されたのは拳。ミャオは感慨深げにそれを見つめ、こぼれるような笑みを浮かべると――。

「……付き合うよ、親友」

太一くんの拳に自分の拳を軽くぶつけて、昔、吉綱さんにもかけたあの言葉を返す。

少しの間、太一くんは他愛ない話をして、「そろそろ学校に行かないと」と神社を去っていった。太一くんを見送ったミャオは引き戸を閉めると、私たちに背を向けた状態で何度も目を擦っている。

心配になって隣にいた吉綱さんを窺えば、声は出さずに『大丈夫じゃ』と口だけを動かして微笑んだ。

「……ありがとう、吉綱。吉綱のおかげで、僕の世界は……広がった」

そう言って、ようやくこちらを振り返ったミャオの目は真っ赤だった。悲しい涙じゃないことを微笑ましく思っていたら、照れくさそうな顔が今度は私のほうを向く。

「……ありがとう、静紀。僕の友達を助けてくれて」

「あ……」

初めて、名前を呼んでくれた。ミャオは一度懐に入れた相手は大事にするあやかしなのかもしれない。

「友達なら、助けるのは当然だってミャオも言ってたじゃないですか。だから、お礼を言われることでもありませんけど、どういたしまして！」

笑みを返すと、なぜかミャオは唇をへの字にして「……敬語」とそっぽを向く。

なんのことかと首を傾ければ、ミャオは尻尾をピンと立てて私を睨む。

「……敬語、いらない」

ミャオなりに距離を縮めてくれているのだろうか。それがうれしくて、私は「じゃあ、そうするね」とさっそく敬語を取る。するとなぜか、ミャオがモジモジし出す。

「あと……友達、とか……無理」

「えっ……」

私とミャオの関係って、ここまで来て友達にもなれてないってこと？　ツンデレな猫さんは、今日もつれない……。

ちょっと泣きそうになっていると、ミャオは顔を真っ赤にして、ぼそりと呟く。

「……でも、静紀は特別」

「と、特別！　それはどういう意味での!?」

ガシッとミャオの両肩を掴んで問い詰める。仲間、家族、そういった類の返答を期待していたら、ミャオは信じられない！と怒ったようにカッと目を見開いた。

「普通、そんなこと聞かない！」

「え、普通気になるって！　でも、言いにくいなら、もう聞かない。特別だって言ってもらえただけで、進歩だし」

満足満足と笑えば、ミャオが息を呑むのがわかる。尻尾もゆらゆら揺れ出して、これはまさか！と大発見をした。

口数が少ないミャオの気持ちを知るのは、なかなか難しい。けど、そのひとつのバロメーターが耳と尻尾なのだ。怒ったときは睨みながら尻尾をピンと立てる、うれしいときはゆらゆら揺らす、落ち込んでいるときは耳も尻尾も垂れる。

「これからは、よく観察しよう」

無意識にぴょこんっと立ったふたつの耳を両手でふにふにした。

「——なっ、やめろ！」

大きく後ろに飛び退き、ミャオは赤面して両耳を手で押さえる。その過剰反応ぶりがまた可愛らしく、私は爆発する母性本能に負けてミャオに抱きついた。

「なに、このツンデレ！　かわゆいっ」

「……っ、だから、やめてってば！」

じゃれ合う私たちを、吉綱さんが「ふおっ、ふおっ、ふおっ」と笑いながら眺めている。

「むふふっ、やめては無理な相談です」

私の変態じみた笑い声と、ミャオの悲鳴が響き渡る龍宮神社。

少しだけ騒がしい一日が始まろうとしていた。

四ノ舞　静紀、子供になる⁉

一

太一くんが帰ったあと、まだ眠っている翠を除き、居間で朝ご飯を食べていた。

昨日の一件で疲れてるだろうからと、今日の舞の朝稽古はお休み。

なので、いつもは吉綱さんが用意してくれるのだが、たまにはと……いや、理由の大半は気を紛らわせたくて朝食を作った。

このサバの味噌煮は、我ながらうまくできたと思う。吉綱さんの勧めで、八丁味噌《みそ》を使ったのがよかった。酸味があって、食欲がない私にはありがたい。

けれども、進んだかと思われた箸がときどき停止する。理由はもちろん、翠のせいである。

昨日薬を飲んだ翠は、まだ目を覚ましていない。本来、神様やあやかしなら薬を飲んですぐに力を取り戻すみたいなのだが、翠はなにか理由があって穢れに弱くなっているそうで、身体が本調子を取り戻すには少し時間が必要らしい。

「……はあ」

気がかりなのは、翠の体調だけじゃない。意識が朦朧としていた翠に薬を飲ませるためにした口移し。そのとき、あの神様はなにをお考えになったのか、『足らねえ』

と荒っぽく私に口づけたのだ。翠は、どんなつもりであんなことを?

本日、何度目かわからないため息をつきかけたとき、いきなり口にだし巻き卵を突っ込まれる。

「んぐっ」

「……それ、うるさい。ご飯がまずくなる」

ミャオだ、やや毛が逆立っているので苛立っているご様子。私のため息が耳に障ったらしい。

だし巻き卵をもぐもぐ咀嚼《そしゃく》して飲み込むと、お詫びに残りのサバの味噌煮をミャオの器に入れてあげた。

「お納めください」

「……なんか悩み?」

珍しい、ミャオが気にかけてくれるだなんて。

確実に太一くんの一件から、私に対する扱いが優しくなっている。懐かなかった猫が、ようやく……!という感じで、密かに感激する。

「うん、ちょっと……翠のことでね」

「……ああ。まだ寝てるけど、あれでも神様。すぐに起きてくる」

ミャオは翠が眠っていることに対して、私が悩んでいると思ったらしい。さすがにキスされて食事に集中できないとは言いづらかったので、「ありがとう」と返す。そのまま勘違いしていてもらおう。

比較的ボリューム感のないきんぴらごぼうに箸を伸ばすと、吉綱さんが「そういえば」と切り出す。

「近々、龍宮神社で龍神祭《りゅうじんさい》をしようと考えているんじゃ」

「龍神祭、ですか？」

私は箸を引っ込める。

「龍神様が龍宮神社へ降り立ち、その恩恵を地上に注いでくださったお礼に、巫女たちは『龍神の舞』を奉納し、町民たちも龍神様に感謝を込めて祭りを盛り上げ、龍神祭が始まったとされておる」

『龍神の舞』……また新しい舞を習得しなきゃいけないんだ。プレッシャーだけど、新しい舞がどんなものなのか、わくわくする気持ちも同時にわき上がった。

「皆の願いを龍宮神社伝統の神楽で神様に届けて、ご利益があるとわかってもらえれば、参拝客ゲット、資金もゲット、万々歳じゃろ？」

「ちなみに、それはいつ頃開催する予定なんですか？」

「そうじゃなあ……一か月後？」

軽く言ってのけるけど、それまでに人様に見せても申し分ないくらい舞を仕上げなくてはいけないのは、私なんですが……。

「そうと決まれば、稽古だ！」

静御前が私の首根っこを掴む。その幼女の身体からは想像できない腕力で、私を居間の出口に向かって引きずっていく。

いや私、箸持ったままなんですけど……。

ちゃっかりしてる吉綱さんの発案で急遽、私は龍神の舞の練習に駆り出された。


頭に被ったのは、菊の花が飾られた天冠《てんかん》。単の上から羽織るのは、白地で水色の龍が刺繍された上着――小忌衣《おみごろも》で、赤い結紐《むすびひも》がついている。

最後に左右の裾が切れた緋色《ひいろ》の差袴《さしこ》と呼ばれる袴を穿《は》くと、全身がずっしりとした。

これが龍宮神社の正式な舞装束……歴史の重みを感じるな。

「龍神の舞は龍宮神社独自の剣舞《けんぶ》だ」

静御前が私の目の前に季節の花である菊と剣《つるぎ》を用意した。

「剣舞……一歩間違ったら、怪我しますよね」

「真剣ではない、これは舞専用の切れない剣だ。ただ、そこそこ重量はあるからな、腕の筋力も鍛える必要があるぞ」

「わ、わかりました、師匠」

恐々と右手に剣を持つと、片手でフライパンをふたつほど持っているような重感だった。菊の花も左手に取り、立ち上がる。

「龍神の舞は小足を利かせ、衣を龍が天を泳ぐように翻す」

お手本で師匠が舞って見せてくれたのだが、流れるような動きで上品かつ優雅だった。動きのひとつひとつを目に焼きつけるように見学していたのだが、ふと翠のキスを思い出して、ぶんぶんと首を横に振る。

時間もないんだし、今は舞に集中しろ、私。

雑念を無理やり思考の外に追い出して、さっそく私も見よう見まねでやってみるが、肘の角度をキープしたまま舞わなければならず、腕がつりそうになる。

けど翠は、私が今感じてる以上の痛みを受けたわけで、こんなことで音をあげちゃいけないよね。

にしても、まだ布団から出てこれないなんて心配だ。大丈夫なのかな、翠……。様子を見に行きたいんだけど、キスのこともあるから顔を合わせづらいんだよなあ。

気づけば翠のことばかりが頭を占めていて、ついに師匠から「集中しな！」とお叱りが飛んできた。おまけに、扇でお尻を叩かれる。

「朝から心ここに在らずだな、お前は。一体、なにに悩んでいる」

仕方ないなとばかりにため息をつき、師匠は私の前に座った。私があまりにも集中していないから、相談に乗ってくれるみたいだ。

「なにっていうか、悩み始めたらいろいろドツボにはまっていってて……」

私はキスされたのが恥ずかしくて、寝込んだままの翠が心配なのに顔も見に行けないことを打ち明けた。すると、話を聞き終えた師匠は扇の先で自分の眉間を揉む。

「口づけひとつで、そこまで心乱されるとはな」

「うっ……私だって、こんなキスくらいでって思いますけど、あのキスの意味ってなんだったんだろうとか、気になり出したら止まらなくなっちゃったんです」

キスだって初めてじゃないし、恋人らしい経験はそれなりにある。

でも、自分のために身体を張ってくれた人というのが思いのほか衝撃的だったらしい。数日間寝込んでまで守ってくれた男性だ、ときめかないわけがない。

「それは静紀にとって、翠様との口づけが特別だったからだろう。なんだ、翠様に恋をしたのか？」

「恋!?　違いますよ、ただ命の恩人だから気になるってだけで……。第一、神様ですよ？　ダメでしょう、人間と恋とか」

なんかこれ、自分に言い聞かせているみたいだ。実際、口では翠のことを『神様、神様』言うけれど、一緒にいて人との違いを感じることはあまりない。それどころか他の誰よりも、そばにいて当たり前な存在になっている。

でも、生きる時間が違う。それに翠は天界に帰りたがってるし、龍神の長にもなれる強い神様ならなおさら、いつまでも地上に縛っちゃいけない。そう考えると、私と翠は違う存在なのだと思い知らされる。私、なんか矛盾してるな。

「神か人か、それはそんなに重要か？　もし明日、好いた男が死地に向かうとしたら、同じことを言えるか？　身分も種族も関係なく、たたそばにいたいとは願わぬか？」

「それは……もし翠が死んじゃうって知ったら、なりふり構わず追いかけるかもしれませんけど……」

「それは静紀の中で、翠様の存在が大きくなっている、ということじゃないのか。恋はするものではなく落ちるもの、気づいたときには引き返せないほど心を奪われてるものだ」

さすが平安時代から生きてるだけある、言葉の重みがすごい。体裁に囚われず、大事なことを見失わない静御前を潔くてかっこいいなと思う。

「いいか、相手が神だろうが人だろうが構わん。ただ、恋をするなら、その命さえ懸けてもいいと思える男にすることだ」

「やけに説得力ありますね。静御前はそういう恋をしたことがあるんですか？」

軽く聞いてしまったが、静御前は遠い目をして「まあな」と短く答えた。

「私が愛したのは源義経《みなもとのよしつね》様だ。出会いは神泉苑《しんせんえん》だった。後白河法皇《ごしらかわほうおう》の命でな、白拍子百人が呼ばれ、雨乞いの舞を舞うように命じられたのだ」

「しん、せん……えんって？」

「天皇のための庭園だ。自然の森や立派な朱色の橋が架かった池は、それはもう見事で美しかったぞ」

懐かしむように、静御前は自分の生きていた時代の風景を語っている。

私も見てみたいな、静御前のいた世界を。

静御前は平安時代から現世にいる。変わっていく日本の風景をどんな気持ちで見てきたんだろう。昔に戻りたいとか、寂しくなったりしないのかな。

「雨乞いの舞を九十九人の白拍子が舞っても、効果はなかった。だが、百人目はこの静御前だ。私が舞うと三日間、雨が降り続いた」

「さすが師匠！」

神様に願いを届けられる巫女や白拍子は、平安時代であっても特別なんだ。それじゃあ、そもそも舞自体が廃れている現代なんて、稀少《きしょう》な存在になっていて当然だ。

「私は日本一の白拍子だからな。そのときの舞を義経様がご覧になっていて、私を見初めてくださってな。あの方の妾《めかけ》になった」

「妾って、愛人ってことですか!?　他に奥さんがいるって、つらくありません？」

「昔と今とでは恋愛観が違うのだ。妾も妻同様に大事にされる。あの方も私のことを深く愛してくださった」

昔の恋愛って、元カレから返事がないくらいで毎日悶々《もんもん》としていた私には忍耐力がいるかも。

「だが、義経様は平氏《へいし》討伐《とうばつ》で名声を得すぎた。そのせいで兄の頼朝と不仲になり、追われることとなってしまったのだ」

それは義経様のドラマで見たことがある。源氏と平氏は天皇を祖先に持つ由緒ある家系で貴族。西国を平氏が、東国を源氏が支配していき、やがて地方武士《ちほうぶし》の二大勢力となって、お互いに天下の取り合いをするようになったのだとか。

義経様は源氏側に属していて、そのリーダーだったお兄さんの頼朝のために平家を滅ぼした功労者だった。だから後白河法皇のいる朝廷からの信頼も高く、周りの武士達の人気者でもあったために、朝廷から距離をおいて武家による政治社会を作ろうとしていた頼朝にとって脅威になってしまった……。

兄弟で殺し合ったり、妾が認められていたり、静御前の生きていた時代は壮絶だな。

「私も追われる身となった義経様についていったが、道中で吉野山に身を隠すことになってな。そこは女人禁制の山だったゆえ、私は入れなかったのだ。その場に留まれば頼朝の追っ手に義経様の居場所が知られてしまう。私は京《きょう》に戻るしかなかった」

きゅっと唇を噛んだ静御前からは、行き場のない悔しさを感じる。

好きな人を置いていかなければならない苦しみを私は知らない。

でも、最後までついていきたかっただろうな。それだけは、わかる。

「義経様と別れたあとも散々だった。従者に金品と荷物を奪われてしまってな。山中を彷徨っているところを追っ手に見つかってしまった」

「えっ……じゃあ、静御前は捕まっちゃったの？」

「ああ、それで頼朝のいる鎌倉《かまくら》に送られたのだ。そしてあれは、私に舞えと言った。愛したあの方の、敵の前で……だ」

その声を震わせているのは恨みだろうか。

ふと『――吉野山～』と物悲しく響く歌声が、どこからか聞こえてくる。脳裏にひとりの女が後ろで束ねた長い苧環色の髪を揺らし、凛と舞う姿が浮かんだ。

ヒリヒリと火傷したみたいに痛む胸。『しづやしづ～、しづのをだまき～、くりかへし～、昔を今に～、なすよしもがな～』と奏で続けられている歌。桜が吹雪いているどこかの舞殿の光景。あの頃に戻りたいという誰かの想い。

ああ、これは前に見た夢だ。そして、今ならわかる。きっと私の魂が覚えている静御前の記憶なのだと。だからだろう、この胸の痛みを自分のもののように思うのは。

「病気だと言って何度も断ったんだが、神に献舞《けんぶ》するためだと説得されれば、舞い手としては断れん。渋々ではあるが、鶴岡八幡宮《つるがおかはちまんぐう》で舞を披露することになった。だが、せめてもの抵抗にあの方を慕う歌を歌い、舞ってやった。あのときの頼朝の憤慨した顔を見ても、私の怒りは収まらなかったがな」

どんなに仕返しだと言って敵が嫌がる舞を舞おうと、大好きな人は帰ってこないのだから、怒りなんて収まるはずがないよ……。

淡々と話す姿が、より静御前の傷の深さを物語っているように私の目には映る。

一度外に出したら、もう収拾がつかなくなるほどの悲しみなんだろう。だから自分の心の傷に蓋をするみたいに、わかりやすく涙を流したりしない。

「静御前は強いですね。私なら静御前みたいに舞えなかったと思う。悲しくて、苦しくて、敵の前でみっともない姿なんて晒したくないのに、情けなく泣き崩れてる」

「私は強くなどない。私はこのとき、義経様の子を身ごもっていた。頼朝から『生まれてくる子が女児であれば生かすが、男児であれば殺す』と言われていたが、生まれてきたのは……男児だった」

「そんなっ……」

動悸が止まらない、静御前はあまりにも失いすぎたのだ。一度に、好きな人も愛する我が子も──。

前に静御前は『霊が成仏せずにこの世に留まる理由など、後悔や恨み、悲しみ……大なり小なりいいものではない』と言っていた。彼女の抱える後悔や恨み、悲しみの輪郭がはっきりとした気がした。

「我が子は生後まもなく由比ヶ浜《ゆいがはま》に遺棄《いき》され、その後、私は母と京に帰されたが、あの方を忘れられず、あの方が辿った道を追って雪山に入り、そのまま……息絶えた」

静かに話に耳を傾けられたのはここまでだった。ふっと嗚咽《おえつ》が口からこぼれて、すぐに唇を噛んで堪える。だけど、今度は目から涙が勝手に流れていく。

泣きたいのは静御前のほうなのに、私が泣いてどうするの。

両手で顔を覆うと、「まだまだ子供だな」と静御前が着物の袖で、私の下瞼をそっと拭ってくれる。

長い時を生きている静御前からしたら、私なんて子供同然なのだろう。傷ついている静御前を慰める言葉ひとつ、かけられないのだから。

「静紀、本来であれば同じ魂を持つ者がこうして言葉を交わすことは叶わん。だが、こうして会えた」

静御前の滑らかな両手が私の両頬を包んで軽く持ち上げる。

「私は好いた男と共に添い遂げることは叶わなかったが、あの方に恋したことを悔いたことなど一度もない。この命すら惜しくないと思えた相手に出会えたのだ、重ねた時間が短かろうと幸せだったと言い切れる」

ああ、だから静御前はその命さえ懸けてもいいと思える男にしろと言ったんだ。

いつか離れ離れになる時が来ても、別れへの悲しみより愛せた幸せが残るような恋をしろと。

「ただな、お前には……愛する人と結ばれ、子を成し、できるだけ長く夫と生きてほしいものだがな」

同じ魂を持っている静御前は、私の前世になる。だからなのかな、静御前の細められた目に、願いを託すような切実な光が浮かんでいたのは。

その日の夜、私は龍神祭に向けて舞の自主練習をしていた。

できるだけ長く生きてほしいと、私の幸せを思ってくれる静御前を喜ばせたい。あなたの弟子はこんなに成長しましたよって、そう思ってもらえるように、いっそう舞に励まなくちゃ。

「──天地の〜、な、長き平和を〜、祈り舞う」

龍神の舞は小足を利かせて、衣を龍が天を泳ぐように翻す。静御前の教えを思い返しながら、私は龍神の舞の歌を歌う。

「──い、息吹の笛に〜、身をゆだねて〜」

息吹の笛は舞で流れる雅楽で使う、管楽器の龍笛にかかっているらしく、龍神様と共に天界と人間界の平和を祈るよ、という歌だ。

もっと気持ちを込めて歌いたいのだが、なにぶん舞うので精一杯。すでに重い剣を持っている腕が筋肉痛で集中できない。

もっとうまくやらないといけないのに……。私って本当に、日本一の舞い手の生まれ変わりなのかな、と毎回この疑問に行きつく。

静御前は恋にも舞にも迷いがない。遠いな……師匠に全然追いつける気がしない。

私は命を懸けてもいいと思えるほど、誰かを好きになったことはない。いつか出会えるとしたら……。なんでだろう、頭に浮かぶのは私を命がけで守ってくれた翠のこと。『足らねえ』と、私に口づけてくれたときのこと。あんなことされたら、どうしたって自分を求めてくれているような錯覚をしてしまう。

翠にとって、私の存在も大きくなってくれていたらいい。そんな感情を認めたら、胸がとくんっと柔らかな音を奏でる。心が乱れたせいか、私は袴の裾を踏んでしまい、つるっと足を滑らせた。

「ひゃあああっ」

身体が仰向けに倒れ、思わず剣を天井に向かって放り投げてしまう。そのまま後頭部を打ちつけそうになったとき――。

「……ちっ、世話が焼ける」

どこからか翠が現れ、私の腰に腕を回すと、頭上から降ってくる剣を振り返りもせずに片手でキャッチする。まさに神業。

「翠……！　あ、ありがとうございますっ」

「礼を言ってる場合か、目を離すとこれだ。命がけで剣舞か」

「真剣じゃないので、当たっても青たんできるくらいですって。それより、起きてきて大丈夫なんですか？　夕食も居間に来てなかったですよね？」

　私は翠に支えられながら身体を起こすと、その顔を両手で掴んで引き寄せる。

　翠は目を丸くして、固まっていた。翠が呆れや苛立ち以外の表情を見せるのは珍しく、ついまじまじと眺めてしまう。

　すると我に返ったのか、翠が舌打ちをして、私をひょいっと肩に担いだ。

「ちょっと!?」

「抱き枕の仕事をほっぽりだして、なにをしてやがる」

「私は翠の抱き枕じゃないですから。それより下ろしてください。私、龍神の舞を早く習得しないといけないので」

　キスのことで悩んでたのがバカらしく思えるくらい、翠はいつも通りだ。気にしてたのは、私だけだったのかもしれない。

　なんだかなあ、と私は肩を落とす。あれ、なんでガッカリしてるんだろう、私。

「抱き枕の仕事以外に大事なことなんてねえ」

「横暴だ……世界は翠を中心に回ってるわけじゃないんですよ」

「うるせぇ、神の俺に向かって生意気な口を利くんじゃねぇ。相応の仕置きが必要みてえだな」

そのまま荷物のように私をどこかに運ぶ翠。ああ、米袋《こめぶくろ》にでもなった気分だ。

スタスタと翠は吊り灯篭《とうろう》に照らされた外廊下を通り、なぜか舞殿にやってくる。そこにはおちょこと、定番になりつつあるお饅頭が入ったお皿が直置きされていた。

「神聖な舞殿になんてことを！」

「耳元で騒ぐな、てめぇは酌をしろ」

私を膝に抱えたまま、翠は「さっさとしろ」と杯を近づけてくる。

この神様がなにを考えてるのか、わからない。行動は嵐のように突然で荒っぽいし、思ったことを素直に伝えてくれるわけでもないから、私は戸惑うばかりだ。

「病み上がりにお酒、やめたほうがいいんじゃないですか？」

「あの程度の怪我、怪我のうちに入らねぇ」

「そんなこと言って、死にかけてたじゃない！」

つい、敬語を忘れた。私が負わせた怪我なのに、翠に当たるのはお門違いだ。

だけど、何日も寝込んでいたのだ、それだけ大きな怪我だったことを本人が自覚していなかったら、きっとまた無茶をする。それをわかってほしかった。

「くどい。俺を見くびるな」

翠の手が私の頭に乗り、わしゃわしゃと撫でてくる。気にするなと言われているようで、目がうるっときてしまう。

なんで……冷たい言葉とは反対に、翠の手はこんなにも温かいんだろう。

少し泣きそうになった私は、それを悟られないように下を向いて酌をした。

「そんなにおいしいものですかね、お酒って」

「あ？　うまいに決まってんだろ。てめえは飲まねえのかよ」

「あまり飲みませんね。飲み会の席とかでは、周りに合わせて飲みますけど」

「人生損してんな」

そんな大袈裟な、と小さく笑う。

そういえば、こんなふうにお互いのことを話すのは初めてかもしれない。そうやって翠を知って、私のことも翠に知ってもらって、心を近づけていけたらいいな。

そう思っていたら、翠の表情にふと感傷の色が滲んだ気がした。

「酒は……俺にとっちゃ挨拶みてえなもんなんだよ」

「挨拶？」

「ああ、楊泉……バカがつくほど人間好きな神にな」

翠は大切な者を見つめるみたいに、星が散りばめられた夜空を仰いだ。

柔らかに垂れる目尻、緩んだ頬や唇。翠にこんなに優しい顔をさせるなんて、とても大事な存在なんだろう。きっと、私よりも……。

心が次第に暗く沈んでいくのを感じる。

楊泉さんは翠と同じ神様で、私よりも翠のことを理解してあげられるんだろうな。やだな、これじゃあ嫉妬してるみた……じゃなくて、間違いなく嫉妬だよね。

考えれば考えるほど、どつぼにはまっていく私の額を翠がペシッと指で弾く。

「おい、酒の肴《さかな》になるかは怪しいが、さっき練習してた龍神の舞をやってみろ」

「え、でも……まだ練習中だし、人様に見せられるものじゃないですよ」

「うるせえ、完成度なんざ初めから期待してねえよ。俺がやれって言ったらやれ」

やれとか、『何様だ！　神様か！』って感じだけど、最初から期待されてるよりやりやすい。

「あ、でも……扇も剣も練習場に置いてきちゃいました」

「なら、これを使え」

ひょいっと腰に差していた刀を私のほうへ放り投げてくる。

「え……そんな物騒なもの投げないで！」

とっさに両手で受け止めると、剣舞に使う剣とは比にならないほど、どっしりとした重みがあった。

なんとか足に力を入れるも、そのまま刀の重みに負けて前のめりに倒れそうになる。

「おっ――重っ！」

「ったく、手のかかる」

翠が大きくこちらに踏み込んできて、刀を支えながら私を抱き寄せた。

急に縮まる距離、さっきだってお互いの体温が感じられるくらい近くにいた。なのにどうして、鼓動がこんなにも駆け足なのだろう。

翠の胸に手を当てながら顔を上げれば、薄く形のいい唇で視線が止まる。

私、あの唇に……触れたんだ。

そう思ったときには、私もまた自分の唇に指で触れていた。

「……あのときの接吻《せっぷん》のこと、てめえは……」

翠が昨夜のキスのことを話そうとしているのがわかって、私は「あの！」と翠の言葉を遮りながら、その口を手で塞ぐ。

〝なにしやがんだ、てめえ〟という目で見られたけれど、こればかりは譲れない。

答え合わせが、彼の真意を知るのが怖かった。あのときのキスは気の迷いだとか、あの程度のことで俺に好意があると思ったのか？とか、そうやって期待を裏切られるのは嫌。元カレのときみたいに、両想いだと思ってたら一方通行の恋だったなんて、もうたくさんなんだ。そこではっとする。

私は、翠のことが――好きなんだ。

だから、こんなに翠のことばかり考えてるんだ。

次に進んだ恋の相手が横暴で乱暴で、しかも神様なんて。どうして私は、ひと山もふた山もありそうな前途多難な恋ばかりしてしまうんだろう。

だけど、どうしようもない。静御前も言ってた、恋はするものじゃなくて、落ちるもの。気づいたときには引き返せないほど、心を奪われてるものなんだって。

「……舞、やってみろって言ったじゃないですか。だけど、この刀は私には重すぎますし、それこそ一歩間違えたら天に召《め》されてしまいそうなので、今は道具はなしでやらせてください」

翠に刀を押しつけて、一歩下がる。翠もはぐらかした私を追及することはなかった。

おちょこやおつまみ――ではなく、お饅頭が置いてある場所に戻った翠は、杯を手に片膝を立てて座る。

私は静かに深呼吸して、ゆっくりと着物の袖を美しく見せるよう意識しながら回った。すると驚くべきことに、静御前が舞ったときの流れるような動きが自分でも再現できているのがわかった。

そっか、初めから剣と扇を持って練習してたから、道具の高さや向きにばかり気を取られて、腕の動きが硬くなってたんだ。まずはなにも持たずに、この身ひとつで舞って、風の流れやそれに合わせて揺れる舞装束の感覚を掴めばよかったのかも。翠が舞ってみろって提案してくれなかったら、気づけなかった。

「――天地の～、長き平和を～、祈り舞う」

翠が初めて空から現れたときのことを思い浮かべよう。赤い龍が天をうねるように泳いでいたのを再現するんだ。

「――息吹の笛に～、身をゆだねて～」

これは龍神の舞。言うなれば、翠のための舞。この先も翠が無茶をしませんように、それから今まで助けてくれたことに感謝を込めて、あなたのためだけに舞おう。

翠への想いがそうさせたのか、熱くなる胸にふわりと灯った白い光。それは私の袖に移り、キラキラと輝く。裾からこぼれ落ちる光の粒は、桜の花びらとなって舞殿を桃色に染めていった。

翠は杯に口をつけることなく、私を見つめている。私だけが翠の視界を独占してる。

ああ、幸せだな。もっとこの時間が続けばいいのに。

そう願いながらも、舞は終わってしまい、私はお辞儀をする。

「お粗末様……でした」

翠は口を薄く開いたまま言葉を発することなく固まっていたが、すぐに杯を置いて立ち上がり、私の前まで歩いてくる。

「うまければいいってわけじゃねえだろ」

「じゃあ、やっぱりうまくなかったってことじゃないですか」

「揚げ足を取るんじゃねえ。てめえの舞は神に届く舞だ。そこら辺の形だけ整った舞とはわけが違う」

目の前に立って私を見下ろす翠の瞳が、いつもと違う気がする。

お酒のせいかな。目元がほんのり赤い。瞳も熱を孕《はら》んでいるような……吸い込まれてしまいそう。

「てめえは、うまくやろうとしすぎなんだよ。焦って練習しても、から回るだけだ。さっきみてえにな」

それって、私が剣舞の剣で怪我しそうになってたことを言ってるんだよね。うう、事実だから反論できない。

「てめえは誰かのために舞ってるときが、いちばん様になる」

「……もしかして、翠が私を舞殿に連れてきてくれたのって、私が行き詰まってるのに気づいたから？」

私の問いかけには答えず、翠はふいっと視線を逸らす。

やっぱりそうなんだ。きつい言葉と態度に隠れている優しい本音に気づいてしまったら、この横柄な神様が可愛いく思えてくる。私は、だいぶ翠に毒されている。

「ふふっ、素直じゃないですね、翠は」

翠が息を呑むのがわかった。見開かれた瞳が徐々に細められ、その長い指先が私の顎を捕らえて軽く持ち上げる。

「てめえは、なんでこうも……俺の心を掻き乱す」

「す、翠？ これはどういう……」

まさか、またキスするつもりじゃ……。だけど、なんでだろう。私は翠から逃げたいとは思わない、むしろ待ち望んでる？ 触れられることを……。

湧き水のごとく淀《よど》みがない、冷たくて綺麗な指を肌に感じて、心が流されそうになる。鼓動と呼吸が微かに乱れてきて、その唇が重なる瞬間――。

「面倒な女だ」

面倒だと言いながら、丁寧に形を確かめるような、優しく撫でるような口づけが落ちてきた。

拒絶されるくらいなら、曖昧な関係のままにしておいたほうがいい。だけど聞いてしまいたい。

――翠、翠は私のことをどう思ってるんですか？

早く答え合わせをして、先に進んでしまいたい。そうしたら、この渇望も少しは和らぐかもしれないから。

＊＊＊

二

翌日、昼間っから縁側で酒をかっ食らっていた俺は、昨日の舞殿でのことを思い出していた。

ほんの気まぐれだ。行き詰まってるあいつに気晴らしをさせてやるつもりで、稽古場から連れ出した。

そんな俺に素直じゃないだのと抜かしやがったあと、あの女が見せた笑顔。

今までもよく笑う女だとは思ってたが、そのたびに心臓が止まりかけてるってのに、あの不意打ち。危うく理性を吹っ飛ばされかけた。堪えるのも、そろそろ限界だ。

「チッ……らしくねぇ」

落ち着かなくて、額にかかった前髪を荒っぽく掻き上げる。

自分の着物の胸元を掴んでパタパタとあおぎ、妙に熱い身体を冷ました。

初めは、人間の女を娶《めと》るなんざごめんだと思ってたんだがな。

長なりに俺を案じてのことなんだろうが、楊泉を奪った人間との婚姻、人間に縛られる奉り神という役割。そのすべてが俺にとっては吐き気がするほど不愉快なもの。一時的だろうが妻になるのが人間の女というだけで、うまく付き合える気がしなかった。

だが、原静紀という女はどこかの誰かに似て、バカがつくほどまっすぐだった。

どんなに邪険にされても相手のいいところを見つめようとする。寄り添おうとする。こんな俺のことを優しいなんて言う変わり者は、あいつくらいだろう。

他者に頼る前に、自分でなんとかしようとするところは見ていて危なっかしいが、そういう甘えられねえ強情っ張りなところも、俺に物怖じせず意見するところも、気づけばいじらしいと感じている。

最近、ここでの生活を気に入ってる理由があの女って時点で、俺は絆《ほだ》されてんだろうな。

「また、縁側でお酒飲んでる」

髪を耳にかけながら、静紀が俺の顔を覗き込んできた。

「そ、その、楊泉さん……に、挨拶ですか？　でも、昨日も挨拶代わりに晩酌してたじゃないですか。身体に悪いですし、ビール腹になっても知らないですからね」

目を合わせてこないのは、昨日の接吻が原因だろう。あのあと、俺の前から全力で逃走しやがったくせに、こうして口うるさいお節介を焼いてくる。

気まずいなら、俺のことなんか放っておけばいい。なのにどんなに辛らつな言葉をかけても、怯まずに言い返してくる物好きな女。

人間の命なんざ、俺にとっては瞬きと同じくらいの速さで終わる。人間に入れ込むなんてしねえほうがいい。頭で理解してはいるが、こいつといる時間を気に入ってる自分がいる。

とりわけ美人なわけじゃない。ただ、好きな男に裏切られたくせに、腐らずまた誰かと向き合えるこの女の顔は見ていて癒やされる。つまりは愛嬌ってやつなんだろう。

俺はすぐそこにある静紀の顔の、ある一点で視線を止めた。唇だ。

生霊に噛まれて穢れに身体を侵されたとき、静紀は薬を口移しで飲ませてきた。

本当は一度目でちゃんと飲めてたっていうのに、それだけじゃ足らず、心がもっとこの女に触れたいと渇望していた。本能のままに誰かを求めたのは、あれが初めてだった。心のままに深く口づけた瞬間の満足感は忘れられない。

「あ、の……」

静紀もこれまでの接吻を思い出したのか、ガキみてえに顔を真っ赤にしてやがる。

本人は隠してるつもりなんだろうが、接吻のことを切り出すと、わかりやすく話を逸らすからな。口づけのことを気にしているのは明白だ。

静紀は感情が言動や顔にすぐ出る。そこがまた可愛いなんて思ってしまう自分は、相当頭がわいている。

「最近は、楊泉への挨拶以外にも酒を飲む理由がある」

「……えっと、お饅頭が進む……とか？」

「なんでそうなんだよ」

鈍いのか、こいつは。

この阿呆が、と俺は静紀の鼻をつまんでやった。これは本人は無自覚だが、俺に説明させようとする鈍感女へのささやかな制裁だ。

「ふがっ、なひふるんへふは！」

なにするんですか、じゃねえ。自分で考えろ。

そんな言葉が喉まで上がってくるが、そこでふといたずら心が芽生える。俺ばかりが翻弄されてんのも、癪だ。てめえももっと、俺のことで心を乱せ。そのビール腹ってのがなんなのかは知らねえが、いくらでもなってやる」

「酒が俺に話しかける口実になんだろ。だから、飲み続けてやるよ。そのビール腹ってのがなんなのかは知らねえが、いくらでもなってやる」

からかえば期待した通り静紀の頬が火照り、満足する。俺はどうも、気に入ったものほど困らせたい質らしい。

「んなっ、お酒のことがなくたって、翠に話しかけられますよ！」

「はっ、そうかよ」

静紀の小さい耳たぶに手を伸ばし、指先で転がしてやる。すると、また静紀の顔が赤くなって、いい反応をする。

しばらく静紀で遊んでいると、そこへ化け猫がやってくる。距離が近い俺たちを見て、化け猫は訝しげに眉を寄せた。

「……不健全」

「ミャオっ、誤解だから！」

「どうだか。静紀、まんざらでもなさそうに見えたけど」

「からかわれてただけだって！」

こうも立て続けに弁解されると、なぜか苛立つ。

化け猫に対して敬語じゃなくなったのはいつからだ？　こいつら、いつの間に名前で呼び合うようになった。

「俺が寝込んでる間に、化け猫と随分打ち解けてんじゃねぇか、浮気か」

「浮気!?」

ぎょっとして、静紀は瞬きを繰り返している。コロコロ変わる表情は愛くるしいが、すっとぼけてんのか？と鼻をつまんでやりたくなるほどの鈍感さには腹が立つ。

子供じみた苛立ちをぶつけている自覚はあるが、どうも自分の感情の制御がきかねえ。つくづく面倒な女だ。

「……そうだよ、僕たち〝特別な関係〟になったから」

化け猫にしては珍しく挑発的だ。それで、また面倒な事実に気づいた。こいつもまた、静紀を欲しがっているのだと。

「ううっ、前よりずんなり特別って言ってくれた。ミャオが懐いてくれる日がくるなんて、もう……なんか、感動」

両手で自分の頬を押さえ、なにやら感激している静紀。この反応を見てると、特別の意味を友人か仲間だと勘違いしているみてぇだが。

「〝猫〟として、可愛がられてるみてぇでよかったなあ、化け猫。飼い主と飼い猫、そらあ特別な関係だ」

挑発を返すように笑ってやれば、表情に乏しい化け猫がムッとしている。存外、こいつもわかりやすい性格してんな。

「……そうだ。僕、依頼人来たって呼びに来たんだった」

化け猫は話を逸らした。

「え、それなら早く行こう！」

俺と化け猫が水面下で火花を散らしていることなど、つゆほども知らずに静紀は巫女の顔になる。俺の事情と神社の事情に巻き込まれて巫女になったってのに、真面目なやつだ。そういうところも、好ましいと思う理由のひとつなんだろう。

化け猫は「じゃ、居間に早く来なよ」と言い、俺の肩に手を置くと——。

「〝夫婦〟って言っても〝かりそめ〟なのに、余裕だね。地上で用が済んだら、帰るんでしょ。〝期間限定〟の関係なんて、ずっと地上にいる僕なら塗り替えられるし」

そう耳打ちして、俺にしか見えないようにべーっと舌を出すと、化け猫は居間のほうに歩いていく。

ジジイ以外には素っ気なかったってのに、根暗が女に執着すると、こうなんのか。粘着質な独占欲、人たらしもいいとこだな、静紀。

「気に食わねえ」

ついぽろっと口をついて出た本音。かりそめの夫婦、期間限定の関係、痛いところを突いてきやがる。今の今まで忘れていたのだ。いつの間にか静紀を自分のもののように思っていた。帰りたいとも、考えなくなっていた。この女から離れるという選択肢は、無意識のうちに俺の中から消えていたのだ。

長に『天界に戻るときには、巫女との婚姻も破棄させてもらいますよ』と言った日の俺は、どこへ行った。

「気に食わなくても、依頼人はもうここしか頼れないと思って来てるんですよ。相談に乗ってあげないと！」

なにを勘違いしたのか、俺が気に食わないのは依頼の件だと思ったらしい。それも間違いじゃねえが、気に食わないのは静紀、てめえがよそ見して猫の世話なんか甲斐甲斐しくしてっからだ。わかれ、この八方美人が。

「ほら、行きますよ！」

人の気も知らないで、俺の腕を掴んで歩き出す静紀。さっきまで目も合わせられなかったくせに、今は依頼人のことで頭をいっぱいにしてるんだろう。

そうして誰彼構わず心を割く静紀と、人間を救うべく地上に降りて身を滅ぼした腐れ縁のバカ神の姿がときどき重なる。どいつもこいつも人間なんかのために……と考えてすぐに、俺は自分の矛盾に気づいた。静紀だって人間じゃねえか、と。

「実は、このフランス人形のことでご相談がありまして」

依頼に来たのは浅井裕子《あさいゆうこ》と名乗る、四十くらいの女だった。その手には、光沢のある赤いドレスを着た、金髪碧眼《へきがん》の少女の人形がある。

俺と化け猫も人間の姿で居間に座らされていた。これも、

『誰もいないところに話しかけてるとか、もう思われたくないので！』

と、静紀がうるさいからだ。おまけに刀も羽織も禁止され、今は着物一枚でいる。

にしてもこの人形……妙な気配がしやがるな。あやかしじゃねえ、霊体に近いか。

違和感の正体を見定めている間にも、依頼主の相談は続く。

「その、おかしいと思われるかもしれないのですが……」

「ここにいると、科学で説明できないような、おかしなことによく遭遇するので、浅井さんのお話をバカにしたりはしません。私たちにできることがあるなら、お力になります」

……またか。人間の信仰心を取り戻すためには必要なことだが、どうしてこうも他人のために一生懸命になれる。蛇の生霊のとこに乗り込むって言い出したときもそうだ。あいつは俺が行くなと言っても聞きやしない。そのたびに生きた心地がしなくなるこっちの身にもなれ、この無鉄砲女《むてっぽうおんな》が。

気を揉む俺のことなど、少しも視界に入れずに依頼主の背中をさする静紀。あの手に触れられると、心が温まる。あの体温は自分がひとりではないのだと伝えてくる。それを知っているのが俺だけじゃないことが不愉快だが、化け猫もそう感じているんだろう。当初の警戒心はどこへやら、静紀を緩んだ顔で見つめている。

「もう他に頼るところがなくて……ううっ、ありがとうございます」

静紀の優しさに気が緩んだからだろう、依頼人の女は目に涙を浮かべた。

「実は……私が子供の頃に遊んでいた、このフランス人形を一週間ほど前に祖母が送ってくれたんですが……」

「わざわざ送ってくれるなんて、そのフランス人形は浅井さんにとって思い入れのあるものなんですね」

依頼に来た時点で、あれがいわくつきのフランス人形なのはわかるだろうに、静紀は綺麗な宝でも愛でるような眼差しをそれに向けていた。

「私の両親は生まれてすぐに交通事故で他界しまして、祖父母が私を育ててくれたんです。その祖母が姉妹もいなくて寂しいだろうからって初めて買ってくれた人形が、このミリーでした」

「ミリー？　そのお人形の名前ですか？」

静紀が首を傾げると、依頼人の女は人形を両手で持ち上げる。

「ええ、私が寂しいとき、そばにいてくれたのはミリーです。大切な人形だけに、手放したくはなかったのですが……」

「手放さなければならんことが、起こったということじゃな？」

ジジイが聞き返すと、女は重く頷いた。

「うちにミリーを飾ってからというもの、夫も高校生の娘も子供に戻ったような言動や行動をとるようになりまして……。時間が経てば元に戻るんですが、これ以上のことが家族にあったらと思うと、お焚《た》き上げをしてもらうしかないのかなと……」

「こんなに可愛いのに……焼かれちゃうだなんてかわいそうですね」

眉を下げた静紀はフランス人形に手を伸ばす。

かわいそう、安易に同情するのは危険だ。霊やあやかしは自分を理解してもらえるかもしれない相手に惹かれる習性がある。

「おい、むやみやたらにさわんじゃねえ。てめえは巫女だ、ただでさえ救いを求めるあやかしや神、霊を引き寄せやすい……って、いう……の、に……」

俺の忠告虚しく、すでに静紀は人形を抱き上げていて、「あ」と青い顔でこちらを向く。

「おい……てめえの脳みそは飾りか？」

「す、すみません！」

へこへこ頭を下げる静紀から人形を取り上げるべく、腰を上げたときだった。ミリーの碧い瞳がピカァァアッと光り、静紀の「きゃああっ」という悲鳴が鼓膜を突く。

「チッ――静紀！」

その手からフランス人形を払う。静紀はふっと天上を仰いだかと思えば、意識を飛ばしてその場に倒れた。

「静紀！　しっかりしろ！」

力なく横たわっているその身体を抱き上げ、何度も呼びかける。自分でも驚くくらい、バクバクと心臓が鳴っている。平静を欠いているのは、わかっていた。

「静紀、目を開けなよ！」

化け猫も乏しい表情の中に焦りを浮かべている。ジジイは「大丈夫じゃ」と畳に腰をつき、人形と静紀を呆然と見ている依頼人の女を宥めていた。

少しして、静紀はゆっくりと瞼を開いた。安堵の息をつくと、静紀はどこかあどけなさのある顔で目を丸くし、俺のことをじーっと凝視してきた。

なんだ？　静紀の雰囲気ががらりと変わってやがる。まるで赤子のように無垢……それがしっくりくる。

静紀になにかが起こったのは事実。相手の出方を待って身構えていると、静紀は突然ふにゃっと笑った。

「スイ、角がない！　変なのーっ」

「なっ……」

きゃはははっと楽しそうに飛びかかってきた静紀を、俺はとっさに受け止める。

だが、静紀の奇行は止まらない。俺の頭をぺたぺたと触り、角を探しながらきゃっきゃとはしゃいでいる。普段の静紀なら絶対にしないだろう行動に、一同揃って目が点になっていた。

身体は大人だが、中身は子供に入れ替わったみてえだ。

さすがに絶句していると、ジジイが眉間にしわを寄せ、困ったように「ふむ……」と唸《うな》り、俺の腕の中にいる静紀に顔を近づける。

「まるで三歳児じゃな……。浅井さん、これが例の？」

確認するように、ジジイが依頼主の女を見やった。

「すみません！　うちの家族にだけ起こるとばかり思っていました。まさかお嬢さんまで子供に戻ってしまうだなんて……！」

「とにかく、この人形はお預かりしたほうがよさそうじゃのう。なにかわかれば、ご連絡します。もし、人形を手放しても問題が解決しなければ、いつでも相談に来てください」

「ありがとうございます。その……よろしくお願いします」

静紀に被害が及んだことを気にしてか、依頼主は何度も謝りながら帰っていく。

それから全員で俺にしがみついている静紀とフランス人形を取り囲むように座り、会議が始まった。

「このフランス人形からは、嫌な気配はしないのう。あやかしの仕業ではないとして、だとしたら、この人形に憑いた霊じゃろうか。とにもかくにも霊がなにを求めているのかを知る必要があるのう」

ジジイの視線は、フランス人形で遊ぶ静紀に注がれている。

「……それなら早く解決しないと。龍神祭まであと一か月だし、それまでに静紀が元に戻れなかったら……」

憂いてるのは、なにも化け猫だけではない。

静紀が熱心に練習してやがった龍神の舞が主要な催しだからな、舞い手が赤ちゃん返りしたとなれば中止もやむを得ねえんだろうが……。

そんなことになれば、静紀は落ち込むだろう。朝から晩まで舞の練習をしてきた静紀の努力が報われなくなる。

龍神に、俺に捧げられる舞いが見れねえのは許せねえ。やっぱりらしくないが、それだけは絶対に阻止しねえと、という使命感がわき上がってきた。

まったく、俺の新妻《にいづま》は手がかかる。

自然と静紀を自分の妻だと考えたことに驚きながらも、俺は静紀が大事に抱えているフランス人形を奪おうとしたのだが――。

「らめ！」

静紀はフランス人形をぎゅっと抱きしめて、俺に取られないように背を向けた。

「っ、な……」

なんだ、その舌足らずの『らめ！』は。

胸をぎゅっと掴まれたような感覚に息苦しささえ覚える。

いつもの俺なら静紀がどんなに抵抗しようが、その人形を無理やり奪っていたはずだ。それがどうして、今は強く出れないなどと思うのか。

「おお、翠様が珍しく狼狽《うろた》えておりますな」

年甲斐もなく茶化してくるジジイをひと睨みすれば、「くわばらくわばら」と肩をすくめる。俺は腹を立てるのもバカらしくなり、静紀に向き直った。

「それを貸せ」

「いや！」

「……遊んでる場合じゃねえんだよ。龍神祭、出られなくなってもいいのか」

神社の再建なんて、俺ら龍神とジジイの都合だ。でも静紀は巫女になってほしいと縋りつかれたときも、騙されて俺の妻になったときも、むちゃぶりもいいところの龍神祭での舞の奉納も、結局引き受ける。経験がねえことでも、必要とされれば全力で応えようとする。そうやって相手を思いやって、静紀が積み重ねてきたことを、こんな人形の霊ごときに踏みにじられんのは不愉快だ。

別に人間の信仰心を取り戻すためじゃねえ。どこかの誰かみてえに、誰彼構わずお節介を焼く気もねえ。もっぱら静紀のしょげた顔が見たくねえから、俺は俺なりに手を貸してやるんだ。

なんとしても静紀を元に戻して、龍神祭の舞殿に立たせること。それが結果的に神社再建のためにもなんだろ。だが、どうも俺の考えは静紀に伝わらない。

「うっ……ううっ」

静紀の大きな瞳から涙がぽろぽろとこぼれ、化け猫は動揺してか「ニャッ」と耳と尻尾を出し、ピンと立てた。

「……ば、爆発の予感」

化け猫が即座に両手で猫耳を押さえた。その数秒後……。

「こわいよおおおおっ、オニいいいっ」

静紀は大泣きした。

「この俺を鬼みてえな下賤《げせん》なあやかしと一緒くたにするとは、いい度胸だ」

「……やめなよ、脅すの。翠のせいで静紀がまた泣く」

嘆息した化け猫が横目に俺を睨んできた。

「脅したつもりはねえ、向こうが勝手に怖がってんだよ」

俺に子守なんざ向いてねえな。天界にもガキの神がいることにはいるが、俺の顔を見ると青い顔で逃げていきやがる。

俺の腕の中で飽きずにギャーギャー泣いている静紀を持て余していると、化け猫が目線を合わせるように静紀の前にしゃがんだ。

「……静紀、僕もその子とお話ししたいんだけど。ひどいことしないから、少しだけ貸してくれる？」

「うー、わかった……いいよ」

解せないが、静紀は素直にフランス人形を渡す。

なんでだ……俺のときとは態度がえらい違うじゃねえか。

「……扱いがなってないんじゃない？」

勝ち誇った化け猫の面が癇に障る。自分がガキくさいったらねえ。

「さっさと、その人形にとり憑いた霊が人間をガキに戻す理由を突き止めんぞ」

霊の考えなんざ、正直どうでもよかった。化け猫に味わわされた敗北感に、耐えられなくなっただけだ。

でも、静紀なら霊がこの世に留まる理由を知ろうとするんだろうな。あやかしになって歯向かってくるなら、問答無用で常世に送ってしまえばいい。それで済む話だっていうのに、いちいち霊やあやかしに入れ込んで、面倒事を増やす。

それが初めは理解できなかったが、静紀に関わったやつらは俺も含め、憑き物が落ちたみてえに清々しい顔になる。静紀の望むことが、誰かの救いに繋がっているのだ。

なにより、あの女の願いならば叶えてやりたい。結局はそこに行きつき、最終的には手を貸しちまうんだが、そういう点で言うと俺のほうこそ静紀に入れ込んでいる。

ぐすんっと鼻をすすっている静紀の頭をそっと撫でてやる。強く触れれば壊れてしまいそうで、陶器を扱うのと同じ緊張感があった。

「翠様、変わられましたな」

ジジイが感慨深げに俺を眺め、しみじみ言う。

「そうして龍宮神社に持ち込まれた依頼を自ら解決なさろうとするのは、静紀さんのためですじゃろう？　静紀さんと翠様が心を通わせているのがわかりますのう。お互いに持ちつ持たれつ、まさに理想の夫婦じゃ」

他人の目からも、俺たちは夫婦に見えてんのか。その事実に心が歓喜で震える。

ジジイの言葉を突っぱねられねえ。どうしてこんな感情になるのか、明確にするのは簡単だが……。俺の中にあるこの感情を認めてしまったら、楊泉を奪った人間のことも認めることになる。のめり込んでおいて往生際が悪いと辟易《へきえき》していると、静紀が俺の着物の袖をついついと引っ張ってきた。

「スイ、おなかすいた～」

「……こんなときに飯なんか食ってる場合か、てめぇは。人間ってのはつくづく、ひ弱な生きもんだな」

静紀の中身が子供に戻ったからか、余計にこの腕の中にある存在がか弱く見える。無意識のうちに静紀の身体を引き寄せると、ジジイが壁掛けの時計に目をやり、立ち上がった。

「ああ、そろそろ昼食の時間じゃな。ひとまず人形のことは置いておいて、わしは準備をしてこようかのう」

「じゃあ、ごはんができるまでオニごっこしよう！　オニはスイね！」

誰の同意も得ないまま、静紀は人形を化け猫の手から奪い、弾丸のごとく居間を飛び出していく。

「なんで俺が鬼なんだよ……」

「……第一印象が鬼だったからでしょ。吉綱が昼食を作ってる間、僕らが静紀の面倒を見なきゃなんだし、もう怖がらせないでよ」

化け猫がさりげなく追撃してくる。

「……じゃ、鬼さん。十を数えて追いかけてきなよ」

化け猫はそれだけ言って、逃げていく。

「鬼さん、じゃねえよ。嫌味かよ」

俺は仕方なく腰を上げた。

ただでさえ人間は弱いってのに、ガキになった静紀がひとりでいると思うと、生きた心地がしねえ。とっとと見つけねえと、静紀になにかあったら……。

「一、二、三、四――」

俺は巻きで十を数えながら、大股で居間を出た。

静紀の気配なら、容易に感じとることができる。

迷わず縁側から庭に出ると、俺はひとつの木の上を仰ぎ見た。

「うぅっ、ぐすっ……こわいよぉぉ」

「……はあ、てめえはそんなとこで、なにしてやがる」

「おりれなく、なったぁ」

「見りゃあわかる、泣くくらいなら登るんじゃねえ。まったく手のかかる女だな」

腕を組みながら、涙でぐちゃぐちゃの静紀の面を拝む。つか、人形抱えたまま、よく木に登れたな。

素直に『助けて』って頼れねえところは、子供になっても変わらねえのか。守ってやらねえと……って、俺はあいつのなんなんだ。

胸の奥が疼《うず》く。保護者とは名ばかりの、下心だらけの保護欲。静紀といると、初めて知る感情ばかりが湧き出てきて、心が追いつかねえ。

あれこれ考えに耽《ふけ》っていると、静紀がぷくっと頬を膨らませた。

「おろして！」

頼む立場でありながら、なぜか怒り出す静紀。助けてやりたい気持ちと、大人のときよりも虚勢が剥がれた、思いっきり泣いている静紀の顔を見ていたい気持ちが同時に湧きあ上がる。

俺の知らない静紀の表情を目に焼きつけておきたい。だから俺は――。

「下ろしてほしいなら、見返りになにか寄越せ」

もう少しだけ困った顔を眺めるために、会話を長引かせる。

あいつが怖がってんのわかってて、すぐに助けに行かねえ俺は……鬼畜。あいつの評価も、あながち間違ってねえみたいだな。

「いじわる……スイ、たすけてぇ」

目の縁が赤くなるほど瞳を潤ませて、両腕を俺に向かって伸ばす静紀。

こいつに必要とされると、どうも……抗えねえ。

身体が勝手に動いていた。一気に木の上まで飛び、その手を取ると静紀の隣に立つ。

「俺の妻が、これしきのことで泣くんじゃねえ」

「つ、ま？」

「そうだ。ほら見てみろ」

静紀を抱きかかえて、町が一望できる景色を見せてやろうとした。だが静紀は両眼を強く瞑って、ぶんぶんと首を横に振る。

「俺がいんのに怖ぇのか、てめえは。おら、さっさと目を開けろ」

「うう、わかった」

渋っていたが、俺の言われた通りに瞼を持ち上げた静紀の顔がぱっと輝く。

「わ、わあ！　すっごいね、きれいだね、スイ！」

「語彙力のねえ感想だな……にしてもお前、表情がころころ変わるところはガキの頃から変わらねえんだな」

「……う？」

瞳をパチクリさせる静紀に、隠しようのない愛しさが込み上げてきて、俺はふっと笑みをこぼした。

「なんでもねえ。もっといいもん見せてやる」

俺はそう言って龍の姿になると、静紀を背に乗せて空を駆ける。

「そら、とんでるーっ」

後ろから弾んだ声がして、俺はなぜか満たされた気になった。

さっきまで怖がってたってのに呑気なやつだ。だが、静紀と過ごす時間は悪くない。どうせなら、いつもの静紀と空を散策してえもんだ。

それから俺は、静紀に懐かれた。

「わたし、ここにすわるーっ」

昼食ができたからと居間に集合してみれば、静紀が定位置とばかりに俺の膝に座る。

「スイ、たまごやき、あげる！」

静紀はフォークで刺した卵焼きを俺の口元に運んだ。期待に満ちた目で俺が食べるのを今か今かと待っている静紀を拒む気にもなれず、素直に口を開けてやる。

「えへへっ」

俺が卵焼きを咀嚼すると、静紀は嬉しげにニコニコとした。その光景を化け猫は箸を止めて、面白くなさそうに眺めている。

「……鬼から昇格？　やめておいたほうがいいよ、静紀。翠は意地悪だから」

「自分が相手にされねぇからって、俺の株を下げんじゃねぇ」

しばらく言葉もなく睨み合っていると、静紀が「め！」と言って、またもや怒ったように頬をぷっくり膨らませる。

「わたし、みゃおもスイもすき。だからなかよく、ね？」

化け猫と俺は同時に固まる。なんの躊躇もなく放たれた『好き』の二文字の破壊力はすさまじく、完全に戦意を喪失させられていた。

なに、化け猫にまで愛想ふりまいてやがる。俺以外のやつに、その無邪気な面をさらす必要がどこにある。無性に焦るのは、その純粋さに他の男が釣れそうになっているからなんだろう。男を弄ぶなんざ、とんだ悪女だ。

「あと、スイは、いじわるしないよ？」

にこっとして、静紀はあろうことか俺の胸に頬をすり寄せてくる。

「わかりづらいけど、ほんとはすっごく、やさしいの！　だから、こうしてくっついてると、ぽかぽかするんだ」

無性に抱きしめたくなった。衝動に抗えず華奢な身体を腕の中に閉じ込めれば、柔らかな髪から香る甘い匂い。静紀の言葉を借りるわけじゃないが、自分以外の体温や匂いがこんなにも胸をぽかぽかとさせる。これも初めて知る感覚だ。

「誰のそばがいちばん安全なのか、よくわかってんじゃねえか」

相当浮かれている。他の誰でもなく俺に引っついて離れない静紀に、優越感を抱いていた。

それからというもの、静紀は俺のあとをついて回った。

フランス人形の霊については、ジジイが祝詞で中の霊を引き出そうとしたものの、反応はなく、進展がないまま夜を迎かえた。

「いっしょに、ねる！」

そう言って聞かなかった静紀。人形を枕元に置き、俺の布団に入ったはいいが……今日は俺が抱き枕にされてんな。

俺の首にしがみつき、目を瞑って三秒で寝息を立てた静紀に苦い笑みがこぼれる。てめえがずっと子供のままなら、素直で可愛いんだがな。

「安心しろ、また木の上に登って下りれなくなったら、俺が必ず見つけ出して助けてやる。俺がそばにいる、守ってやるよ」

大人の静紀相手なら、きっと言えていなかっただろう本音。その髪を指で梳《す》き、あどけない寝顔を見ていて気づく。こんな穏やかな気持ちになったのは、いつぶりだろうかと。

てめえを見てると、いい加減、認めねえとならなくなる。意地汚くて、すぐに義理を忘れる人間ばかりじゃねえってこと。こうして、そばにいるだけで傷が癒えていくような心地よさをくれる人間がいるってことを。

あいつを奪った人間への憎しみに穢れ、神堕ちする時を待つだけの日々の中で見つけた、一筋の光。あいつが守ったものの中に、静紀っていう光があった。あいつがしてきたことは無駄じゃなかったのだと、静紀の存在が証明してくれている。

「てめえは……」

あいつが繋ぎ――。

「俺が見つけた、たったひとつの……宝だ」

その頬を親指の腹でさすっていると、寝ている静紀が口をもごもごとする。

「んー……ス、イ……」

「……？　なんだ」

俺は静紀の唇に耳を寄せた。

「しゅき……」

静紀の口から放たれた、不意打ちの寝言。俺はバッと耳を離して、そのたどたどしい『好き』の奇襲攻撃に固まる。今度の『好き』は正真正銘、自分にだけ向けられたものだ。だから余計に、心を持っていかれた。

くそっ……またか。このふにゃっと緩んだ頬をつねってやりてぇ。呑気に寝こけてんじゃねぇよ、警戒心をどこの海に投げ捨ててきやがった。

「前言撤回だ」

子供相手に手は出せねぇ、早く大人に戻さねぇと。いくらそう自制を自分の頭に呼びかけても、神とて男だ。余裕はあっけなく崩れ去る。

抗うのも面倒になってきて、俺は静紀の瞼に口づけた。

やっかいな女に捕まったもんだ。俺の理性がもたねぇ、どうしてくれる。


静紀の心が子供に戻ってから、一日が経った。

相変わらず当の本人は、俺の膝に座り人形遊びに夢中になっている。

「静紀さんが気に入ってしまったんじゃろうか。依頼主の浅井さんの家では、時間が経つと元に戻ってたみたいじゃが……」

そう言って、ジジイは顎を指でさする。居間には化け猫の姿もあるが、揃いも揃って厳粛《げんしゅく》な面をしてやがるせいか、空気も重苦しい。

「こういうとき、こいつならこの人形に宿った霊の心を理解してやれるんだろうな」

不甲斐なさにため息をつき、視線を静紀に落とす。静紀は目をパチパチしながら俺を見上げてきて、胸に頬をくっつけてきた。

こうして懐いてくるのは悪い気はしねえが、そろそろいつもの説教臭い静紀の話し方が恋しくなってきた。

「……そうかもね、静紀は人の気持ちに敏感……だから」

しょげてるのか、化け猫の耳と尻尾が垂れる。

「おい、どうした化け猫」

その尻尾を引っ張れば、化け猫はじろりと俺を睨み上げてきた。

「……痛いよ。これがしょげずにいられる？　万策尽きてるも等しいんだよ？　静紀がこのまま戻らなかったら……」

俯いた化け猫の顔を静紀が覗き込み、「あくしゅーっ」と人形の手を近づける。

「……あ、うん。握手ー……」

人形遊びの相手をする化け猫に、静紀がにへらと笑う。

「この顔見ても、万策尽きたなんて言えるか？　俺はできねえな、諦めてやるつもりはねえ」

「……じゃあ、どうするっていうのさ」

「静紀に聞くしかねえだろうな。静紀が感じてる、人形の思いってやらを」

きょとんとして、俺と化け猫を交互に見つめる静紀に目を向ける。

「……静紀、今は子供なんだよ。まともな答えが返ってくるとは思えないけど」

「ガキだろうと、目の前にいるのは静紀には変わりねえ」

どんなに姿形が変わろうと、振る舞いや口調がガキくさくなろうと、体温も俺に向けられる純粋な瞳も静紀が静紀であることを知らしめている。

「……翠は、ずるい」

「なにがだ」

「……翠には負けたくないのに、かっこいいとか……思っちゃうし。ムカつく」

俺も同じだ。俺の許可なく静紀にちょっかいをかける化け猫を目障りだと思う反面、助言してやらずにはいられねえとも思う。人間に失望して、また健気に信じようとする愚かさに、自分が重なるからなんだろうが。

「そりゃあ、随分な褒め言葉だな」

「よきかな、よきかな」

俺たちを感無量な面持ちで眺めてやがるジジイがうっとうしい。とにもかくにも、そろそろ子守も飽きてきたところだ。静紀は返してもらうぞ。

「おい、そのフランス人形が大事か」

静紀は俺の問いに一瞬きょとんとするも、人形を抱きしめて顔をほころばせた。

「うんっ、ミリーはともだちだもん」

「フランス人形……ミリーのことを教えろ。そいつは今、どんな気持ちでいる」

静紀は「んー」と悩んだあと、人形の頭を撫で始める。

「ミリーはね、さびしがりやなの。だからしずきがいっしょに、あそんであげるの」

「浅井さんが大人になって遊んでもらえなくなってしまったミリーは、次の遊び相手が欲しくて人形を手にした人間を子供に戻していたのかもしれんのう」

ジジイと同じ結論に至った俺は、決まりだなと静紀の肩に手を載せた。今度こそ泣かせたりしないように、できるだけ優しく声をかける。

「静紀、ミリーに話がある。少し貸してくれるか？」

断られる覚悟もしていたが、静紀はすんなり人形を渡してくれる。

信頼されすぎるのも複雑なもんだな。

情けないほど力なく笑い、それを受け取ると、俺はフランス人形に向かって言う。

「てめえが寂しいのはわかった。だがな、静紀は俺の妻だ。俺もこいつが元に戻らなかったら、お前と同じ気持ちになる」

わかっているのかいないのか、ミリーに変化はない。物言わぬそれを強く握り、俺は神でありながら、このちっぽけな人形に希《こいねが》う。

「だから、返してくれ」

ああ、これが……人間が神に願う理由か。

自分の力ではどうにもできないところで、大事なものを失いそうになったとき、奇跡を求める。それは人間も神も同じなのか。だから静紀もあのバカ神も、神だからとか、人間だからとか、関係なしに助けるのかもしれねえな。

そこで、ふいに蘇る——。

『少しでも心通う瞬間があったなら、あやかしだろうと神様だろうと、もっとその人に近づきたいって思うものじゃないですか？』

静紀の言葉の意味が、すとんと胸に落ちてくる。心通う瞬間ってのは、こういうことを言うんだろうと。

「返してくれ、静紀は俺のものだ」

素直な想いをぶつけると、フランス人形は静かに浮き上がった。

『ごめんなさい……あなたの大事な人を取ってしまって。裕子ちゃんが大きくなっていくうちに、私を見てくれなくなって寂しかったの。新しい友達が欲しかったんだ』

「だから子供に戻したのか。てめえはなんの霊だ？　その裕子の関係者か」

『ううん、私はどうして自分が死んだのかもわからずに地上を彷徨ってたの。そこで、この人形を見つけて入ったら、居心地がよくて』

浮遊霊《ふゆうれい》か。ミリーのように自分が死んだことを理解できない、あるいは自分の死を受け入れることができず、現世を彷徨っている霊は珍しくない。

『大人じゃなくなれば、みんな私と遊んでくれるって思ったんだ。けど、私の力は長続きしないみたい。静紀ちゃんは……なんでかな。そばにいると力が湧いてきて、不思議と力が解けなかったんだけど』

神職についてる人間はたいてい霊力が高い。特に巫女は昔から神の依代《よりしろ》や口寄《くちよ》せといって、憑依《ひょうい》に優れた体質を持っている者が多い。静紀もそうなのだろう。

「それで、裕子以外の遊び相手を見つけて、てめえは満足できたのか？」

ミリーは黙り込んだ。沈黙はどんな言葉よりも正直な心を伝えてくる。

「そもそも、おかしな話だ。その裕子とかいう女が自分を見てくれないことに不満があるなら、本人を子供に戻して遊べばいい。なのに裕子を選ばなかったのはなぜだ」

『嫌われるのが……怖かった……から』

そうだ、嫌われんのが怖いからだ。それが理解できたのは、俺が静紀にだけ素直になれねえのもまた、同じ理由だからだ。本音で向き合えば向き合うほど、否定されたときの傷は大きくなる。その恐れから逃げて、俺は静紀に横柄な態度をとっちまう。

「嫌われたくねえのは、裕子が好きだからだろ。そいつ以外に自分の心を満たせるやつはいねえんだよ。俺の妻に代わりがいねえようにな」

『私の友達にも、代わりがいないように？』

「そうだ。天に還れとは言わねえが、自分の願いばかり押しつけて困らせるな。見ただろ、てめえを手放したくねえって言ったときのあの女の顔」

ミリーは考えるように天井を仰ぎ、すぐに項垂れる。

『すごくすごく……悲しそうだった』

「わかってんなら、大人しくしてろ。問題起こして恨みを買うような状況にならねぇようにな。回りまわって、てめえが傷つくことになんぞ」

ミリーは下を向いたまま動かない。俺はため息をつき、口調を意識して和らげる。

「すぐに裕子の娘にも子供ができんだろ。そうすりゃあ、てめえも忙しくなる」

『娘……そっか、そうだね。それは楽しみだな。すぐに遊べないのは寂しいけど……裕子ちゃんのそばにいたいから待つことにする。私が必要になるそのときまで』

ミリーの瞳が再び光り、ガクッと静紀が崩れ落ちる。その身体を抱え直し、俺はミリーを近くにいた化け猫に押しつけた。

「静紀さんは翠様にお任せして、わしは浅井さんに連絡してくるかのう」

「ああ、そうしろ。ミリーも会いたがってんだろ、あの女に」

「翠様……」

ジジイは呆気にとられている。

まあ、こうなるだろうな。俺は終始らしくねえことばかり、やらかしてやがる。

「……静紀さんと出会って、翠様は優しくなられた。前なら、あやかしや依頼主を気遣うようなことを言ったりはせんでしたでしょう？」

こちらの心をなにもかも見透して、理解するような微笑みを向けてくるジジイ。

優しくなった……俺がか？　それは間違いなく、静紀の影響だろうな。

「翠様、決して静紀さんを手放してはなりませんよ。翠様を癒やせるのは、静紀さんだけなのですから」

それは穢れをという意味なのか、はたまた心をという意味なのか。答えなんざ、どうでもいいか。どちらにせよ……静紀は俺にとってかけがえのない存在だ。

「んなもん、ジジイにとやかく言われなくてもわかってんだよ」

俺は静紀を布団に寝かせるために立ち上がり、居間の出口に向かって歩き出す。

「静紀は俺のもの、俺の妻に代わりはいねぇ」

俺の口真似をする、女の声。妙なところで姿を現しやがる。

俺は静紀を抱き上げたまま、ピタリと足を止める。からかわれるのがわかっていて、振り返る気にはならなかった。

「おい……言いたいことがあんなら、はっきり言え」

「元に戻った静紀にも、同じ言葉をかけてやってくださいませ。ただでさえ人間の寿命は短い。それを全うできる確証もどこにもない。大事な者が明日も明後日もそばにいるとは限らないのです。いつ別れがきてもいいよう、今を大切に」

正論だな。寿命という概念が存在しない神にとって、静紀の一生など花が咲き散るのと同じくらい儚いものだ。ならば今が、静紀の人生と俺の人生が交わる唯一の時。それを無駄にするのは愚かだ。

俺は腕の中の静紀を強く抱き、返事もせずに自分の部屋に直行した。その途中で「ん……」と掠れた声が聞こえ、静紀の長いまつげが震える。

「……あれ、私……どうして……」

待ち望んだ目覚め。開かれた瞳はまだ夢の中を彷徨ってるのか、とろんとしている。

「てめえは人に手間をかけさせる天才だな」

ここで心配のひとつしてやれない自分のあまのじゃくさが嫌になる。

自業自得だが、子供に戻っていたときの機嫌がよさそうだった静紀はどこかに消え、顔を赤くしたり青くしたりと忙しない。

「あ、あの、私ってどうしちゃったんでしょうか？　ミリー……フランス人形の目が光ってから、記憶がなくて……」

「面倒くせえ、俺に聞くな。他のやつに説明してもらえ」

「ひ、ひどい！　それくらい教えてくれてもいいのに！」

騒がしい、けど俺はこの言い合いを気に入っている。

『鬼畜』に『ドS』に『不良』。静紀は俺が黙っているのをいいことに好き勝手文句を言っていた。いつもなら『うるせぇ』のひとつくらい返すところだが、今はもう少しだけ、こいつの憎まれ口を聞いていたい。

そうやって俺の女がこの腕の中に帰ってきたのだと噛みしめながら、もうどこへも連れ去られぬようにと強く抱きしめた。

四

人形に子供に戻されていた影響か、一度は目を覚ました静紀だったが、俺の布団に入るや否や意識を失ってしまった。

静紀が眠ったあと、その日のうちに依頼主の女が神社を訪ねてきて、ジジイの口から事の経緯が伝えられた。

『私にも、この子の声が聞こえたらいいのに……。寂しい思いをさせてごめんね、ミリー。あなたを置いて帰ってからも、ずっと考えてたの。そばにいてくれたあなたを手放すなんて、やっぱり無理だって。だからどうか、私たちが一緒にいられるように、私が大切に思う人たちのことも大事にしてほしいの。それでね、ずっと見守っていて、私の家族を――』

そう言って、女はフランス人形を抱きしめながら帰っていった。そのときの人形は改めて大事にされていることを実感できたからか、満足げに笑っていた気がした。

「人助けも悪くねえな、楊泉」

俺は縁側に片膝を立てて座り、月見をしながら杯を呷《あお》っていた。

慌ただしい一日が終わりを迎えようとしている。あの人形には散々振り回されたが、静紀がどれだけ大事な存在だったのかに気づかせてくれたことには感謝してやらないこともない。あいつを奪った人間を好いてもいいのか、静紀を前にしたら、そんな悩みもどうでもよくなった。

「俺を薄情だと思うか、楊泉」

だが、罪悪感よりも愛しさが勝る。

そもそも、あいつなら薄情とは思わねえか。あれはバカがつくほどお人好しで、友思いなやつだったからな。

にしても、今日は気分がいい、酒が進む。杯はすぐに空になり、新たに酒を注ごうと徳利に手を伸ばしたとき――。

俺の目の前で、徳利はお茶の入った湯呑みにすり替えられた。

視線を上げれば、静紀が「飲みすぎです」と俺を責めてくる。

「今日くらいは大目に見ろ」

「……私が寝てる間に、一体どれだけ飲んだんですか」

呆れ気味に隣に座った静紀は、なぜかこちらを見ない。大かた、フランス人形の件で皆に迷惑をかけたなどと気に病んでるんだろう。

「翠、いろいろ……すみませんでした」

やっぱりな、と俺は深く息をつく。

いい意味でも、悪い意味でも、こいつは俺の想像を裏切らない。

それにしても大人に戻った途端、静紀との距離が遠くなった気がする。それがなぜなのか思考を巡らせてみれば、すぐに敬語のせいかと答えに行きついた。

「子供になってた間のことは覚えてないんですけど、私がもとに戻れたのは翠のおかげだって、みんなから聞きました。その……ありがとうございます」

「てめぇのためじゃねえ、俺のためだ」

「どういうことですか?」

心底わからないといった様子で、聞き返してきた静紀の顎を掴む。見開かれた瞳には月の魔力でも宿っているのだろうか。抗えない引力に吸い込まれ、羽に触れるように静紀に口づけた。

俺の唇は待ち望んでいたとばかりに、どんどん深く静紀を求める。お互いが離れるときには、静紀の息が上がっていた。

「あ……なん、で……」

さっきまで重なっていた唇を指先で押さえながら、静紀は赤面している。ここまでしても、静紀は俺の想いには気づかない。いい加減それがもどかしくなっていた。

「外見がいくら大人でも、子供相手にこういう真似はできねえからな。素直なてめえはなかなか見物だったが、俺は説教臭くて素直になれない女が好みらしい」

口端が上がるのを感じつつそう言えば、静紀は下を向いてぶるぶると震え始めた。さながら、噴火前の火山のように。

「もう！　あなたって人は、簡単にこういうことしないでください！」

ポカポカと俺の胸を拳で殴る静紀。その目は涙で潤み、耳たぶまで真っ赤に染まっている。照れ隠しなんだろうが、簡単に口づけたなどと勘違いされるのは聞き捨てならねえ。

「簡単なわけねえだろ」

その手首を掴み、暴れる静紀を押さえ込めば、その瞳が当惑を映して揺れる。

なんで口づけたのか、そう聞いてきたのはてめえだろうが。

でも、こいつの目を見りゃあわかる。俺を意識しているのは確かだろうが、静紀はまだ答えを欲しがっていない。

俺たちの間にある神と人間という違いに迷っている。あるいは過去の男につけられた傷が癒えてないのか、静紀の心は俺の想いを知るのを恐れている。

「やっぱ気に入らねえな、その堅苦しい口調」

喉まで出かかった想いをなんとか呑み込み、俺は話題を変えてやる。

「へ……敬語のこと……ですか？　っていうか、今それについて話します？　それよりも重要なことがあるでしょう！」

というのは静紀の強がりだ。内心ほっとしているくせによく言う、本当にどこまでも手がかかる女だ。

「覚えておけ、静紀。今度から俺に対して、そのうざってえ敬語を使いやがったら、そのたびに口づける」

「なんでですか――じゃなくて、なんで!?」

「さっそくか、お望み通りくれてやる」

「望んでな――」

文句も吐息も奪うように、唇で静紀の口を塞ぐ。

勘違いするなよ、静紀。人間の命は儚い、だから俺も黙っててめえの心が決まるのを待っていてやるつもりは毛頭ねえ。

俺なしじゃ生きられねえように、何度だってこの腕の中に閉じ込めて、わからせてやる。俺がどれほど、てめえを特別に思っているのかを――。

五ノ舞　婚姻の契り

一

私たちは龍宮神社からバスで一時間ほどの距離にある川辺の町に来ていた。

今回は町内会長さんからの依頼。なんでも最近、川が荒れているのだという。それだけじゃなく、浅瀬で遊んでいた子供が足を引っ張られて川に引きずり込まれそうになったという相談も相次いでいるそうで、お祓いを頼んできたのだ。

「これが問題の？　一見は普通の川みたいだけど……」

道路沿いの土手を下ったところにある川は、ダイヤモンドを砕いて流したみたいにキラキラ輝いている。

「町の人たちは『子供ひとりで川のそばを歩かせられない』『なにかの祟りかもしれない』、そんなふうに不安がってるみたいじゃが……」

吉綱さんも穏やかに流れる川を眺めて、予想外だという顔をしていた。

「これ以上水害が起こらないようにしろ、だと？　そんなもん、ジジイが適当に祝詞でも唱えて終わらせろ」

翠は今回の依頼が入ってから機嫌が悪い。先日のフランス人形の一件では率先して依頼を解決しようとしてくれていたみたいだったから、少しは人助けも悪くないって考えてくれたんじゃないかって思ったんだけど……やっぱり苦痛なのかな、人間のために働くの。

最近は言わなくなっていたけれど、人間を地上のうじ虫とか、脆弱と卑下していた頃に戻ったみたいだ。人間への不信感をひしひしと感じる。

「翠、なにか嫌なことでもあったの？　この依頼、初めから受けたくなさそうだったし……」

「……っ」

微かに翠は身体を強張らせたように見えた。ただ、本心を見破られたくないのか、しかめっ面で感情を覆い隠してしまっている。

「人間ってのは、いつの時代も自分勝手だ。そんなやつらに尽くしたいとは思わねぇ。ただ、それだけだ」

人間、そのくくりで言えば、私もそこに入るわけで……。つまりは私のことも、翠にとっては不快なものでしかないんだろうか。

翠の本心は見えづらいから、敬語で話すなとか、何度もしたキスとか……。

彼が私を好きとまではいかなくても、気にかけてくれているのではないか。そうやって期待した瞬間から、泡となって消えていくのだ。

フランス人形の一件が解決した日の夜。縁側でふたりきりで過ごしたとき、翠の瞳は私を求めて、熱を帯びていた気がした。さすがにそれが自惚れでないことくらい、子供じゃないのでわかる。

でも、もし翠が私と同じ気持ちだったとして、告白されたとしても、きっと答えに迷っていただろう。神様と人が結ばれた先の未来に不安しか描けないうちは……進めない。

「人間の力ではどうにもならないようなことが起こったとき、都合がいいかもだけど、神様に縋りたくなるものなんだよ。私もその自分勝手な人間だから……わかるの」

私も恋に悩んだとき、厄払いになればと神社に立ち寄った。神様からすれば、願うばっかりでなにもしないと呆れられて当然かもしれない。

けど、他に頼る相手がいないから神様に祈ってる人もいる。そういう人間の弱さを理解してほしいというのは、やっぱり自分勝手なのだろうか。

「てめぇは他の人間とは違うだろ」

「同じだよ。今は違うと思ってても、いつか私の中にある人間の傲慢さを見つけてしまったら……翠は私を突き放すんじゃない？」

「みくびるんじゃねぇ。てめぇは特別だ」

特別……普通ならここで喜ぶところなのだろうが、なぜか心は沈んだまま。特別の外にいる人間は、翠にとってはどうでもいい、むしろ不快な存在なのだ。

翠が信じられる人間は、私が想像するよりずっと少ない。それを証明する言葉だったから、素直に喜べなかったのかも。

もちろん私だって誰彼かまわず信頼しているわけじゃないけれど、翠は人間というだけで壁を作って毛嫌いする。龍宮神社で過ごすようになってからは、だいぶ薄くなってきたとはいえ、境界線はまだ消えていない、世界が狭い。

「私以外の人間にも目を向けて、翠。私を受け入れてくれたように、きっと他にも翠が信じてみたいって思える人が現れるはずだよ」

翠は龍神の長様に命令されて地上に降り、私と婚姻しなければならなくなったのだ。人助けは自分の意思ではないのだろう。

理由はわからないけど、翠は人間が嫌いだ。嫌いな相手のために嫌々働いていたら、いつかは心が腐ってしまう。翠は役目に囚われているのかもしれない。

「翠、私は翠に心から人間を助けてよかったって思えるようになってほしい」

そうしたら、少しは自分のしていることに価値を見いだせて、誰かを助けたぶんだけ翠が幸せになれるはずだから。

「他の人間がどうなろうと知ったこっちゃねえ。てめえが助けるから、俺は手を貸すだけだ」

「私が助けるから手を貸すって……翠の意思はないの？　もし今回の依頼も私が理由

で嫌々参加してるなら、手伝わなくていい」

翠がほんのわずかに息を呑むのがわかる。

こんな感情的な言い方はよくない。けど、仲間を奪った人間のために力を貸す苦痛を少しでも軽くしてあげたい。それが伝わらないことがもどかしくて、言葉を選べなくなってる。

「なら勝手にしろ。ただし、離れすぎんな。俺がすぐに助けに行ける距離にいろ」

それだけ言って、翠は川沿いを歩いていってしまう。

うっとうしいと思われただろうか。神社の再建という目的のために夫婦になった私たちだけど、実際は恋人同士ですらない。それなのにお節介を焼き過ぎてるよね、私。踏み込み過ぎてる自覚はあるけど、縁あって一緒にいるんだし、力になりたいんだよ、翠……。

「……ピリピリしてるね。なに抱えてるんだか」

遠ざかる翠の背をちらりと見やったミャオが吉綱さんに向き直る。

「吉綱、町の人たちは社を立てて供え物をしても、状況はよくならなかったって話してたよね」

「そうじゃ。ただ、その社に神様がおらんかったら、それはただの箱でしかない。わしらができるのは、川を荒らしている者の正体を突き止め、なにに怒り、悲しみ、事を起こしているのかを知ることじゃ」

「……なら、町長さんの家に挨拶に行く前に、川の周辺を見て回る？」

ミヤオの提案はありがたい。少しひとりになりたかった。次に翠と顔を合わせるときに、きつい言葉をかけてしまわないように、頭を冷やす時間が必要だ。

「そういうことなら、私はあっちを探します」

翠が歩いていった先とは真逆の方向を指差せば、ミヤオが瞳を丸くする。

「……ひとりで行動するのは危ないって」

ああ、町の人の話では川に引きずり込まれるって言ってたっけ。

「ミヤオ、心配してくれてるのにごめん」

だけど浮かない顔をみんなに晒し続けるのも気が引ける。しっかり反省して、今度は翠を傷つけずに気持ちを伝えられるように、心を整理したかった。

「……静紀さん、わしらはこの辺にいるからのう。なにかあれば叫ぶんじゃよ」

「吉綱！」

「ミヤオ、そばで守るだけが優しさじゃないんじゃよ」

吉綱さんに諭されて、ミヤオは口を閉じる。吉綱さんは私の考えを見透かした上で、助け船を出してくれたのだろう。

「川からはできるだけ距離をとって歩くから。それじゃあ、行ってきます」

吉綱さんの心遣いに甘えて、私はふたりと別れると川辺を歩いた。ひとりになると、罪悪感が一気に押し寄せてきて、私はため息をこぼす。

依頼に集中しないといけないのに、初っ端から別のことに気をとられてるなあ、私。

「さすがに翠に嫌われたかな……」

重い足を川に沿って、ただただ動かす。

『――た……て』

ふと風に混じって声がした気がした。足を止めて耳をそば立てつつ、辺りを見渡す。

でも、人の姿はどこにもない。海原のごとく生えるススキが波立っているだけ。

風の音が声に聞こえただけかもしれない。そう思って、再び歩き出そうとしたときだった。

『助ケテ』

今度ははっきりと耳に届いた。

『苦シイ』

『ドウシテ、私ガ死ナナクテハナラナイノ』

『恨ンデヤル』

『誰カヲ犠牲ニシテ、ノウノウト生キテルヤツラヲ恨ンデヤル』

複数の女の憎々しげな囁きが耳元でいっせいにして、だんだんと大きくなっていく。

「い、嫌っ」

両手で耳を塞ぐも、声はまったく途切れない。それどころか足が勝手に川のほうへと踏み出してしまう。

「なんでっ、お願いだから止まって！」

どんなに足に力を入れても、誰かが手招きしているみたいに私は川に引きずり込まれる。ジャボンッと水しぶきが跳ねるのを視界に捉えたのを最後に、身体は完全に水中に沈んだ。

おかしい、ここは浅瀬のはずでしょう？　こんなに深いはずないのに……！

両手両足を限界まで使って水を掻くけれど、どんなにもがいても水面に浮き上がれない。そこで右足の違和感に気づいた。なにかが足首から太ももにかけて巻きついている。ひたひたと忍び寄る恐怖に抗い、下を確認すると――。

「……！」

おびただしい数の霊が私の足を掴んでいて、悲鳴の代わりにガバッと酸素を吐き出す。全員が白装束を纏った十五、六歳くらいの女の子だった。

私を川底に引きずっていこうとしてる。町の人たちはこうやって溺れそうになったんだ！

『――私を探して』

逃げなければと海面を仰いだとき、誰かが呼びかけてきた。

もう一度、霊の大群に目を戻し、声の主を探す。

『──私を見つけて、お願い』

誰なの？　見つけてあげたいけど、あなたがどこにいるのかわからない。それに息ももう続かない。視界が霞んでいく。それでも必死に目を凝らしていると、白装束の霊の中にひとりだけ私服を着た女の子を見つけた。

もしかして、あなたが私を呼んだの……？

彼女かどうかはわからないが、手を伸ばす。けれど、なにも掴めない。

息が続かない、このままじゃ、私……。翠に『ごめんね』って謝ってないのに。翠に『好き』だって伝えてないのに。死にたくない、翠に会いたい──。

『大丈夫、会えるよ』

えっ……。

澄み通った男の人の声がした。

視線を辺りに巡らせた瞬間、淡い光に包まれ、霊の手が私から離れる。背中から二本の腕が伸びてきて、誰かが私の身体を引き寄せた。あれだけ必死に泳いでも辿り着かなかった水面へ一気に上げられ、「ぶはっ」と肺いっぱいに空気を吸い込む。

「勝手に死にかけるんじゃやねえ」

翠だ……。

私の背中と腰をがっちり抱いている翠。泣きじゃくる子供をあやすように額まで重ねてきて、こんなふうに労わられると気が緩む。私は目に涙をためて鼻をすすりながら、その首に腕を回した。

――来てくれた……あんなふうに傷つけたのに、こうして来てくれた。会いたかった、この声を聞きたかった……っ。

「助けにくるの、遅いよ……っ」

どうしようもなく、この神様が好きだ。

可愛げない返しをしてしまうのは、こんなに好きにさせといて素っ気ないことを言う翠へのささやかな反抗で、素っ気ないくせに優しいところにときめいてしまうことへの八つ当たりだから、どうか甘んじて受け入れてほしい。

「てめえはほんとに、素直に弱音を吐けねえ難儀な女だな。だが、俺はそんな女がいいらしい。少し離れただけで心配になって、こうして全力で引き返してきちまうくらいにはな」

「え……」

私の知ってる翠は、他人の気持ちに自分の意思を左右されない。極度の面倒くさがりだから、本心を理解してもらえるようにいちいち説明したりもしない。

そんな彼が、私をどう思っているのかをわざわざ言葉にしてくれた。私に歩み寄ろうとしてくれた。

うれしかったな、甘えられない私の性格を肯定してくれたこと。私自身を必要としてくれる存在が、本当に私の前に現れてくれた。

「……難儀なのは翠も同じだと思うな」

「どこがだ」

「本当は優しいところいっぱいあるのに、それを見せないから。素直じゃないところが似た者同士なんだ、私たち」

「なら気が楽ってもんだ。意地を張りたがる者同士、どんなにぶつかろうが、強がろうが、どうせいつもの虚勢だってわかってやれるからな。相性は抜群らしい」

じゃあ、本当の夫婦になる？

そんなとんでも発言が唇から滑り出そうになり、瞬時に口を閉じる。

抱きしめ返してくる強い腕も、重なる額のぬくもりも、いつだって、どこにいたって私を救い出してくれる。鬼畜でドSなところが霞んでしまうほど、翠の優しさはどんどん浮き彫りになっていく。それは私が本当の翠に近づいている証なんだろう。

そしていつか……と、彼との間に深く固い繋がりを求めてしまう心は、もう止められなかった。

二

川から上がった私たちは、濡れネズミ状態で町内会長さんの家に向かった。翠もミャオも人間に化け、客間で休ませてもらっている。

私服は濡れてしまったので、持ってきていた巫女服に着替えたのだが、秋の川は当然だけれど冷たく、身体の震えが止まらない。

すると、吉綱さんが気遣うように私の顔を覗き込んできた。

「静紀さん、寒いかのう？」

「あ……いいえ、大丈夫です。それより……」

借りたバスタオルに包まれながら、私は川底で見たものを話した。隣で腕を組み、壁に寄り掛かるように立っていた翠は、すべてを聞き終えると忌々しげに舌打ちする。

「白装束は生贄《いけにえ》に着せる衣装だ。静紀を川に引きずり込んだのは、この地で水害を鎮めるために立てられた人柱の霊だろうな」

「いけ……にえ？　それって神様への捧げものってことだよね？」

言葉の意味はわかる。ただ、なにを捧げたのかを理解したくなくて、答えを先延ばしにするように聞き返してしまう。

「人身御供《ひとみごくう》、人身供犠《じんしんきょうぎ》ともいうが――」

説明しながら、私の前にやってきた翠。片膝をつき、頭から被っていたバスタオルでまだ濡れている髪をわしゃわしゃと拭いてくれる。

「あ、ありがとう」

「水が滴ってるじゃねえか。その布を有効的に使え、阿呆が」

なんて言っているけど、心配してくれたんだろうな。

こんなの、どうしたって顔が緩んでしまう。

「はい、すみません。ありがとうございます」

「てめえは……」

翠は気が抜けたようにため息をつき、額に手を当てた。

「……、……話を戻すが。人柱は橋や城が自然災害やら人災やらで破壊されねえように、祈願目的で人間を生かしたまま土中に埋めたり水中に沈めたりする風習のことだ。胸糞悪いがな」

「生きたまま……。じゃあ、あの子たちはみんな川を鎮めるために埋められて……なんてことを……っ」

助けを求める声、どうして自分が死ななくちゃいけないんだという怒り、自分たちを犠牲にして生き残った者たちへの恨み。今、胸に感じているのは彼女たちの痛みだろうか。

かわいそうに……。同情をしたいわけじゃない。ただ、その無念さを考えると、そう思わずにいられなかった。

それがいけなかったのかもしれない。水の香りが鼻腔を掠め、川底のひやっとした空気が這い寄ってくるような気がして、私は腕をさする。

「哀れんだら、いかんよ」

手がとんっと頭に載った。上向くと、吉綱さんが眉尻を下げながら微笑んでいる。

「その優しさに縋りたい者は多いんじゃや。霊に憑かれてしまう」

縋りたい……あそこにいた少女の霊たちは、まさに縋るように私の足を掴んでいた。あのまま翠が助けにこなかったら、私は死んでいたかもしれないんだ。

「……もう、静紀がなんて言っても、ひとりにはしないから」

私の隣に、どすんっと音を立てて体育座りをするミャオ。ぴったりと横にくっついてきて、相当不安にさせてしまったらしい。

「単独行動は金輪際しない。約束する」

安心させるためにミャオの手を握れば、それ以上の力で握り返される。

「……今度置いていったら、噛みつく」

「それは痛そうだなあ。でも、承知いたしました」

ははっ、と苦笑いしたとき、「失礼いたします」とおばあさんがお茶を運んでくる。家を訪ねたときに出迎えてくれた、町内会長さんのお母様だ。確か、多江《たえ》さんと名乗っていた。お団子にまとめられた白髪や腰が曲がっているせいで、たいそう小柄に見える。おそらく、八十近いのではないかと思う。

「ご依頼してすぐにこんな事態に巻き込んでしまって、申し訳ありません。お身体の調子はいかがでしょうか？」

多江さんのあとに続くように客間に入ってきて深々と頭を下げたのは、五十代くらいの男性。彼が依頼主である町内会長さんだ。

「そんな！　お気遣いありがとうございます。おかげさまで、この通り元気です」

恐縮しきっている町内会長さんに向かって、両腕を動かして見せた。

「それはよかった……」

まだ表情こそ晴れないものの、町内会長さんの口元にはわずかに安堵の色が浮かぶ。

「町内会長さん、昔この地で水害を鎮めるために人柱を立ててたなんて話はありませんかのう」

「……なんですって……」

吉綱さんの問いに反応したのは、多江さんだった。黒目をうろうろさせて、お茶が載ったお盆を落とす。ガシャンッと湯呑みが割れ、私は「大丈夫ですか!?」と駆け寄った。

「母さん！」

町内会長さんもカタカタと身を震わせる多江さんの肩を抱く。多江さんは見ていて心配になるほど青ざめていた。

「この辺りでは有名な話です。あの川は昔からよく氾濫し、早瀬に足を取られて亡くなる子供が多かったらしいのです。それは水神《すいじん》様の祟りだと……」

「神の祟りのせいだ？　勘違いも甚だしいな」

横やりを入れた翠の周りには、近寄るものを跳ね退けるような威圧感があった。

多江さんも町内会長さんも身を縮こまらせ、びくびくと怯え戸惑っている。

『神の祟り』、彼が神であることを知らないので、うっかり出てしまった言葉なのだろうが、翠には許せなかったのだろう。

「これは神のせいじゃねえ。てめえら人間が勝手に立てた人柱が、霊となって憎しみを募らせ起こした怪奇だ」

「翠、落ち着いて」

「命懸けでこの川を守った神がいたことも忘れて、てめえらの罪を神に擦《なす》りつけるたあ、人間ってのは救いようがねえほど愚かだな」

私の声が届いていない。翠の心が人間への怒りで、いっぱいになってしまっているような気がして――。

「翠!」

怒りを爆発させている翠の腕に触れる。その瞬間、静電気のようにビリッとした痛みが指先に走った。

「いっ、た……」

「静紀! 大丈夫?」

心配してくれるミャオに「う、うん」と答えつつ、自分の指先を見つめる。

傷はできてないみたい。だけど、なんだったの? 今の……。

「翠、翠は平気だった?」

もう一度手を伸ばすと、翠が狼狽《ろうばい》したように「さわるな!」と私の手を払う。

私は突然の拒絶に、激しく動揺していた。

「翠、今日は本当に様子がおかしいよ? 大丈夫?」

「……」

なにも言わずに下を向く翠は、私よりも大きいはずなのに、とても小さく見えた。

出会ったころに比べて、翠の人間への嫌悪は薄れているような気がしていた。

だから、私はもっと歩み寄って、奉り神の仕事に苦痛を感じなくなってくれたらいい。そう思っていたけれど、翠が仲間を奪われた事実は消えない。その怒りも憎しみも悲しみもまた、永遠に傷となって心に残るのだ。

それなのに、人を理解してほしいだなんて、それこそ身勝手だった……。

後悔が先に立てばいいのに。そうしたら『心から人間を助けてよかったたって思えるようになって』……なんて、翠を追い詰めたりしなかった。

自責の念に囚われていると、吉綱さんが「大丈夫じゃ」と私の肩を軽く叩いた。

「翠様、気を鎮めてくだされ。身体に障りますぞ」

吉綱さんにやんわりと窘《たしな》められた翠は着物の胸元あたりを握り、深く息を吐いた。

気を落ち着けているのかもしれない。

「川や池、泉や井戸……水にまつわる神様を総じて水神様と呼ぶ。その水神様の祟りだと思った町民たちが人柱を？」

吉綱さんが穏やかな口調で場を取りなす。

「え、ええ……母から聞いた話では、町民たちが年若い少女の命を水神様に捧げて、水害を鎮めようとしたんだそうです」

多江さんの話に耳を傾けながら、私が見たのは水神様に捧げられた少女たちだったのだと確信する。

「私の妹も……幼い頃、川辺で行方不明になりまして……。今でも遺体は見つかっていないんです。もしかしたら……その祟りで川に引きずり込まれてしまったのかもしれないと、ずっと考えておりました」

多江さんは一度口を噤み、うっと嗚咽を漏らすと両手で顔を覆う。

「ああっ、私があのとき突き離したりしなければ、あの子は死なずに済んだのかもしれないのに……っ」

「あの子って……妹さんのこと……ですか？」

涙交じりに後悔を吐き出す多江さんに、私はためらいがちに尋ねる。

「はい……あれは私が十八歳のときのことです。あの川辺を通って、ふたつ下の妹と一緒に夏祭りに向かっていたのですが、ふたりで交代で使っていた簪《かんざし》を妹が川に落としたって言うんです」

多江さんは眉を寄せながら目を閉じて、唇を噛む。苦しい過去に思いを馳せている様子だった。

「私はつい、『見つかるまで許さないから！』なんて怒鳴ってしまった。感情的になった私はひとりで先に神社まで行って、それでも追いかけてこない妹のことが気になって川辺に戻ったんです。でも、妹の姿はどこにもありませんでした。代わりに川には妹の靴だけが浮いていて、今も行方不明なんです」

姉妹にありがちな、本当に些細な喧嘩。他人事に思えなかったのは、私もちょっとした心のすれ違いで、翠のそばを離れたからだ。

川沿いを真逆の方角に向かって歩いていった私たち。あのあと、私たちのどちらかの身になにかがあって、あれが永遠の別れになっていたとしたら。どんなにきっかけが小さくて、どちらも悪くない喧嘩だったとしても、そばにいなかったという事実だけがずっと胸にこびりついて、後悔に苛まれていただろう。今の多江さんのように。

「今さら、あんなことで怒るんじゃなかった、一緒に探してあげればよかったなんて言っても、なにもかも遅い。きっと、あの子は私を恨んでいるはずです」

そんなことない、なんて……口で慰めるのは簡単だけど、多江さんが自分を許さない限り、その心の傷は癒やせないのだ。

「妹さんが多江さんを恨んでいるかはわかりません。でも、多江さんたちはまだ子供でしたし、当然、そのときの感情に振り回される。間違いもたくさん犯します。それが悪いこととは、私には思えません」

励まそうとか、そういうつもりじゃなかった。ただ、なにか声をかけずにはいられなかっただけ。でも多江さんは「ありがとう」と言い、目に涙を浮かべ、弱々しいけれど笑う。多江さんの儚げな表情に胸が詰まった。

「これを見ていただけますか？」

多江さんが首からかけていたロケットペンダントを取り出して、カパッと開く。そこに入っていた写真に映りこんでいたのは、ひとりの少女。

「嘘……この子……」

　間違いない、川の中で『私を探して』と言った女の子と瓜《うり》二つだ！

「この子、さっき川の中で見ました！　あれは、妹さんの霊だったのかも……」

「そんな、もう六十年も前に妹は亡くなったんです。あんな冷たいところに、今もいるだなんて……」

　唇をわななと震わせ、瞬きもせず床を見つめている多江さん。強いショックを受けているのは明らかだった。やがて、多江さんは正座をして、畳に額を擦りつけた。

「どうか、妹を救ってあげてください。あの子を見つけてやってください……」

「多江さん……」

　なんとかしてあげたい。人柱にされたあの子たちも何十年、何百年とあんなに暗くて冷たい川の中にいるんだよね。どんなに怖かっただろう。したいことだってあったはずなのに、どんなに無念だっただろう。

　心が千切れそうになりながら、多江さんの肩をさすっていると——。

「今回は引け、静紀」

　振り返れば、壁際に立っている翠が思いつめたような顔をしていた。

「引けないよ、翠。私たち、多江さんたちを助けるために来たのに……」

　ギリッと歯を噛み鳴らす音がした。強く壁を殴り、暗い目で鋭く私を見据える翠に、固唾《かたず》を飲む。

「神が何度手を差し伸べようと、人間は誰かを責め、犠牲にし、憎しみを生みやがる。そのたびに穢れは生まれて、川は荒れる。堂々巡りなんだよ！」

翠が怒鳴ると空気も刺々しく張りつめた。その剣幕に、この場にいる全員が圧倒されている。

「……俺はもう二度と、バカの背中を見送ったりしねぇ。無駄死にさせるくれぇなら、川の霊どもは、まとめて俺が片づける」

依頼人を怖がらせるからと、今まで見えないようにしていたはずの刀が腰にある。その柄頭《つかがしら》に手を置き、ぐっと握りしめる翠。

「もう……二度と？　翠は前にも、誰かの背中を見送って、それっきり会えなくなってしまった誰かがいるの？」

翠の肩がびくっと跳ねた。それだけで答えは出たようなものだった。今回の依頼は、特別そのときの喪失感を思い出させるものだったのかもしれない。

そう考えていると、ビリビリッと翠の身体の輪郭を黒い稲妻が走った気がした。錯覚かとまじろがずに見つめていると、吉綱さんが「いかん！」と叫ぶ。

「翠様、神気が淀み荒れております。穢れを生み出さぬように、憎しみを、怒りを抑えてくだされ！」

「黙れ、ジジイは引っ込んでろ。俺を止めようとするやつは……容赦しねぇ」

カチャッと左手の親指で鍔《つば》を押し上げ、銀の刀身をちらつかせる翠。

「……吉綱に手を出すなら、翠だろうと本気で相手する」

ミャオが吉綱さんを背に庇うと、黒い稲妻がまた翠の身体を這うように走る。さっきのは見間違いではなかったらしい。

翠の危うさに肌が粟立つ。翠が闇に呑まれて消えてしまうかもしれない。そんな恐怖を覚えて、「翠……」と手を伸ばすけれど、パシンッと弾かれた。

「さわるな」

なにをされたのか、すぐに思考がまとまらない。手の甲だけがじんじん痛むばかりで放心していると、翠はなんの感情も映さない顔で部屋を出ていく。

踏み込むなと、明確な境界線を引かれたみたいでショックだった。

「翠、行かないで……」

足に力が入らなくなり、かくんっと膝から崩れ落ちる。吉綱さんが多江さんたちに一声かけて、少しの間、部屋に私たちだけにしてくれることになった。でも私は、翠が消えた客間の出口のほうを向いたまま固まることしかできないでいる。

「しっかりしろ、静紀」

そこへ現れたのは、静御前だった。

「静御前……！　けど、さわるなって……翠は私のこと、拒絶してた……」

「言葉のまま取るな。大事だからこそ遠ざけることもあるだろう」

……そうだ、翠は口下手で本心はほとんど見せない。自分の中だけで迷って、自分ひとりで答えを出してしまう。だから私は何度も翠の横暴な発言に騙されて、言葉の裏にある本当の意味を見過ごしてしまっていた。

翠がこの件に私を関わらせたくないのも、さっきの拒絶も、私を守りたいからだ。これまでも、翠のわかりづらくて不器用な優しさに助けられてきたのに、静御前に指摘されるまで気づきもしなかった。

「こんなんじゃ、翠の本当の妻になんてなれないよね」

胸の前でぎゅっと手を握りしめていると、静御前がぺちっと私の頬を叩く。

「お前は翠様とどうなりたいのだ」

「え……」

「特別な存在だという自覚はあったようだが、今は翠とどういう関係になることを望んでいる？」

私は翠が好きだけど、翠が私と同じ想いを抱いているとは限らないし、なにより神様と結ばれるなんてうまくいかないに決まってる。だって、生きる時間も価値観も、ふたりの違いを見つけるほうが簡単だ。

先に進んで引き返せなくなったときに後悔しても遅い。だったら、今の私たちの関係ははっきりさせないほうがいいと、すぐそこにあった答えをあえて取りに行かなかった。

でも、それももう限界だ。あの鋭い目が私を見守ってくれているように柔らかく見える。あの憎まれ口が優しく自分を気遣っているように聞こえる。私の心を翠がどんどん占領していく。同時に翠の心も私でいっぱいになればいいと願っている。どんなに認めたくなくても、先に進むのが怖くても、私は――。

深く息を吐いて、私は言葉にする勇気を必死に搔き集める。

「私、あのどうしようもなくあまのじゃくな神様が大好き。かりそめじゃなくて、翠と本当の夫婦になりたい」

「その言葉が聞けてよかったわい」

肩の荷を下ろすような、そんな表情を吉綱さんは浮かべた。

「神様はもとより、清浄で穢れがない存在じゃ。だがのう、翠様は憎しみで心が病み、ずっと穢れに身を蝕《むしば》まれてきたんじゃ」

「それは仲間が人間の信仰を失って、死んでしまったから……ですよね？」

「わしも詳しい事情までは知らないんじゃが、大まかに言えばそうじゃ。そして、今回の婚姻には神社の再建の他にもうひとつ、神堕ちしかけている翠様の穢れを癒やす目的もあったんじゃ」

神堕ちしかけている……？　そっか、だから太一くんの生霊に噛まれて穢れが体内に入ってしまったときも、あんなに弱ってたんだ。

「そのためには巫女の神力だけでなく、翠様の憎しみが薄れるほどの愛を与えることができる女性が必要じゃった。そこで神力も申し分なく、愛に生きた静御前様の生まれ変わりなら適任じゃろうと、静紀さんが選ばれた」

「私と翠の婚姻に、そんな事情があったんですね……」

「話さずにいて申し訳なかったのう。できれば翠様と静紀さんには、先入観なく、お互いの仲を深めていってほしかったんじゃ。いきなり婚姻させておいて、説得力がないかもしれんが、自然と恋が始まればよいとな」

それなら吉綱さんの作戦勝ちだ。目論見通り、私は翠に恋したのだから。

「さっきの黒い稲妻は翠様の穢れじゃ。ああして目視できるまでになっているとなると、神堕ちの予兆《よちょう》かもしれん」

「……万が一、翠が神堕ちしたとして、婚姻してる静紀は大丈夫なの？」

私の身を案じてくれるミャオに、吉綱さんは「それは大丈夫じゃ」と頷く。

「婚姻で静紀さんまで穢れの影響を受けて、命を落としたりするようなことにはならんよ」

それを聞いて「よかった……」と安心するミャオの優しさが胸に染みる。

「静紀さん、今の翠様は危険じゃ。正気を失って、見境なしに敵意を向けてくるやもしれん。それでも、翠様のもとに行ってくれるかのう？」

命懸けになるかもしれなくても、怖いのはなにより翠を失うことだ。

『恋をするなら、その命さえ懸けてもいいと思える男にすることだ』

前に静御前がくれた助言が蘇ってくる。

「当然です。翠のためなら、この命も懸けていいと思える」

私の答えを聞いた静御前が、上出来だと言わんばかりに不敵に微笑んだ。

「妻の務めを果たしてこい」

「はい！」

強く頷くと、ミャオに袖を引っ張られた。

「……僕が連れていく。そのほうが早い」

あの大きな猫の姿になれば、川までひとっ飛びだろう。

「ミャオ……ありがとう。心強いよ」

「……うん」

ミャオは少しだけ切なそうに笑い、吉綱さんたちに向き直る。

「……ひとまず先に、僕たちが翠を止めてくる。吉綱はこの家の人間たちに説明とか、よろしく」

　急にみんなで家から消えたら、多江さんたちに心配をかけてしまうから、だよね。

　ついこの間まで、ミャオの世界には吉綱さんと太一くんしかいなかった。そこに私や翠、静御前も入れてもらえるようになって、今は依頼主にも気を配りながら、この場を仕切っている。ミャオが頼もしい。

「わしもすぐにあとを追いかけるからのう、気をつけるんじゃよ」

　吉綱さんたちに見送られて、私はミャオと客間を飛び出し、広い中庭にやってきた。

「……一緒にあの暴走神《ぼうそうしん》、引っ叩きにいこう」

　ミャオが手を差し出してくる。

「ふふっ、ほんと暴走神だね。うん、一発食らわせてやろう」

　目の前の手を握ると、ミャオはぼふっと青白い炎を纏い、巨大な化け猫になった。

　その背に乗ると、ミャオは天を駆ける。

「……翠の気配、あの川のほうからする」

　疾風のごとく飛ぶミャオの毛にしっかりしがみつき、振り落とされないようにしながら、ゴワゴワとうるさい風音に負けないよう声を張る。

「翠がここまで追い詰められたのは、なにか理由があると思うの！　だって、私が危険な目に遭うなんてこと、これまでもたくさんあったでしょう?」

「……これまでだって人間のために働いてきたくせに、この依頼だけはやたら否定的だったしね」

ミャオも同じように感じてたんだ。

翠は出会ったときから人間への不信感が強かった。それがいっそう露になった今回の依頼は、翠が人間を毛嫌いする原因に深く関係しているはずだ。

「……あれ見て」

ミャオの目線の先には、川のほとりに立つ翠の姿があり、抜き身の刀を地面に突き刺していた。

「龍神、翠の名において、地門を開錠する」

翠が刀を鍵のようにガチャンッと回すと、その足元に渦が起こり、大きな穴が現れる。中は稲妻が走り、紫色の靄に覆われて薄暗い。

「常世の入り口をひとりで開いた⁉」

私の舞がないと、神力が足りなくて開けないんじゃなかった？

「……本来はひとりで開けるんだよ。でも、かなりの神力を消耗するから、神力が尽きかけてる翠があんなふうに無茶して門を開いたりしたら、神堕ちする。そうならないように、静紀の力を借りなきゃいけなかったんだ」

「じゃあ、今はかなり危険な状態ってこと？」

「……うん。翠は川の霊を片付けるって言ってたよね。たぶん、まとめて常世に送ろうとしてるんだと思う。でも、あやかしならともかく、霊は成仏すれば天に還って転生できる機会が与えられるんだって吉綱が言ってた。その機会を奪ったりしたら、神あるまじき行為をしたとして、翠の神気はますます穢れる」

「そんなっ、これ以上、神気が穢れたら……」

……翠は神堕ちする？

もう、大切な人の背中を見送りたくない。その翠の気持ちはうれしい。だけど、そんなふうに守られてもうれしくないんだよ、翠——。

「翠を止めないと」

止めて、翠が自分を犠牲にしようとしたことを叱ってやるんだ。

「……掴まってて」

ミャオが翠に向かって勢いよく下降し、くわっと大口を開ける。そのまま噛みつこうとするミャオを興味なさげに一瞥した翠は、こちらに手を翳してきた。

ドクンッと鼓動に似た音が鳴り、放たれた透明な波動に私たちは吹き飛ばされる。

「きゃあああっ」

ミャオの上から転がり落ちて、肘や背中を地面に打ちつける。一瞬、衝撃で息ができなかった。私は鈍く痛む身体をゆっくりと起こす。するとミャオが私の前に立った。

「……それはこっちの台詞。静紀は人間、すぐに死ぬだろ」

「私は大丈夫。それより……」

問題は翠だ。私たちに手を上げた彼の瞳には、光がない。感情をどこかに捨ててきてしまったような、虚ろな面差しが胸をざわつかせる。

「翠、私たちのことがわかってないの？」

「……翠の神気が穢れてきてる。あやかしの妖気に近い。このままじゃ……手遅れになる」

「そんなっ……どうしたら……」

不安がってる場合じゃないのに……。考えなきゃ、翠のために私ができること！

焦る心を静めて思考を研ぎ澄ましていると、ふと常世の入り口から昇る黒い霧が、翠の身体に吸い込まれていくのに気づく。

「ミャオ、あれって穢れだよね？」

「……うん、常世は妖気……あやかしが好む穢れに満ちてる。翠は自分で開いた常世の入り口から、さらに穢れを吸って正気を保てなくなってるんだよ。だから、あの常世の入り口を閉じないと」

今にも足元の奈落へと飲み込まれてしまいそうな翠を歯がゆい思いで見つめる。

「そうは言っても、あの門は翠にしか閉じられないよ。それに、翠はもともと神堕ちしかけてた。入り口を閉じても、また同じことの繰り返しにならない？」

「翠が神堕ちしそうになってるのは、憎しみのせいだよね？　なら、僕が翠の相手をして時間を稼ぐ。だから静紀は翠の憎しみを癒やして」

翠は自分に歯向かってくる相手以外に関心がないのか、微動だにせず常世の入り口を見下ろしている。ミヤオは彼の動向を気にしつつ、「早く」と私を促した。

「癒やしてって……」

「……静紀には、僕と太一を救ってくれた舞があるでしょ。全力で力になろうとしてくれて、全力で誰かの悩みに寄り添ってくれる静紀になら、あの気位が高い翠も救われてやってもいいかって思うはず」

「救われてやってもいいかって……はは、翠なら言いそう」

口下手なミヤオが私を鼓舞してくれている。

「私、やるよ」

胸に手を当てれば、ぬくもりと光がぽわっと灯った。

「私、巫女になれてよかった。だって、好きな人たちの力になれるんだから――」

胸からすうっと出てきた刀を引き抜くと同時に、巫女服は白地で水色の龍が刺繍された小忌衣《おみごろも》と緋色の差袴《さしこ》に変わる。頭の天冠は菊ではなく龍の飾りがついていたが、これは龍宮神社の正式な舞装束だ。

私の手元に現れたのは剣と静御前の扇。舞うなら龍神の舞だと、私がそう思ったから、神様たちが応えてくれたのかもしれない。

「世の平和とか、そんな大それたもののためじゃなくて、翠。あなたのためだけに舞うから」

気持ちを固めれば、どこからか鳴り出す雅楽の音色。

私たちが動きを見せたからか、翠がゆらりとこちらを向いた。その顔や腕、首筋には穢れの影響か黒い染みができている。

翠が引きずった刀の先をゆっくりと上げ、狙いを私たちに定めた。

ゴロゴロと空が唸り出し、澄み渡る青が雲に覆われる。ぽたぽたと雨が降り出し、川も流れが早く、波立ち、荒れ始めた。

大丈夫、ミャオが時間を稼いでくれる。

剥き出しの敵意に強張る身体を、仲間の背中を見て解す。

「――天地の〜、長き平和を〜、祈り舞う」

刀を振り上げながら翠が襲いかかってくるのと、迎え撃つべくミャオが地面を蹴ったのは同時。やめて！と叫びたくてたまらなくなる心は、すべて舞に込める。

天の海原を駆けるように、私は両腕を伸ばしながらくるりと回って身体を翻す。ただ翠だけを想って、扇で空をなぞった。そのとき、扇が蛍のように淡く発光して、光をこぼし始める。落ちていくその光の粒は、桜の花びらとなって翠を包み込んだ。

これ、前にも……そうだ、翠のために舞殿で舞ったときにも同じことがあった。

「これは……見事な薄紅色だ。静紀の恋心で空気が温かい」

静御前が土手の上から、私たちを見下ろしている。静御前のそばには追いついてきた吉綱さんや町内会長さん、多江さんの姿もあった。

「静紀、お前は私のように戻らない愛しき日々を抱いて、遠くに旅立った夫を想い、寂しく降る紅葉のように舞うのは似合わない。お前は私だが、私の過去ではない。私の未来だ。未来の私は愛しき男を見送ったりなどはしない。どこまでも、風に乗って追いかけていく桜だ」

そうですね、師匠――。

今の私は龍だけど、頭上にあるような灰色の海を泳ぐには華やかさが足りない。愛しき夫を迎えにいくならば、桜のひとつやふたつ携えていこう。美しくなった私を見て、あなたが目を覚ましてくれるように。

「――息吹の笛に～、身をゆだねて～」

桜の花びらが翠の頬にくっつくと、肌の黒い染みがすうっと消えていく。

私の舞が届いてる。それにほっと息をもらしたとき、翠が「があああっ」と咆哮して、飛び上がった。そして対峙していたミャオの背中を蹴り、私に向かって刀を振り下ろす。

「しまっ――」

青ざめながら振り返るミャオ。

「斬ってはならん、翠様！」

空気が張り裂けるような吉綱さんの悲鳴が遠くで聞こえる。私がただただ迫りくる白刃の光に目を見張ることしかできないでいると、ふと誰かの息遣いが耳元でした。

『私の友人を助けておくれ』

この声、川に引きずり込まれたときにも……。『大丈夫、会えるよ』と私を安心させてくれた声だ。聞こえた直後に光が私を包み込んで、人柱の霊から守ってくれた。

あなたは、誰なの？

それを問う間もなく、急に視界が泡沫の波に覆われた。私の身体は水中に漂うかのように浮き沈みを繰り返す。

そして、ぶくぶくと音を立てていた泡がパンッと弾けると、やっと目の前が晴れた。

ただ、そこは私のいた川辺ではなく――。

「嘘……私、なんで空にいるの!?」

しかも雲が真下にあり、地上も見えないほど高い。空も私の知っているものとは、かなりかけ離れていた。あちこちにいくつも大きな水泡が浮いていて、海みたいだ。なにより驚愕したのは、私の眼前にそびえ立っている五重の屋根を持つ楼閣。楼閣の壁や屋根からは海藻らしき植物が生えていて、ふよふよと揺れている。

「ここ……天国？　私、翠に斬られて死んじゃった……とか？」

『混乱しているところすまないね、あなたは死んではいないよ』

「うわあっ」

背後から声がして振り返れば、「やあ」と片手を上げて微笑む美しい男性。凛々しいというよりは女性らしい顔立ちで、しなやかさがある。

薄い桃色の長髪は艶があり、触れたらきっとさらさらに違いない。

彼の着ている白の羽織や中の浅葱《あさぎ》色の着物が淡い色合いのせいか、はたまた肌の白さのせいか、どこか儚げな印象を受けた。着物の合わせ目から胸板が見えなければ、『失礼ですが男性ですか？』と確認していたところだ。

「えっと……どちら様で……というか、ここはどこでしょうか！」

『落ち着いて、ここは龍宮《りゅうぐう》。龍神の住んでいるところなんだ』

すうっと私のほうへ近づいてきて、肩に手を載せてくる。

『そして私は楊泉。翠と同じ、龍神さ』

「楊泉さん!?　あなたが翠が言ってた、バカがつくほど人間好きな神様……」

『ふっ、翠が言いそうだ』

「あっ、ごめんなさい！　バカなんて言って……」

楊泉さんって男性だったんだ。私よりも翠のことを理解してあげられるんだろうな、とか嫉妬してた自分が恥ずかしい。

『いいんだよ。久々に翠の話ができて、私もうれしいからね』

花がひっそりと咲くように唇をほころばす楊泉さん。あの翠が優しい顔をして楊泉さんのことを話す理由がわかる気がする。

「楊泉さん……あの、私、翠を助けないといけないんです。だから早く元の場所に帰していただけると、うれしいんですが……」

『わかっているよ。でもそのために、あなたに見てほしいものがあるんだ』

翠を思ってのことだと、彼の薄紅色の瞳が切実に訴えかけてくる。

信じてみよう、翠を助けられるのなら、どんな可能性も試してみたい。

「あの、見せたいものって？」

『こちらに』

私の手を取って、宙を飛びながら楼閣に向かっていく楊泉さん。最上階の外に張り出した、手すりつきの露台を見下ろすと、そこには——。

『楊泉、付き合えよ』

露台に片膝を立てて座り、空を仰ぐ翠がいた。持ち上げた徳利を軽く振り、後ろにいる誰かを振り返っている。

『仕事をサボってなにをしているかと思えば、やっぱりここにいたんだね』

建物の中から出てきたのは、私の隣にいるはずの楊泉さんだった。

「よ、楊泉さん、これはどういう……」

横を見れば、楊泉さんは哀愁の影を含んだ笑みを浮かべる。

聞いちゃいけないことだった？　なんとなく気まずくてオロオロしていると、楊泉さんは懐かしむような眼差しを翠たちに向けた。

『あれは……私の記憶の断片。過去の産物なんだ』

「楊泉さ――」

なにか言わなくちゃと名前を呼びかけたとき、翠が『サボってねぇ』と私の声を遮った。

『俺は仕事を選んでるだけだ。本当に神の救いが必要な人間には、手を差し伸べてやってるだろ』

『相変わらず厳しいね、翠は』

過去の楊泉さんが翠の隣に腰を落とした。自分のおちょこにお酒を注ぐと、翠のおちょこにコツンッと当ててからひと口飲む。

『てめえが優しすぎんだよ、楊泉。なんでもかんでも願いを叶えてやってたら、人間は神に頼りきりになる。自分の力で問題を解決しようとしなくなんだよ。人間がダメになんぞ』

『正論すぎて耳が痛いよ。ただね、私たちは巫女からの呼びかけで、地上で起こっている悲劇を知るだろう？　でも最近は力ある巫女が減ってきた』

『時代と共に信仰心も薄れて、地上の奉り神どもも天界に帰ってきちまってるしな』

そういえば、龍宮神社も長らく奉り神と巫女がいなかったと吉綱さんが話していた。

「あの、楊泉さん。どうして力のある巫女は減ってしまったんでしょうか？」

『巫女や白拍子、そして神主は自分が仕える神社の神のそばで育ち、神気をその魂や血肉に宿すんだ。だから地上から神がいなくなると、おのずと力ある舞い手や神主は生まれなくなる』

楊泉さんが丁寧に教えてくれるけれど、その定義に当てはまらない私はなぜ巫女になれたのだろう。

『静紀さんは、静御前さんの生まれ変わりだからだよ。彼女は天界でも有名でね、歴代の舞い手の中でいちばんと言っていいほど舞が美しい。その身に宿す神気も限りなく神に近く澄んでいた』

顔に出ていたらしい疑問に楊泉さんが答えをくれた。

すごいな、師匠。都一の白拍子という肩書きだけじゃ収まらない。天界にも認められる舞い手だったなんて、弟子として誇らしい。

『彼女は愛する人を殺され、底知れない憎しみを胸に秘めていた。だから転生するはずの魂の欠片が地上に残ってしまったんだ』

「あ……それって、義経様のこと……ですよね」

『ああ、そうだよ。でも、死して何百年と地上に残っていた彼女は、憎しみを持ち続けながらもあやかしにはならず、それどころか白拍子としての力すら失っていない。そんな彼女の生まれ変わりが……きみなんだ』

憎しみも悲しみも消えるものじゃないけれど、もしそれを癒やすことができるとしたら、新たな希望や愛を見つけて、幸せになることなのだ。だから静御前は……。

「きっかけは憎しみだったけど、地上に残ったのは、もうひとりの自分である私に、愛する人と結ばれる幸せな未来を託したかったからなんだと思います」

静御前が地上に残った真意が、今なら少しだけ推し量れる気がする。

「その願いを今度こそ叶えるために、運命を自分で切り開けるように、師匠は私に舞を教えてくれたんです。だから私は、師匠が伝授してくれたこの舞で翠を守ります」

私の幸せは、彼のそばにあるから。

私の決意を聞き届けた楊泉さんは、眩しそうに目を細め、深い喜びを湛《たた》えた表情をしている。

『静紀さんの言葉に耳を傾けていると、希望をもらっているような気持ちになるね』

「え？　そう……ですか？」

『うん。静御前さんの生まれ変わりだとかは関係なく、静紀さんだからこそ翠を救ってあげられる。そう思わせてくれる』

楊泉さんは掴んでいる私の手を両手で包んだ。

『どうか、この手で翠を深い闇の底から掬い上げておくれ』

楊泉さんにとっても、翠は大事な存在なんだ。

改めて自分に託されたものの重みを感じていると……。

『神とは無力だね』

過去の楊泉さんがおちょこの中で揺れる酒に視線を落とす。

『奉り神は地上の社に留まり、巫女や神主に力を与え、あるいはその土地を守る。人間に信仰されることで存在し続けられるけど、逆を言えば忘れられたり信仰されなくなれば生きられないから、好き好んでなる神はいない』

『俺も御免だ、そんな損な役回り』

『だけど、神楽で私たちに恩恵を求めることもできなくなったら、人はどうなる？　たぶん今も、世界のどこかで誰かが悲鳴をあげているんじゃないかな』

楊泉さんはおちょこの中の透明なお酒ではなく、そのもっともっと下にある地上を見つめているように思えた。

『だからてめえは、ちょくちょく地上に降りてるってわけか』

翠はゴロンッと寝っ転がると、呆れ交じりの目を楊泉さんに向ける。

『白拍子がいなくなり、巫女も減った今、いつ届くかもわからない舞を待っていたら、か弱い人は滅んでしまうから。直接この目で確かめて、必要なら手を貸したいんだ』

『人間はそこまで弱くねえだろ。さっきも言ったが、与えすぎれば人は成長しなくなる。苦境に立たされて初めて、人間は生きるための知恵を絞んだよ』

『うん、わかってる。でも、目の前で誰かが死にかけているのを見たり、貧困や災害にあえぐ人たちを目の当たりにしたら、放ってはおけないんだ』

楊泉さんは困っている人には無条件で手を差し伸べようとするけれど、翠は人間の力を信じて見守り、成長を促すべきだと言う。どちらも正しくて、お互いに譲れない部分だからこそ、ふたりの会話は平行線なんだ。

『情が移るなら、あんまし頻繁に地上に降りりんじゃねえ』

『心配かけてすまないね、翠』

『してねえよ、んなもん』

翠はふんっと鼻を鳴らし、目を閉じる。楊泉さんは翠の顔を覗き込み、『嘘だー』

とその頬を指で突いた。なんたる勇者。

明るい陽射しが差し込む、穏やかな日常の一コマ。その光景を眺めながら、朗らかな気持ちになっていたときだった。背後から湿った雨の匂いがして、私は後ろを向く。

「えっ……今度はなに？」

青空も楼閣も消え、気づけば降りしきる雨の中に私はいた。宙に浮いている私の眼下には、泥で濁った川がある。そのそばに建つ古ぼけた社を、着物姿の町民たちが囲んでいた。

「待って、あの川って……」

茅葺《かやぶ》き屋根の平屋と森に囲まれたそこは、今とは景色がすっかり変わってしまっているけれど、さっきまで私がいた川なんじゃ……？

『毎日毎日、供え物をしてもお参りをしても、川はちっともおとなしくならないじゃないか』

『村の人間が何人死んだか……。水神様の社なんて名ばかりだ。ご利益がないなら、いっそ壊してしまおう』

桑や斧《おの》を振り上げ、社を破壊し始める町民たち。

「あっ、社が！」

前に出かけた私の腕を楊泉さんが引く。私を止めた楊泉さんは、物悲しげに微笑んで首を横に振った。

『ありがとう、でもこれはとうの昔に通り過ぎた過去なんだ』

「でもっ、あの社には神様がっ、楊泉さんの仲間がいるんですよね？　なのに見ていることしかできないなんて……」

斧を突き立てられ、割れ裂けていく外装を目にしたら悔しさが胸を満たしていく。

『――あそこにいるのは……私だよ』

「えっ……」

信じられない気持ちで楊泉さんを振り返る。

楊泉さんは社を壊す人間たちを恨むでもなく、ただただ悲しそうに眺めていた。

『この川は土地柄、よく荒れてね。死人が相次いでいたせいで、人間たちは川を鎮めるために人柱を立てるようになったんだ』

まるで昔話を聞かせるような穏やかな語り口が、余計に胸を締めつける。

楊泉さんはどうなってしまったのだろう、今私と話している楊泉さんはなんなのだろう。嫌な予感に、じわじわと心が追い詰められていくようだった。

『私は……無駄に奪われていく命を見過ごせなくて、翠には止められたけど、押し切ってこの川の奉り神になった』

楊泉さんが話している間にも、地上ではバコッ、バキッと痛々しい音が鳴り響き、ついには〝社だった〟箱が泥だらけの地面に転がる。

『やめておくれ、私はただあなた方を助けたかっただけなんだ』

すうっと社から出てきた過去の楊泉さんは、頭を抱えながら蹲っていた。

『この役立たずが！』

男の斧が木屑《きくず》の中に埋もれている短剣に向かって振り落とされる。

『待って、それは私の御神体《ごしんたい》だ。それを壊せば、私はあなた方を助けられなく——あああああっ』

楊泉さんの悲痛な叫びは誰の耳にも届かない。

斧によって御神体である短剣にはヒビが入り、楊泉さんの身体が透けた。

再び男が御神体を貫く勢いで斧を振るったとき——。

『楊泉！』

天から稲妻が落ち、町民たちを吹き飛ばした。

『てめえら……誰のせいで楊泉の力が弱まったと思ってやがる。人間のために奉り神になった楊泉に、何百年も救われておきながら……この仕打ちか！』

楊泉さんを庇うように立った翠が、怒りに全身を震わせながら町民たちを睨みつけていた。翠の感情が荒ぶるのに合わせて、空気が静電気のようにピリピリする。

町民たちは翠の姿こそ目視できないものの、先ほど落ちてきた稲妻で不穏な気配を感じ取ったのだろう。口々に『た、祟りだ』『おそろしや』と言い、逃げていく。

あとを追おうと、翠が一歩踏み出せば――。

『人間に手を上げては……いけないよ』

止めたのは楊泉さんだった。翠は町民たちが逃げていったほうを悔しげに睨みつけ、苛立たしげに舌打ちすると、楊泉さんのそばに行く。

『ここまでされて、てめぇはまだ人間の肩を持つのか？　いい加減、目を覚ませ』

翠はぐったりと地面に横たわる楊泉さんの背に手を差し込み、上半身を起こした。

『あいつらは神を便利屋かなにかと勘違いしてやがんだ。神の庇護を受けるだけ受けておきながら、思い通りの働きを見せなければ、これまでの恩も忘れてお払い箱。地上に巣くう、うじ虫だ』

『滅多なことを言うもんじゃないよ、翠。人は弱いから、誰かを責めずにいられない、誰かを頼らずにはいられない。でも、翠も言っていただろう？　人は強いって。こんなふうに環境に振り回されても、それでも……必死に生きようとしてる』

痛みに顔を歪めながらも笑う楊泉さんを見て、翠は眉を寄せると静かに目を瞑った。

楊泉さんの肩を強く抱き、俯く。

『てめぇは……救いようのねぇ阿呆だ』

わかってしまう、今のは大事な人に向けた阿呆だ。言い方はあれだけど、今回ばかりは翠と同意見だ。私は隣で過去の自分を見ている楊泉さんに目をやる。視線に気づいた楊泉さんは、肩をすくめた。

『なんでそこまでして、人間を助けるのかって聞きたそうだね』

「はい……だって、あんなに心を尽くしてきたのに、裏切られて、傷つけられて……人間を見放したっておかしくない。それなのに、どうしてそこまでして人間を？」

捨て身にも思える彼の優しさは、あまりにも純粋すぎる。なにが楊泉さんを突き動かしているのだろう。

『私は人間が好きなんだ。人は過ちを犯しても、やり直そうとする強さがある。大事な人や住処を失っても、また一から居場所を築こうとする。命が尽きるそのときまで、自分よりも家族の幸せを願う』

楊泉さんは両手を胸に当て、思わず目を奪われてしまいそうなほど、優しくて美しい微笑みを浮かべた。

『健気で、いじらしい。何百年、何千年と見守ってきたから、我が子のように愛おしい。どんなに傷つけられようとも、この思いは変わらないんだ』

楊泉さんは『ただ……』と続け、翠に視線を落とす。翠はボロボロになった過去の楊泉さんを抱きしめながら、肩を震わせていた。

『奉り神なんざさっさと辞めて、もう天界に戻れ、楊泉』

『ごめん、翠……それはできない。この川を見てごらんよ、今にも氾濫せんと水嵩《みずかさ》を増している。私がここを離れれば、多くの命が川底に沈むことになる』

『てめえは他人のことばかりで、自分の命をないがしろにしやがる。人間が信仰心を忘れないための礼拝の対象――御神体は神の半身だ。それが傷つけられれば、神だろうがただじゃ済まねえんだぞ』

悔しげにギリッと奥歯を鳴らし、翠はヒビが入った短剣を拾う。

『御神体だけじゃねえ、人間はもう川を守る神なんざ信じてねえんだ。このまま奉り神でい続ければ、てめえは消滅する。わかってんのか』

『わかっているよ。だけどね、私は決めたんだ。この魂が消えるそのときまで、できる限りここで川を鎮めるって』

『チッ、なんでだよ！　てめえが命を懸けるほどの価値が、あの人間どもにあるってのか？　俺とこの先、生きることよりも大事なことなのか!?』

必死に友を救おうとする翠に、胸が潰れそうになる。

楊泉さんだって、翠を悲しませるのは本意ではないのだろう。泣き出しそうな翠の顔に手を伸ばし、その頬に触れる。

『私が自分のしたいことを貫こうとするせいで、唯一無二の友を悲しませてしまった。けど、わかっておくれ。私は人間を愛してしまったから、最期まで守りたいんだ』

雫がひとつ、翠の頬に触れていた楊泉さんの手の甲を伝う。それは雨ではなく、きっと……。

声もなく泣いている翠。私の目からも同じように涙が流れたとき、空がさらに暗くなった。猛り狂う風雨《ふうう》が襲ってきて、気づけば川辺にいたはずのふたりの姿が消えていた。代わりに大きな石を運ぶ、町民たちの姿がある。

「あれは……まさか、石で川の水が氾濫しないように堰《せ》き止めようとしてるの？」

だけど大量の雨が次から次へと降っている。堤防ができる前に川の水が溢れるだろう。早く逃げないと、川の近くで作業をしている人たちがみんな飲み込まれてしまう。

『これは私が消滅したあとの出来事』

「楊泉さんが……消滅……」

じゃあ、私の隣にいる楊泉さんは？　翠が月を眺めて、挨拶代わりだと言ってお酒を飲んでいたのは……。

『弔い』という言葉が胸に落ちてくる。ぽろりとこぼれた涙を、『優しい子だね』と楊泉さんの指が拭っていった。

『ほれ見ろ、楊泉。てめえを殺した人間どもが死にかけてやがる。滑稽だとは思わねえか』

生きるために石の堤防を作るべく奮闘している人間たちを、翠は宙空から侮蔑の目で見物している。

町民たちは石を運んでも運んでも、積んでも積んでも氾濫を食い止められないと悟ったのだろう。『ああ、もうダメだ。逃げよう』『助けてくれーっ』『このままじゃ町が沈むぞ』と絶望に打ちひしがれながら、その場に座り込む。

『報いだ……てめえらが犠牲にした神に死んで詫びるんだな』

そう言って手を貸さずに傍観していた翠だったが、その表情は町民たちの絶望の声が増えるにつれ、苦しげに歪んでいき――。

『愛してしまった……か。てめえのぬるい考えは、俺の頭までバカにしたらしい』

刀を抜き、天を突くように構えた翠。その身体は輝き、髪と羽織がふわりと浮く。

『人間のためじゃねえ。楊泉が命懸けで守ったやつらをみすみす死なせるのは、寝覚めが悪いからだ』

翠の刀から勢いよく光が放たれ、天に刺さった。雲に開いた穴から青空が顔を出すと、日の光が差し込む。翠を中心にして雲が掃けていったおかげで嵐が去り、町民たちは『神様が起こしてくださった奇跡だ』と晴れ渡る空を仰いで目を湿らせていた。

『……楊泉、俺にはやっぱり理解できねえ。こうして人間を救ってみても、俺はてめえを奪った人間を愛しいなんざ思えねえんだよ』

酒を酌み交わした友の面影でも探しているのだろうか。穏やかに流れる川を見つめている翠は、虚ろな心を表すような仄暗《ほのぐら》い瞳をしていた。

『これが、翠の心の闇』

視界が突然、黒一色に染まった。唯一、目の前に浮かぶ楊泉さんだけが白く輝いている。

『翠は厳しいけれど、どの神よりも人間の強さを信じていた。本当に必要なときは手を差し伸べていたんだ。でも……私が消滅したことで人間を信じられなくなってしまった』

楊泉さんは悲しいはずなのに、伏し目がちに微笑している。涙は流れていないけど、でも、私には泣いているように思えて……。

「楊泉さんと翠は、本当にお互いを大事に思ってるんですね」

私は楊泉さんの手をそっと取った。

『静紀さん……？』

「楊泉さんが自分を責めてるって知ったら、翠はこうして友達を励ましたいって思うはずなので……僭越《せんえつ》ながら私が」

楊泉さんは呆気にとられている様子だったが、すぐにふっと吹き出して笑った。その頬にはいくつも涙が伝う。

『あなたのこういうところに、翠も救われているんだね』

「楊泉さん……そうだと、うれしいです」

楊泉さんの涙を、私は着物の袖で拭う。悲しいのに笑って、ほっとけない神様だな。

『あなたは神様もあやかしも人も、等しく助けようとする。救うことはあっても、救われることはほとんどない神を守るべきものだと、そう思ってくれている』

楊泉さんは感慨深げに私を見つめ、今度は悲しそうでも、切なそうでもなく、心の底から顔をほころばせて笑う。

『翠にあなたのような人がいてくれて、よかった』

「……！　私も、これからも叶うことなら、翠のそばにいたいです」

かりそめ夫婦の期間が終わっても、翠のそばにいたい。

『静紀さん、私の御神体を覚えているかな？』

「え？　短剣……でしたよね」

急に話題が変わったことに戸惑いつつも、私は返事をする。

『そう、私の半身である、あの短剣。町民たちが川に投げ込んでしまってね。私は消滅したけれど、残していく友が気がかりで、死んでも死にきれなかったんだろうね。御神体は砕けずに川底に沈んでいたんだ』

「川に……あの、私が川に引きずり込まれたとき、霊から助けてくれたのって、ひょっとして楊泉さんですか？」

私に『大丈夫、会えるよ』と言ってくれたのは、たぶん……いや絶対に楊泉さんだ。楊泉さんも、そうだと言うように頷く。

『あなたの神力が、御神体にわずかに残っていた私の魂の欠片を呼び覚ましたんだ』

また、魂の欠片……。静御前も楊泉さんも、力がある人は……ううん、強い心残りがある人はどんな形でもそこに在ろうとするのかもしれない。

『でも、私がこうして姿を現せるのはこれが最期』

楊泉さんの姿が透けて、私は慌てて「楊泉さん、身体が！」と声をあげる。その身体に手を伸ばすも、煙のように実体が揺らぐだけで、指は空気を掻くだけだった。

「なんでっ、さっきはちゃんとさわれたのに！　最期だなんて……っ、どうして翠じゃなくて、私の前に姿を現したんですか！」

『大事な友を託せると、そう思ったから。だからどうか、翠のことを頼んだよ――』

楊泉さんは私に短剣を差し出した。それを受け取ると、世界が真っ白な光に塗り潰されていく。

三

「しっかりしないか！」

静御前の叱責に、はっと我に返る。終わりのない暗闇も眩い光もそこにはない。私はいつの間にか、もといた川辺に立っていた。

「ようやく意識がはっきりしたようだな」

私の両肩を掴んでいた静御前が、表情を緩める。

「静御前、私……」

「突然現れた水泡がお前を包み、翠様の刀を受け止めたのだ。だが、お前は虚ろな目をして動かなくなってな。心配したぞ」

「それは楊泉さんが……って、そうだ！　楊泉さんは？」

楊泉さんの姿を探すも、どこにも見当たらない。

本当にあれが最期だったんだ……。

グッと剣の持ち手を握りしめたとき、違和感に気づく。

「なんか軽い――って、これ！」

最初に私が使っていた剣はどこへ行ったのか、手の中には楊泉さんから託された短剣が収まっていた。

ふと楊泉さんの言葉が脳内に響く。

『大事な友を託せると、そう思ったから。だからどうか、翠のことを頼んだよ――』

そうだ、私は頼まれたんだ。楊泉さんのためにも、私が翠を元に戻さないと。

視線を翠に向ければ、その足元にある常世の入り口から、ムカデの身体を持つ老爺《ろうや》や巨大なおかめ顔のあやかしが髪をなびかせながら次々と飛び出してくる。

「あ、あれ……全部あやかし!?」

「今は吉綱とミャオが時間を稼いでいるが、現世にあやかしが溢れ返るのは時間の問題だ。その前に翠には地門を閉じてもらわないとならん」

静御前の視線の先には、あやかしをこの周辺から出さないように祝詞を唱えて食い止めている吉綱さんと、吉綱さんを守るようにあやかしの喉に噛みつくミャオがいる。

「静御前、私……どうしてもあの人のところに行きたいんです」

楊泉さんが愛した人間だから……。裏切られて信じられなくなっても、人間を見捨てないでいてくれた翠を抱きしめてあげたい。

神様が人間を愛してくれるように、人間である私が神様の翠を愛したっていいよね。

「仕方ない、他ならぬ弟子の頼みだ。礼は……そうだな、龍神祭の舞で私を感動させてくれさえすればいい」

「師匠……はいっ、約束します！」

師匠に認めてもらえるような舞を見せられるようになることも、龍神祭の目標のひとつだったので、もとよりそのつもりだ。

「——吉野山～」

鈴の音のように透き通る静御前の歌声が響くと、空気が一気に切なさで満ちた。静御前の持つ扇からは紅葉がハラハラとこぼれ舞う。

「――峰の白雪～、踏みわけて～、入りにし人の跡ぞ恋しき～」

翠は片手で顔を覆い、「うぐっ」とうめき出した。

師匠の舞が穢れを祓ってるんだ。すごい、私も負けていられない。

そう思ったとき、ザバーンッと川からいくつも手が飛び出してくる。それは迷わず翠の身体を絡めとり、水の中へと引きずり込んだ。

「翠！」

一心不乱に彼のもとに走り、迷わず川に飛び込んだ。死に物狂いで水を掻いて、沈んでいく翠に近づこうとする。

『許サヌ……貴様ラダケ助カルナド、許サヌ』

翠を連れていこうとしていたのは、人柱になった少女たちだ。顔も白装束から覗く手足も、肌がふやけてところどころ骨が見えている。

最初に見たときは普通の女の子の姿だったのに、あやかしになりかけているの？

――翠！

両腕を伸ばして、その身体を抱きしめる。少女たちの異様に長くなった手が、私と翠をあの世に誘わんと、身体に巻きついてきた。

翠を連れていかないで……！

抱きしめる腕に力を込めたとき、川に飛び込んだ拍子に手放してしまったらしい楊泉さんの短剣がゆっくりと下りてきた。

それは暗い水底を隅々まで照らすように光り、少女たちの手を弾きながら私と翠を包み込む。戒めが解けてひと息つくと、水の中なのに呼吸ができることに気づいた。

「これ……もしかして、楊泉さんが……」

輝いている短剣は透けかけていて、最後の力を振り絞ってくれているのがわかった。

私はツンとする鼻をすすり短剣を懐にしまうと、翠の顔に両手を添える。

「翠、人間を見捨てないでいてくれてありがとう。私のところに降りてきてくれて、ありがとう。おかげで、私は翠と会えた」

虚ろな翠の瞳にどれだけ私が映っているのか、その耳にどこまで私の声が届いているのかはわからないけれど、呼びかけ続ける。

「翠にとって人間である私は、不快なものでしかないのかもしれない。名前で呼んでくれるようになったこと、何度もしたキス。翠も私と同じ気持ちなのかもって思うたびに、やっぱり気のせいかもしれないって怖くなって、先に進めずにいたけど……」

もう迷わない、告白も待たない。翠が神様でも、生きる時間が違っても、もうどうでもいいんだ。悩む時間があるなら、傷ついてもいい、後悔してもいい、翠のそばにいる。

「これからは翠が人間を好きになれるように、まずは私のことを好きになってもらう。そうやって、人間のいいところも悪いところも愛しく思えるように、私がわからせる。それからっ……」

声が詰まる、言葉が続けられない。それならと心の中で願う。

私があなたを守るから、愛するから、どうか――目を覚まして！

翠を強く想うと、胸が熱くなって身体から光が溢れた。これが私の中にある神力なら、翠を癒やしてくれるはず。

私が力を注ぐように、翠の身体を抱きしめたとき――。

「……それから？」

掠れた声を鼓膜が拾った。

「す、い……？」

上を向けば、まだぼんやりとしているけれど、しっかり開かれた翠の瞳と目が合う。

「意識が、戻って……？」

「それから、なんだ」

こっちの問いを無視して、翠は先ほどの私の言葉の続きを催促してきた。すごく心配したのに、目覚めてすぐ気にすることがそれ？と気が抜けてしまうけれど……。

しい。

私の声、翠に届いてたんだ。なら、もう逃げないから、私の気持ちを全部聞いてほ

「人間ばかり愛されてるのは不公平だと思うから、今度は私が神様のことを愛してあげたいと思うんだけど……。その一歩として、翠のことを愛してみようと思うんですが、いかが……でしょう、か……」

言っているうちに恥ずかしくなり、ぎゅっと目を閉じた。

でも、翠は容赦なく「どうやって俺を愛してくれる」と突っ込んでくる。

冷たい水の中でも私の全身を燃やす羞恥の炎、これは翠だけが灯せるのだ。

「こうやって――」

翠の頬に触れていた手を、立派な角に移動させる。二本あるうちのひとつに唇を寄せると、今度は騙されたわけでもなく、自分の意思で口づけた。夫婦の契りをもう一度、結ぶために。

触れ合う体温が離れると、翠は今まで見たことがないほど穏やかな笑みを浮かべていて、しばし目を奪われた。

瞳に強い意思を宿す光が戻っている。黒い稲妻となって表れていた神気の穢れも消えている。翠はもう、大丈夫だ。

「私がどれほど翠を特別に想ってるのか、わかった？　わかったなら、私なしじゃ生

きられないって言って。私を求めてくれたなら、もう逃げも隠れもしない。あなたのそばから、離れない」

「いいや、まだわからねえ」

「え……」

この流れでそれはないよ、と続けようとした言葉ごと、翠の口づけが攫っていく。私が目を白黒させている間に、翠の手が後頭部に回った。髪の隙間に差し込まれる骨ばった指先も、腰に回った腕も、私に想いを伝えてくる。

ようやく解放されると、私たちは額を重ねて同時に口を開いた。

「てめえなしじゃ生きられねえ。だから俺と生きろ、静紀」

「あなたなしじゃ生きられない。だから私と生きよう、翠」

心が通ったのだと、はっきり感じた。想いが報われた瞬間、二十五年生きてきた中でいちばんと言っていいほどの幸福感が私を包んだ。報われなかった恋に傷ついたのは、今日この日のためだったのだと思えば、すべてが浮かばれる。

『一体、何人殺セバ気ガ済ムノダ』

霊の声で満ち足りた感情に緩んでいた気が引き締まる。寄り添いながら、翠と川底を見ると――。

『自分タチノ安全ノタメニ、私タチヲ犠牲ニシタ人間ガ憎イ』

『思イ知レ、私タチヲ苦シメタ人間タチモ、コノ川ノ餌食ニシテヤル』

恨み言を口々に吐き、私たちを睨みつける霊たち。その中に多江さんの妹さんの姿もあったのだが……。

『私を……見つけて、お願い……』

目は真っ赤に染まり、他の霊のように肌がふやけて骨が剥き出しになっている。おそらく、あやかしになりかけているのだ。

『見つけて、お姉……ちゃん……』

最初にこの川に引きずり込まれたときも、彼女は『私を見つけて』と言った。でもあれは、私にお願いしてたわけじゃなかったのだ。

「ずっと、多江さんに見つけてほしかったんだね」

赤い目から白い雫がこぼれていく。きっと涙だ。

泣いている彼女と多江さんを引き合わせてあげたい。でも、私がまた無茶をすれば翠を不安にさせる。翠が神堕ちしないように行動しないとと、私は翠を見上げた。

「翠、私……最初にこの川で溺れそうになったとき、ここで死ぬんだって思ったの」

脳裏にちらついた死にぶるりと震えると、私を引き寄せる翠の腕に力がこもる。

「あのとき感じた……ううん違う。それ以上に、この子たちは怖かったはず。だから、冷たくて暗いこの場所から助け出してあげたい。……いいかな？」

「伺いを立てるようになっただけ、進歩だな」

ため息をこぼしながら笑う翠は、全面的に賛成ではないけれど、それでも私の意思を尊重するという本音が複雑に絡んで見え隠れしていた。

「ありがとう、翠」

「てめえと一緒になる以上、こういう事態に巻き込まれることになんだろ。もう腹をくくった」

翠は片手だけで私の両頬をむにゅっと潰し、すぐに離してくれる。

「心配をおかけします」

「まったくだ」

なんて言いながら、翠は優しく笑っていた。

「それにしてもこの子たち、どうして生贄になることを受け入れたんだろう」

「受け入れたんじゃねえ、そうするしかなかったんだろ。自分が犠牲になれば、大事な人間が助かる。そう言われたら、てめえならどうする」

楊泉さんが人間のために命を懸けたように？　もし、私と翠の命を天秤にかけるとしたら……。

「私はやっぱり、翠を助けるために犠牲になってもいいと思うんだろうな」

「それがてめえの愛とやらか。そんな誰も幸せになれねえ自己犠牲なんざ、丸めて海に捨てちまえ」

「捨てちまえって……。だって仕方ないでしょ、好きなんだから。愛したいと思った時点で翠は私の一部になっていて、それを失うことは自分自身の半身が死んでしまうのと同じことだから、私のためにもそうすると思う」

理解不能だとばかりに、翠が眉をひそめる。

「……どこがてめえのためになってんだよ？」

「私は命の代わりに自分の心を救ってる。好きな人がいない世界にひとり置き去りにされるのも、好きな人に目の前で死なれるのも耐えられないから、翠のためでもなく、私のために翠の命を守るの。ひどい話だよね、ほんと」

私が犠牲になれば、翠が苦しむのをわかっていて、そうすると言っているのだから。

瞠目《どうもく》している翠に、私が首をすくめたとき、霊たちがざわめき出した。

『私ノ犠牲デ、モウ人柱ハ最後ダト言ッタノニ』

『水害ガ終ワルト信ジテ、命ヲ捧ゲタノニ、家族ガ幸セニナルト言ッタノニ、水害ハ終ワラナイ……私ノシタコトハ無駄ダッタ！』

川の底がゴワゴワと音を鳴らしながら揺れる。まるで彼女たちの憤りが地震となって表れているようだった。

「大切な人のために命を捧げたのに、それが報われなかったら……無念で無念で成仏なんてできっこないよね」

みんな、いくら大切な人のためとはいえ、望んで死にたかったわけじゃない。それでもその選択しかなかったから、差し出しただけなのだ。

でも、それが無駄だったなんて知ったら、正気じゃいられない。怒り狂って、『神様にその身を捧げれば、大切な人が助かる』とそそのかした人間を末代まで恨むかもしれない。

「つらかったね……」

安っぽい同情みたいな言葉しかかけられなくて、ごめんなさい。勝手な共感で、泣いたりして……不快にさせたよね。

それでも、止まらないのだ。目からボロボロと底なしに涙が溢れてしまうのだ。

「みんな、還ろう。まだ間に合う、あやかしに堕ちていない今なら、大切な人がいる空に還れるから、私が届けるから――」

私は楊泉さんの短剣を懐から取り出す。

楊泉さん、楊泉さんも同じ気持ちですよね。楊泉さんの守りたかった人、翠が守りたかった楊泉さんの思い、私にも一緒に守らせて。

「てめえから、あいつの気配がしやがるから妙だと思ってたが……。その御神体、どこで手に入れた？」

翠の視線が懐かしむように、楊泉さんの短剣に注がれている。

「どういう経緯かは知らねえが、てめえに力を貸してるみてえだな。その短剣といい、水の中でてめえが自由に動き回れてんのが、その証拠だ」

御神体は神様の半身なのだと、楊泉さんが見せてくれた過去で知った。直接話はできなくても、御神体を通してふたりは再会できたのだ。私は胸を熱くしながら、翠に笑いかける。

「楊泉さんに託されたんだ。短剣も、翠のことも」

「……あいつと話したのか？　あいつは消滅したはずだ」

「楊泉さんは自分が消滅したことで、翠を深く悲しませたって自分を責めてた。死ぬに死にきれなかったって。だから、御神体に残ってた魂の欠片が現世に残ったんだろうって……」

揺れている翠の瞳が薄っすら涙の膜を張っている。

「そう、か……」

言葉が出ない様子の翠をそっと抱きしめた。

神様は聖人君子ではないのだ。人と同じように怒ったり泣いたり傷ついたりする。

「翠、楊泉さんが亡くなってしまったことも、翠が大嫌いな人間を心を削る思いでこれまで助けてきたことも、全部ぜんぶ私に出会うためだったって思ったら、つらい過去も少しは肯定してあげられないかな、なんて……」

調子に乗んなと、バカにされるだろうか。でも、私が翠に出会うためだと思ったら、つらい過去も必要な出来事だったのだと受け入れられたように、翠にも救われてほしいのだ。それが伝わったのか、翠の身体からふっと力が抜ける。そして、軽く頭を傾けながら表情を緩めた。

「どうしようもねえくらい能天気な考え方だとは思うが、その前向きさに俺は引っ張られる。てめえとの縁を楊泉が繋いでくれたんだと、柄にもなく考えちまう」

バカにされなかった、思い上がりじゃなかった。翠はあっさり、私の自惚れを認めてくれた。

「今すぐにとは言わないけど、少しずつでいいから……。翠が人間を助けてよかったって思えるように、私――」

前に出て、楊泉さんの短剣と扇を構える。

「人と神様を繋ぐ巫女になるね」

神様と人を取り持つのは、私にしかできないこと。私が幸せにしたい神様や人、あやかしのためにできること、それが……巫女なんだ。

「――天地の～、長き平和を～、祈り舞う」

龍神の舞を舞えば、楊泉さんが力を貸してくれているのか、右手の短剣が光を放つ。

静御前が授けてくれた左手の扇は、翠への想いに色づいた桜の花びらを吹かせる。

私を神社に必要だと言ってくれたミャオや吉綱さんの期待に応えたい、依頼を通して出会った人や霊、そしてあやかしたちを助けたい。みんなの存在が私を強くしてくれる。そう、私が舞うのは——みんなの幸せのためだ。

「ならば俺は、てめぇと楊泉が幸せにしたいと思ってる人間に手を貸してやる。いつか、人間を助けてよかったと心から思える日までな」

私に手を伸ばし、舞いを邪魔しようとする霊たちを翠が刀で牽制する。

「この女は俺の妻だ、髪一本でも取らせる気はねぇ。神である前に俺は静紀の夫だからな、傷つけようものなら容赦なく斬る。覚悟しろ」

不敵に笑いながらも、翠は有無を言わせない圧を放っていた。守られている、だからこそ私は心置きなく舞うことに集中できる。

「——息吹の笛に〜、身をゆだねて〜」

さあ、還ろう。大事な人のところへ還れるように、どうか翠に力を。楊泉さん、みんなを導いてください。

その願いが通じたのか、短剣が砕けて光の粒子となり、大きくて白い龍の姿になる。

桜の花びらを眺めていた霊たちは光の玉となって、龍に促されるように水面へと泳いでいった。

「楊泉」

翠の呼びかけに、白い龍が振り返る。言葉もなく視線を交わしているふたりは、別れを惜しみながらも、友の旅立ちを見送れることに安堵しているようだった。

川の揺れは徐々に鎮まり、翠が私を横抱きにすると「行くぞ」とだけ言い、龍と共に水面へと向かう。

ぷはっと顔を出せば、楊泉さんは霊を連れて天へ昇っていく。それを眩しそうに見上げていた翠は、はっと笑う。

「あのバカ神、最期の最期までお人好しだったな」

「あの子たちは楊泉さんに任せて大丈夫そうですね」

翠と肩を並べて龍を見上げていると、私たちのすぐ目の前になにかが落下し、ザッバーンッと盛大な水しぶきが上がった。ややあって、ぷかっとミャオが浮いてくる。

「え……ミャオっ、大丈夫⁉」

「……これが、大丈夫そうに見える？」

猫の姿に戻り、疲れ切った顔で流されていくミャオを急いで抱き上げる。

「少し見ない間に、ボロ雑巾だな」

「……言っておくけど、翠のせいだから。いちゃつくのはあとにして、早く地門を閉じてよ」

じとりと、ミャオは翠を睨みつけた。

「はよ、戻ってきてくれんかのう～。年寄りにこの数のあやかしの相手は無理じゃ、そろそろぽっくり逝ってしまうわい」

遠くから吉綱さんの嘆きが聞こえてくる。

「いい加減にしないか……お前たち。戻ったなら、あれをなんとかしろ」

静御前が乱れた髪を数本咥《くわ》えた状態で、開いた地門の穴から噴水のごとく湧き出るあやかしたちを指差す。そのくたびれ様に一瞬、静御前をあやかしに見間違えたことは黙っておこう。

「仕方ねえ、俺は俺の仕事をするか」

翠は楊泉さんに背を向けると、「だからそっちは任せたぞ」と、小さく呟いた。

「掴まってろ」

翠は私を抱えて川辺まで飛ぶと、そっと地面に下ろしてくれる。ミャオは私の腕から飛び降りると、ぶるぶるっと身体を震わせて毛を乾かした。

「僕たちが地門にあやかしを集めるから、早く閉じてよ」

ミャオはそれだけ言って巨大な化け猫になると、吉綱さんたちに混じって、地門から出ようとするあやかしを押し戻しにかかる。

翠はすっと私の隣に並び、地門に目を向けたまま腰の刀に手をかけた。

「静紀、てめえの力を寄こせ」

「うん、気をつけて」

「誰に言ってやがる」

不敵に笑い、刀を抜く翠に合わせ、私も扇と剣を構える。産土神様の奏でる雅楽が鳴り出し、私はすうっと息を吸う。

「──天地の〜、長き平和を〜、祈り舞う」

私が歌い出すと、翠は勢いよく地を蹴った。天に昇っていく翠の身体は、これまで目にしたことがないほど神々しい神気を放ち、黄金の龍へと姿を変える。

「おお、おお……強い神気で黄金に輝いておる。これが天界最強の龍神様。翠様は、本来のお力を取り戻せたのだなあ」

天に座す翠を見上げ、吉綱さんは涙ぐんでいた。ミヤオや静御前も、その神々しさに目を奪われている。

翠はその輝きをいっそう強め、周囲のあやかしたちを光の玉に閉じ込めると、地門の中に押し込んだ。そして、地門の真上まで移動すると、再び人の姿になり抜刀する。

「──息吹の笛に〜、身をゆだねて〜」

私の詩歌が響く中、翠は空に足を向け、刀の先を大きく口を開けている常世の入り口へと定めた。その目をすっと細めると、落雷のごとき速さで降下し、刀を地門に突っ込む。

「龍神、翠の名において、地門を閉錠する！」

ガチャリと回された刀。穴はゆっくりと閉じ、門が消えると、みんなの表情から緊張が消え、安堵の色が浮かんだ。

そのとき、ヒヤッと冷気を隣に感じた。横を見れば、うっすらと透けた少女——多江さんの妹さんが立っている。

「あ……そっか、あなたを待ってる人は、天じゃなくてここにいるから……」

私は多江さんの妹さんに手を差し伸べた。

「行かないの？　お姉さんが待ってるよ」

『ずっと会いたくてたまらなかったはずなのに……なんか、怖くなっちゃって』

「怖い？」

『うん……簪を落とした私が悪いのに、お姉ちゃんに『見つかるまで許さないから！』って怒られて、ムキになって……それで川に入って探してたら、そのまま……。お姉ちゃんをすごく悲しませたと思う』

やっぱり、ふたりは姉妹だな。お互いに感情的になって取った行動の先に別れがあって、消えない後悔が今も心を苦しめている。

「お姉ちゃんも同じ気持ちなんじゃないかな。あなたをひとり川に行かせたこと、す

『私がお姉ちゃんを悲しませたことを、悔やんでいるみたいに？』

「うん。だけど、根本にあるのはお互いが大好きって気持ちでしょう？　なら、あなたを責めたりはしないはずだよ。だから早く、会いにいってあげなきゃ」

『……うん』

緊張が少し解れたのか、強張っていた表情を和らげて足を踏み出す。

多江さんと町内会長さんは、地門から離れたところにある橋の下にいた。おそらく吉綱さんが、巻き込まれないように避難させたんだろう。

彼女と多江さんの前に立つと、多江さんはなにかを感じ取ったのか、戸惑うように「ここにあの子が？」と私を見た。頷けば、信じがたそうにしながらも震える手を彼女に伸ばす。

「ああ、ああ……あなたを見つけたくてたまらなかったはずなのに、どうしてかしら。行方不明だって言われているうちは、どこかであなたが生きていてくれてるかも、なんて……期待していたの。けど、そうじゃなかったのね……」

唇をきゅっと噛み、多江さんの頬を涙が伝う。妹さんは多江さんの頬に触れて、『お姉ちゃん、会いたかった』と、同じように泣きながら告げた。

でも、その声は多江さんに聞こえていないようだった。私は橋渡しするべく、妹さんの言葉を代弁する。

「妹さん、多江さんに……お姉ちゃんに会いたかったって言ってます」

それを聞いた多江さんは、「ああっ」と泣き崩れた。

「あなたを見つけてあげられなくて、ごめんなさい」

謝る多江さんに、妹さんは首を横に振った。そして、姉のそばに腰を落とし、その細く頼りない肩に額を押しつける。

『お姉ちゃん、私のほうこそごめんなさい。でもね、私がムキになって勝手に川に入ったの。私はお姉ちゃんを恨んでなんてないよ。逆にね、お姉ちゃんがずっと胸を痛めて生きているんじゃないかって心配だった』

妹さんの言葉を代わりに口にしながら、気づく。妹さんが見つけてと必死に懇願していたのは、お姉さんにこれ以上、自分を責めてほしくなかったからだったのだと。

「そうだったの……私たちは、離れていてもずっとお互いのことを考えていたのね。そうよね、あなたが私を恨むだなんてそんなこと、ありえないわよね。だって……」

人差し指で涙を拭い、目のしわを深くして微笑む。

「私たちはどこへ行くにもずっと一緒だった。大切で、世界でたったふたりだけの姉妹なんですもの」

『そうだよ、お姉ちゃん。それから、これからも一緒』

嬉しそうに笑って、妹さんは川を指差す。ゆっくりと浅瀬に流れてきたのは、なでしこ色の花が描かれたトンボ玉の簪。

私の視線を辿って川を見た多江さんは、目を見張った。

「あれは……どうして、そんな……あの子と一緒になくなったとばかり……」

多江さんが水の中から簪を掬い上げる。ポタポタとトンボ玉に涙が落ちては弾け、日の光を浴びて輝いていた。時間が経っても錆《さ》びていないのは、妹さんが大事に守っていたからだろうか。

「おかえりなさい……おかえりなさい、紗江《さえ》」

ずっと聞きたかった多江のさんの『おかえり』に、紗江さんは満足したのだろう。

『ただいま、お姉ちゃん』

笑って消えていく紗江さんを見届けて、そっと離れる。

もう、私の言葉は必要ない。紗江さんは簪に心を残し、これからも多江さんのそばに居続けるのだろう。あとはふたりだけで、再会の時を過ごしてもらいたい。

静かに多江さんたちから離れた私は、川のそばに立ち、黄昏《たそがれ》ている翠のもとへ行く。

その頭を占めているのが楊泉さんのことだということは、彼の優しい横顔を見ればわかった。

「私、過去の翠と楊泉さんを見たんだ」

隣にやってきて、いきなり話し出した私を、翠はなにも言わずに受け入れてくれている。

私は楊泉さんとの思い出を少しだけど共有できる。だから、つらかった時間だけじゃなくて、楊泉さんといられて楽しかった時間も思い出してもらえるように……。

「楊泉さんがいると、翠の恐ろしさが半減するというか、いろいろ釣り合いのとれた組み合わせだよね」

龍宮で酒を酌み交わしていたふたりの姿を思い出しつつ、あえて茶化すように言う。すると、予想通り頭上から「ほう……」と不穏な相づちが返ってきて、身の毛がよだつ。顔を上げると、翠の冷笑に出迎えられた。ああ、きっと私の顔には死相が出ているはず。

「つまりはあれか、てめえは俺を冷酷なやつだって言いてえわけか」

「滅相もない！　だけど、楊泉さんのお人好しに多少は影響されてほしいなと……」

「なるほど、なら俺たちの相性もそう悪くねえわけだ」

「はい？　どうしてそこで私が出てくるの？」

なんの脈絡もない。目を瞬かせる私に対し、翠は意地悪く口端を吊り上げた。

長い指先で私の顎を捕らえると、グイッと持ち上げてくる。上から私を覗き込む翠の妖艶な微笑には、悔しいことにドキッとしてしまった。

「てめえは楊泉にそっくりだからな。氷みてえに冷え切った俺の心も、その甘さで溶かしてくれるわけか。どう俺を懐柔するのか、その手腕に期待だな」

なんでかな、いろいろきわどい内容に聞こえてくるのは。

恥ずかしさで固まる口の代わりに、翠の手をペシペシと叩いて解放を求めていると、拍子抜けするほど、すぐに拘束を解いてくれた。そして、翠の手が私の頭に載る。

「楊泉のことで変な気、回すんじゃねぇ」

「……不自然だったかな、私」

なんで気づかれたんだろう。話題の振り方があからさますぎた？

「てめえは考えてることがすぐ顔に出やがる。まあ……楊泉の話をこんなふうに楽しくできんのは、てめえのおかげなんだろうな」

「翠……これからもたくさんしよう、楊泉さんの話。朝でも昼でも夜でも、お饅頭をお供に、お酒を飲みながら」

「そりゃいい。てめえもいれば、天に還った楊泉も喜ぶだろうよ」

微笑み合ってから、ふと穏やかな沈黙が訪れる。自然と手を握り合うと、私はもうひとつ、翠に伝えなきゃなと思っていたことを切り出した。

「翠、ごめんね」

「なんだ、急に」

「もし川に落ちたとき、翠と喧嘩別れしたまま私が死んでたら……。こうしていればよかったなって思ったことをしただけ。後悔したくないから、伝えたい言葉は言えなくなる前に口にしとこうって」

「言えなくなる前に、か……」

考えに耽るように目線を落とした翠は、長い間のあと、ためらいがちに唇を開く。

「俺も……いろいろと悪かった」

「え……」

嘘、今謝った？

予想だにしていない返しに、私は口を開けたまま間抜け面を晒していた。

「あの鬼畜神様が、私に悪かったとか、もう幻聴としか……」

口は禍《わざわい》の元。心の声を胸にしまっておけなかった私は、殺傷能力抜群の鋭い視線に貫かれ、おとなしく黙った。

そんな私に翠はため息をつき、腕を組みながら横目で見てくる。

「てめえ相手だと、どうも伝えたいことが一回りも二回りも捻じれて言葉になる」

「それって、素直になれないってこと？」

「単に可愛い女ほど弄《いじ》り倒したくなるだけかもな」

にやりとした翠は、私のほうに向き直ると頬をするりと撫でてくる。

――やっぱりドSだ！

「ともかく、俺の言葉をそのまま受け取るんじゃねぇ」

腰に腕が回り、そっと引き寄せる仕草は傲慢な口調に反して優しい。

翠は素直になれないのだと言うけれど、代わりに行動に本心が出る。出会った頃ならばわからなかっただろうが、今なら翠の心を察せるので、伝えたいことが一回りも二回りも捻じれようと、さほど問題ではない。

「私も、感情が先走って、いろいろ問題ごとに首を突っ込むところ、あるけど……」

「自覚あったのか」

「うっ……迷惑かけてる自覚はあります。けど、そういう面倒な私を翠はなんだかんだ支えてくれたでしょう？　だから、翠がへそ曲がりだって、人を虐めて楽しむ鬼畜な神様だって、嫌いになんてならない……よ？」

褒めてるつもりだった、これでも。けれど隣から、ゴゴゴゴゴゴッと地響きに似た音と黒いオーラが迫ってくる気配がする。

「よく言う、てめぇは前に『なにがなんでも婚姻を破棄する方法を探す』だの、『鬼畜とドSは好みじゃねえ、論外だ』だの、ほざいてただろうが。夫婦の契り、今さら解消するとか言いやがったら、川に沈めんぞ」

「そ、そんなこと言ったっけ？」

いや、初めの頃に言ったような気もしないでもない。

おかしいな……心が通じ合ったら、普通は甘い雰囲気とかになるものなんじゃないのかな？　私、現在進行形で川に沈められそうになっているのですが。

「知ってる？　人間って川の中じゃ息ができないんだよ。妻、溺死させる気？」

「死にたくねえなら、一生俺のもんでいろ。できるだけ長生きできるように、その軟弱な身体も鍛えておけ」

語尾にいくにつれて、翠の声が小さくなる。私から目を逸らした翠の横顔が、よく見ていないとわからないくらいに赤く染まっている。

「翠……」

愛おしさが胸に突き上げてくる。

出会ったときはメンチを切ってくるし、返事はどすの利いた「あ？」だったし、俺のために馬車馬のように働けとか、なんて神様だと思ってたけど……。

凍てつく眼差しを解き明かしたら、燃えるような赤の瞳の奥に情熱を見つけた。それは、私を惹きつけてやまないのだ。

「なんで、こっちを見てくれないの？」

意地悪で言っているんじゃない。ただ、翠に見つめてほしくて、私を想ってくれているのだと実感したかった。

「愛してるなら、私を見て」

自負するほど素直じゃない彼の気持ちを確かめる方法。それは行動で示してもらうこと。我ながら、翠の扱いがうまくなった気がする。

「命令は俺の専売特許だろうが」

コツンと頭を小突いてくる翠だけれど、しっかり私のほうを向いてくれている。

愛してくれているのだとわかり、私はだらしなく緩んでしまう顔をもうどうにもできなかった。

「翠、婚姻を解消したいって思ってたら、もう一度あなたに契ったりはしないよ」

翠の角に手を添えて、はっきり告げる。

「私の意思で、あなたと夫婦になりたいと思っています」

「……っ、なら確かめさせろ」

余裕がないのか、やや乱暴に抱き寄せられた。軽くついばむような口づけが何度か落とされ、次第に唇が重なっている時間が長くなる。触れ方は荒々しくなり、背中に回った腕も背骨が軋《きし》むようで息が苦しくなる。

けれどそれさえも、今は途方もない喜びだった。

そこへドカッと翠の頭に黒い物体が落ちてくる。それは華麗に地面に着地し、素知らぬ顔で尻尾をゆらりと揺らした。

「……ここ、さっきまで戦場。いつまでも、いちゃつかないでよ」

「化け猫……てめえ、川に沈んどくか？」

言い合っているふたりを、静御前と吉綱さんがやれやれまた始まったか、と言いたげに遠くから眺めている。

「ミャオは、ヤキモチか。静紀は罪作りな女だな」

「青春じゃな」

吉綱さんが年寄りじみた感想を述べて、ほっほっほ！と笑った。

賑やかだなあ……。

私の満ち足りた心を映すように、川は西日を受けて眩しく光っていた。

終幕　龍神の巫女、愛の中で舞う

龍神祭当日。

参拝客がいなくて死活問題だと嘆いていたのが遠い日のようで、龍宮神社には親子連れやカップル、老夫婦や子供たちで溢れ返っていた。

龍神祭の目玉である巫女神楽——龍神の舞は、このあと午後六時から吊り灯篭で照らされた舞殿で行われる。

出番も近くなり、舞台袖でその時を待っているのだが、さっきからきゅっと胃が絞られるみたいに痛い。

「……はあ、練習はみっちりしたけど、こんなに大勢の人の前で披露するのは初めてだし、私、ちゃんとできるのかな……」

どうしても舞殿で袴の裾を踏んづけて、つまずくビジョンが脳裏をちらつく。

「おい、てめえは生まれたての小鹿か」

足をガクガクさせていると、背後から呆れた声が飛んでくる。振り返れば、翠が歩いてきた。

「待ち時間が長いほど、どんどん緊張してきちゃって……。ああ、早く出番来ないかなあ。待ってるほうが苦痛……」

「緊張する必要なんかねえだろ」

翠が大きく踏み込んできて、私の腕を引いた。

私は前のめりによろけ、顔面からその胸にぶつかってしまう。筋肉質な腕が腰に回り、同時に顎を持ち上げられた。近づいた翠の顔は真剣で、とくりと鼓動が鳴る。

「これまでてめえと関わったあやかしも霊も、それから神も……その舞に救われてきた。それだけじゃねえ、てめえは俺を骨抜きにした舞い手だ。この俺のすべてになったてめえが、観客の心を掴めねえわけねえ」

翠は懐からなにやら取り出すと、私の頭から紐でできた輪のようなものを通した。視線を胸元に落とせば、紅の強い光彩を放つ薄い宝石のようなものが煌《きら》めいている。

「綺麗……これは？」

「俺の鱗だ。気休め程度にしかならねえかもしれねえが、少しは緊張も和らぐだろ」

「翠……うれしい。絶対大事にする！」

翠の鱗を両手で包み込むように握ると、肩の力が抜けて足の震えも止まった。

「励ましてくれたことも、ありがとう。おかげで自信がわいてきた！」

「この程度のことで、てめえは喜ぶのか」

呆れ交じりの笑みを浮かべて、翠は私の髪を梳く。いつもは荒っぽい手が、今は優しく触れるから、穏やかな安らぎが胸の中に満たされていった。

そうして出番までそばについていてくれた翠は、いよいよその時が来ると私の背をバシッと叩く。

「おら、とっとと行け。そんで、俺のところへ戻ってこい」

翠が送り出してくれる。私はひとつ頷くと、しゃんと胸を張って舞殿に向かった。

人と神様を繋ぐ巫女のお役目は重たい。始めたばかりの舞も、まだまだ修行中だ。

でも、私を励ましてくれて、頑張りを見守ってくれている人たちに、私を巫女にしてよかったと思ってほしい、その期待に応えたい。

穢れを知らない少女のように、薄っすらと敷かれた紅《べに》と白粉。菊の花と剣を携えて、この世界に生きとし生ける者たちのために舞おう。

「――天地の～、長き平和を～、祈り舞う」

天を恋しがるように回るたび、薄く透けた千早の袖がひらひらと揺れるたび、剣の装飾が月光を浴びて輝くたび、参拝客たちはほうっと感嘆の息をこぼす。

「――息吹の笛に～、身をゆだねて～」

焦りも不安も人々の声さえも遠くなる。静まっていく心に残ったのは、翠からもらった幸福感。それをみんなにもお裾分けできたらいいと、舞を収めれば、どっと喝采に包まれた。参拝客たちから『よかったよ！』『お母さん、あの巫女さん綺麗だったね』『また見に来ようか』と大盛況の声を浴びる。

一礼して舞殿を降りると、翠が舞台袖の柱に寄りかかるようにして私を見ていた。

私が戻ってくるのを待っていてくれたんだ。

　なんだかうれしくなって、子供みたいに弾んだ足取りで駆け寄る。

「翠！」

「私、なんとかやりきって――」

　ガツンッとつま先が床板の隙間にはまり、つんのめる。

「うわっ」と転びそうになる私を、翠がすかさず腕を出して受け止めてくれた。

「た、助けてくれてありがとう」

「てめえは、母親を見つけたガキか」

「言われると思った」

　苦笑いしながら、自分の足でしっかり立つ。それを見計らったように、翠は私を壁に押しつけた。

「あの……なぜ私は、退路を断たれてるんでしょう？」

「悪くなかった」

「……は？」

「鈍いやつだ、てめえの舞のことを言ってんだよ」

「ええっ」

　――それを伝えるの、この状況でないとダメなの？

「お、お褒めに預かり光栄です」

「ああ、綺麗だった」

向き合って笑みを交わし合っていると――。

『翠、そして巫女よ、ここまでよくやってくれた』

どこからか声が響いてきて、私は「え!?」と辺りを見回す。でも、人の気配はなく、幻聴かと思っていると、翠が舌打ちをして「こっちだ」と歩き出す。

「翠、さっきのって……」

「焦んな。あっちは俺らに話があるみてえだからな、すぐに会えんだろ」

翠はずんずん進み、本殿の裏手にある中庭に出た。

「ここなら俺たちしかいねえ。話があるんでしょう、長」

腕を組む態度こそあれだけれど、初めて聞いた翠の敬語に仰天しそうになる。

翠は銀砂のような星が散りばめられた夜空を仰いだ。

「長って、龍神の長様!? 私たちを婚姻させた……」

『いかにも。こたびは、こちらの事情に付き合わせて悪かったな、巫女よ』

「い、いえ……」

姿は見えないけれど、天から声をかけてくる龍神の長様に、私はなんだか恐縮してしまう。だって翠の上司なわけだし、いや、なにより翠が敬わなきゃいけない相手というのが怖い。

『巫女の働きで翠の穢れも消え、困っている人間を助け、この龍神祭で多くの人間たちの信仰心も取り戻した。これならば、翠が奉り神として地上に留まらなくとも問題ないだろう。これまで通り、天界から手を貸すとよい』

「……破棄しろってか、婚姻を」

え……婚姻の破棄？　せっかく心が通じ合ったのに、そんなのって……。

指先が冷たくなり、思わず翠からもらった鱗の首飾りを握りしめる。

すると、翠が私の肩を抱き寄せた。

「長、俺は天界には帰らねえ。ここで奉り神として、静紀の夫として、地上で生きていく」

「翠……！」

はっきり言ってくれた翠に、胸が喜びに打たれる。うっかり泣きそうになる私を横目に見た翠は、

「変な面してんじゃねえよ」

と、微かに笑みを浮かべた。

『あれだけ人間の道具になり下がる気はないと言っていたお前が、どういう心境の変化だ』

「静紀が俺の心と身体を癒やした。守ってるはずが、守られてたのは俺のほうだった

んだよ。そばにいて、これほど安らぐ女を俺は知らねえ。だから手放さねえって決めた。それが理由だ」

こんなふうに、翠の想いを聞くことになるなんて。

翠の深すぎて大きすぎて、塞がらない心の傷を少しでも癒やせていたのだという事実が、なにより私を喜ばせる。

「長様、どうかこのまま、翠のそばにいさせてください」

深く頭を下げれば、「静紀……」と翠の驚きの滲んだ声が降ってくる。

今度は私の番だ、翠を手放さずに済むように、いくらでも言葉を重ねよう。

「初めは、この婚姻を早く解消したいと思ってました。でも、翠が……私を選んでくれた。幸せになれないと思っていた私を愛してくれた。翠じゃなきゃダメなんです、翠じゃなきゃ……」

その手を握れば、同じ気持ちだと伝えるように握り返される。

『……そうか、巫女は翠の心を溶かしたのだな。そうか……』

噛みしめるように長様は言い、少しの間だけ沈黙する。

『もう、私の命令はいらないな、翠』

「ああ、俺は俺の意思で静紀のそばにいるからな」

命令というのは、翠が龍宮神社の奉り神になること、なのだろう。

『ならば、私からはもうなにも言わぬ。奉り神として務めを果たせ。そして……お前自身も幸せになれ、翠』

「長……今回のこと全部、俺のためだったとか、そういうオチか」

『ふっ、どうだろうな。ただ、私は長だ。すべての龍神の幸せを願っている、とだけ言っておく』

真意を語る気はないようだが、意味深に笑っている長様はきっと――。

穢れに蝕まれていた翠を助けるために、私と婚姻させたのだろう。優しい神様だな。

『巫女よ、そこの龍神は乱暴で手もかかるだろうが、見放さずにいてくれるとありがたい』

それに翠が「おい」と不満そうに声をもらしていて、私はくすっと笑ってしまう。

「はい、見放したりなんてしません。時間が許す限り、翠の隣にいるつもりです」

私の答えに安心してくれたのか、長様は『また、様子を見に来る』と言って、その気配を消した。裏庭に残された私たちは、自然と正面から向き合う。

「――静紀、愛してる」

素直じゃない翠のまっすぐな告白は、この世のどんな言葉よりも私の心の奥深くに届く。

「私も、愛してる」

想いを返せば、翠はふっと満足げに笑った。

「上出来だ」

私の顔にかかっていた髪を耳にかけて、愛しそうに頬を撫でてくる。

間近で煌めく赤い瞳に囚われて、鼓動が少しずつ加速した。

近づいてくる翠の気配に、そっと瞼を閉じる。

自然と彼を受け入れている自分に気づくたび、私は翠が好きなのだと思い知る。

「あとにも先にも、俺の妻はてめえだけだ……静紀」

想いを吹き込むようなキス。

心を明け渡せば、当然恥ずかしくて隠したい部分も曝《さら》け出す羽目になる。

どこまでも傲慢で上から目線、それすらも愛しいと思っている私のことも、翠には見抜かれているのだろう。

そっと重なった唇は、すぐに離れた。幾度となくした口づけが、今回ばかりは神聖で特別なもののように思えて胸が疼く。

あとにも先にもなんて、人間の一生は神様の寿命に比べたら瞬きと同じくらい短いはず。私がこの世を去ったあと、彼は私を想い、ひとりで生きていくのだ。それがどれほどの孤独なのか、私よりも理解しているだろうに……。

だけど、翠の覚悟がうれしかった。彼の心に見合うように私も誓おう。

「どれだけの時間が流れても、いつか死がふたりを分かつ時がきても、私の夫も翠だけだよ」

不確かな未来を歩む私たちが、迷って、喧嘩して、離れ離れにならないように約束を交わす。

「俺たちはこの瞬間から、かりそめじゃねえ、本物の夫婦だ」

私の心を捕えて離さない神様に抱かれて。

祭りの賑わい冷めやらぬ月夜の晩に、私たちは――。

将来変わらぬ愛を確かめ合うのだった。

（終）

あとがき

こんにちは、涙鳴です。本作をお手にとってくださり、本当にありがとうございました。

前作に引き続き、『神様嫁入り』をテーマに書かせていただきました。前の作品と一緒に、こちらの作品も楽しんでもらえていたら作者冥利に尽きます。

今回はプロット（企画）段階でもかなり書き直したのですが、作品を書いてからも何度も内容を書き換えたりして、かなり大変でした。

でも、当初のものよりずっと胸キュンも増して、横暴神様も魅力的になっているんじゃないかな?と思います。あと、ミャオの登場シーンも増やせることになって、翠と取り合うシーンも書くのが楽しかったです！

書き直すときに悩んだのは、翠と静紀の関係性でした。最初、ケンカップルだったのですが、最終的には静紀の純粋さに翠が舞だけじゃなくて心も癒されていて、静紀の前向き、無邪気なところに翠が先に惹かれているみたいな、一緒にいるべくしているふたりだな、と思える夫婦になってくれてうれしいです。翠の闇を照らしてくれるのは静紀しかいない！というような夫婦だなと……。

個人的に、お気に入りは翠目線のお話です。静紀目線のとき、翠ってほんとになにを考えているのかがわからなくて、ちょっとひどいやつなんじゃ？と思われてないかがかなり心配だったので、彼目線を書かせてもらえて、彼の優しさとか、静紀への愛情に読者様が幸せな気持ちになってくれたらうれしいです。

最後になりますが、今作を書籍化するにあたり、イラストで物語に命を吹き込んでくださった月岡月穂様。担当編集の森上様、編集協力の藤田様、校閲様、デザイナー様、販売部の皆様、スターツ出版様。

そして、なにより読者の皆様に心より感謝いたします。

涙鳴

この物語はフィクションです。実在の人物、団体等とは一切関係がありません。

涙鳴先生へのファンレターのあて先
〒104-0031　東京都中央区京橋1-3-1　八重洲口大栄ビル7F
スターツ出版（株）書籍編集部 気付
涙鳴先生

龍神様と巫女花嫁の契り

2020年11月28日　初版第1刷発行
2021年5月27日　　　第2刷発行

著　者　　涙鳴　

発 行 人　菊地修一
デザイン　カバー　おおの蛍（ムシカゴグラフィクス）
　　　　　フォーマット　西村弘美
発 行 所　スターツ出版株式会社
　　　　　〒104-0031
　　　　　東京都中央区京橋1-3-1　八重洲口大栄ビル7F
　　　　　出版マーケティンググループ　TEL 03-6202-0386
　　　　　（ご注文等に関するお問い合わせ）
　　　　　URL　https://starts-pub.jp/
印 刷 所　大日本印刷株式会社

Printed in Japan

ISBN　978-4-8137-1005-9　C0193

スターツ出版文庫　好評発売中!!

『理想の結婚お断りします～干物女と溺愛男のラブバトル～』　白石《しらいし》さよ・著

某T大卒で、一流商社に勤める紺子。学歴は高いが恋愛偏差値の低い筋金入りの干物女子。完璧に見える紺子には致命的な欠点が…。その秘密があろうことか人事部の冷酷無慈悲なイケメン上司・怜二にバレてしまう。弱みを握られ、怜二を憎らしく思う紺子。そんな中、友人の結婚式にパートナー同伴で出席を求められ大ピンチ！しかし、途方に暮れる紺子に手を差し伸べたのは、冷酷無慈悲なはずの怜二だった。彼はある意地悪な条件付きで、偽装婚約者になると言い出して…!?

ISBN978-4-8137-0990-9／本体600円+税

『明治ロマン政略婚姻譚』　朝比奈希夜《あさひなきよ》・著

時は明治。没落華族の令嬢のあやは、妾の子である故に、虐げられて育った。急死した姉の身代わりとして、紡績会社の御曹司･行基と政略結婚することに。麗しい容姿と権力を持つ完璧な行基。自分など釣り合うわけがない、と形だけの結婚として受け入れる。しかし、行基はあやを女性として扱い、宝物のように大切にした。あやにとって、そんな風に愛されるのは生まれて初めての経験だった。愛のない結婚のはずが、彼の傍にいるだけでこの上ない幸せを感じるようになり…。孤独だった少女が愛される喜びを知る､明治シンデレラ物語。

ISBN978-4-8137-0991-6／本体630円+税

『たとえ、僕が永遠に君を忘れても』　加賀美真也《かがみしんや》・著

母が亡くなったことで心を閉ざし思い悩む高1の誠。そんな彼の前に、突然千歳という天真爛漫なクラスメイトが現れる。誰とも関わりたくない誠は昼休みに屋上前でひっそりと過ごそうとするも、千歳が必ず現れて話しかけてくる。誠は日々謎の悪夢と頭痛に悩まされながらも、一緒に過ごすうち、徐々に千歳の可愛い笑顔に魅力を感じ始めていた。しかし、出会ってから半年経ったある日、いつものように悪夢から目覚めた誠は、ふたりの運命を引き裂く、ある過去の記憶を思い出し…。そして、彼女が誠の前に現れた本当の理由とは――。時空を越えた奇跡の青春ラブストーリー！

ISBN978-4-8137-0992-3／本体620円+税

『鬼の花嫁～運命の出逢い～』　クレハ・著

人間とあやかしが共生する日本。絶大な権力を持つあやかしの花嫁に選ばれることは憧れであり、名誉なことだった。平凡な高校生・柚子は、妖狐の花嫁である妹と比較され、家族にないがしろにされながら育ってきた。しかしある日、類まれなる美貌を持つひとりの男性と出会い、柚子の運命が大きく動きだす。「見つけた、俺の花嫁」―。彼の名は鬼龍院玲夜―あやかしの頂点に立つ鬼だった。玲夜から注がれる全身全霊の愛に戸惑いながらも、柚子は家族から逃れ、玲夜のもとで居場所を見つけていき…!?

ISBN978-4-8137-0993-0／本体630円+税

スターツ出版文庫　好評発売中!!

『恋する金曜日のおつまみごはん～心ときめく三色餃子～』栗栖《くりす》ひよ子・著

仕事一筋、女子力ゼロな干物女子・充希は、行きつけの居酒屋でご飯を食べることが唯一の楽しみ。しかしある事情で店に行けなくなり、自炊するも火事寸前の大惨事に。心配し訪ねてきた隣人はなんと社内屈指のイケメン後輩・塩見だった。実は料理男子な彼は、空腹の充希を自宅に招き、お酒好きな充希のために特製『おつまみごはん』を振る舞ってくれる。充希はその心ときめく美味しさに癒され、いつの間にか彼の前では素の自分でいられることに気づく。その日から“金曜日限定”で彼の家に通う秘密の関係が始まって…。

ISBN978-4-8137-0958-9／定価：本体580円+税

『きみが明日、この世界から消える前に』此見《このみ》えこ・著

ある出来事がきっかけで、生きる希望を失ってしまった幹太。朦朧と電車のホームの淵に立つと「死ぬ前に、私と付き合いませんか！」と必死な声が呼び止める。声の主は、幹太と同じ制服を着た見知らぬ美少女・季帆だった。その出会いからふたりの不思議な関係が始まって…。強引な彼女に流されるまま、幹太の生きる希望を取り戻す作戦を決行していく。幹太は真っ直ぐでどこか危うげな彼女に惹かれて行くが…。しかし、季帆には強さの裏に隠された、ある悲しい秘密があった――。

ISBN978-4-8137-0959-6／定価：本体600円+税

『御堂誉の事件ファイル～鳥居坂署のおひとりさま刑事～』砂川雨路《すながわあめみち》・著

鳥居坂署一の嫌われ部署「犯罪抑止係」に配属になった新人警察官・巧。上司・御堂誉は二十八歳にして警部補という超エリートだが、エゴイストで社交性ゼロ。かつて捜査一課を追放された超問題児。「こんな部署になぜ俺が!?」と絶望する巧のもとに、少年たちによる特殊詐欺の疑惑が届く。犯抑には捜査権がない。しかしたったひとり秘密裏に捜査を始めた誉。そこで巧が目の当たりにしたのは誉の驚くべき捜査能力で――!?異色のコンビが敵だらけの署内で真実を追う、痛快ミステリー！

ISBN978-4-8137-0960-2／定価：本体580円+税

『龍神様の押しかけ嫁』忍丸《しのぶまる》・著

幼い頃の初恋が忘れられず、26歳になっても恋ができない叶海。“初恋の彼に想いを告げて振られたらいいんだ”と考えた叶海は、かつて過ごした東北の村を訪れるが――。十数年ぶりに再会した幼馴染・雪嗣は、人間ではなく、村を守る龍神様だった！「私をお嫁さんにして！」「――断る!!」再び恋に落ちた叶海は雪嗣を落とすべく、“押しかけ嫁”となることに！何度求婚してもつれない態度の雪嗣だったが、たまに見せる優しさに叶海は恋心を募らせていって――!?

ISBN978-4-8137-0961-9 ／ 定価：本体630円＋税